08/2017

Mario Haas
Friedwald

Mario Haas
In Heilbronn geboren, lebt er seit vielen Jahren in Herrenberg. Er ist verheiratet und hat drei fast erwachsene Töchter. Seine Aktivitäten reichen von Wandern, Radfahren, kulturellen Interessen bis hin zur Mitarbeit bei der Asylhilfe.
Der Kriminalroman »Friedwald« ist sein erstes Buch.

Mario Haas

Friedwald

Schwabenkrimi

Oertel+Spörer

Dieser Kriminalroman spielt an realen Schauplätzen.
Alle Personen und Handlungen sind frei erfunden.
Sollten sich dennoch Ähnlichkeiten mit lebenden oder
verstorbenen Personen ergeben, so sind diese rein zufällig
und nicht beabsichtigt.

© Oertel+Spörer Verlags-GmbH + Co. KG 2017

Postfach 16 42 · 72706 Reutlingen
Alle Rechte vorbehalten.

Titelbild: Fotolia © den-belitsky
Gestaltung: PMP Agentur für Kommunikation, Reutlingen
Lektorat: Bernd Weiler
Satz: Uhl+Massopust, Aalen
Druck und Bindung: CPI books GmbH, Leck
Printed in Germany
ISBN 978-3-88627-782-7

Besuchen Sie unsere Homepage und informieren
Sie sich über unser vielfältiges Verlagsprogramm:
www.oertel-spoerer.de

Interner Polizeibericht
der Polizeidirektion Tübingen

Am 1. März 1972 befanden sich die beiden Polizeihauptmeister T.B. und H.S. auf einer routinemäßigen Streifenfahrt in der Wilhelmstraße in Tübingen. Dabei fiel ihnen ein roter Kleinwagen der Marke Ford auf, welcher mit leicht überhöhter Fahrt und etwas unsicherer Fahrweise stadtauswärts fuhr. Die beiden Kollegen entschieden sich daraufhin, das Auto zu kontrollieren. Als am Streifenwagen das Blaulicht angeschaltet wurde, um das Fahrzeug zum Anhalten aufzufordern, beschleunigte dieses plötzlich stark und fuhr in Richtung Unterjesingen. Aufgrund des aktuellen Sicherheits- und Vorsorgeerlasses zur Terroristenbekämpfung und wegen der momentan festgestellten Aktivitäten linksextremer Gruppierungen in Tübingen wurde über Funk sofort eine entsprechende Meldung erstattet. In Unterjesingen konnte auch ein dort anwesender zweiter Streifenwagen das Fluchtfahrzeug nicht stoppen. Da das Fahrzeug weiter in Richtung Herrenberg fuhr und somit das Zuständigkeitsfeld der Kollegen demnächst verließ, wurde eine entsprechende Funkmeldung getätigt. In Herrenberg wurden daraufhin zusammen mit Polizeikräften aus Böblingen entsprechende Maßnahmen in die Wege geleitet. Eine erste Fahrzeugsperre vor Herrenberg wurde vom Fluchtfahrzeug durchbrochen. Alle betroffenen Polizeikräfte waren über Funk zu diesem Zeitpunkt in erhöhter Alarmbereitschaft. Am Ortseingang des Herrenberger Ortsteils Affstätt waren die beiden

Kollegen P. M. und H. L. über Funk informiert worden, dass das Fluchtfahrzeug sich auf sie zubewegte. Beim Versuch des Flüchtigen, auch diese Polizeisperre zu durchbrechen, verkeilte sich das Fluchtfahrzeug in einem angrenzenden Zaun. Als der Kollege P. M. im Fahrzeuginneren hektische Bewegungen wahrnahm, feuerte er zum Eigenschutz eine Salve seiner Maschinenpistole auf das Fahrzeug ab. Dabei traf eine Kugel die Fluchtperson tödlich am Hals.

Wie sich danach herausstellte, handelte es sich bei der getöteten Person um den 17-jährigen Lehrling Richard Epple aus Ammerbuch-Breitenholz. Bei den weiteren Ermittlungen wurde festgestellt, dass es sich bei Herrn Epple um eine Person ohne Führerschein handelte, welche vermutlich aus diesem Grund Fahrerflucht begangen hatte. Im privaten Umfeld von Herrn Epple wurden keinerlei Verbindungen zu linksextremen Verbindungen in Tübingen festgestellt. Bei dem Vorfall handelt es sich daher um eine Verkettung unglücklicher Umstände und klarem Fehlverhalten des Opfers.

Besonders tragisch ist daher der Umstand, dass sich unser junger Kollege Herr P. M. am 14. März 1972 vermutlich wegen dieser Geschehnisse mit seiner Dienstwaffe das Leben nahm. Sein Leichnam wurde eine Woche später unter großer Anteilnahme in seinem Heimatort beigesetzt. Nach dem unglücklichen Tod von Richard Epple wird zurzeit im linksextremen Spektrum von Tübingen erhöhte Betriebsamkeit gemeldet und beobachtet. Dieser Umstand wurde bereits dem Innenministerium in Stuttgart gemeldet. Das Jugendzentrum in der Wilhelmstraße sollte dabei besonders beobachtet werden. Entsprechende Maßnahmen sind mit dem Einsatzstab der Polizeidirektion abzustimmen.

Polizeidirektor H. L., Tübingen, den 6. April 1972

Ein Sonntag im Februar 1980

Hannes als besonders misstrauischer Mensch schaute sich die anwesenden anderen Gäste ganz genau an, als die fünf Freunde das Bergcafé in Reusten betraten. Da nur drei Rentner direkt am Tisch vor der Theke saßen, entschied sich die Gruppe, sich im hinteren Teil des Raumes an einen Tisch zu setzen. Hannes platzierte sich mit dem Rücken zum Fenster, um den Eingang im Blick zu haben.

»Mensch Hannes, du bist wirklich paranoid«, sagte Katrin, als sie ihn dabei beobachtete.

»Katrin, lass ihn doch, wir haben doch ausgemacht, vorsichtig zu sein«, erwiderte Hans-Peter darauf.

»Na, dass sich die erste RAF hier getroffen hat, ist schon eine Weile her«, sagte Petra schmunzelnd.

»Also, es war nicht wirklich die RAF, sondern nur deren erster Verteidiger. Aber heutzutage kennen ja alle nur Otto Schily«, fügte Katrin hinzu.

»Dieser Verteidiger ist aber dann auch in den Untergrund gegangen und lebt heute im Libanon, glaube ich«, sagte Hans-Peter.

»Hört auf, die Wirtin kommt«, sagte Hannes immer noch leicht angespannt. Während die eine Wirtin mit einem typischen: »Was wellet Se«, die Getränkebestellung der fünf entgegennahm, unterhielt sich ihre Schwester mit den Herren am Stammtisch. Als sie den Tisch mit der Bestellung wieder verließ, sagte Karin im Flüsterton: »Hört zu, dieser Staat hat überall Augen und Ohren und bespitzelt seine Bürger.

Und das Bergcafé hier gehört nun mal wegen diesem Verteidiger vielleicht zu ihren Observationszielen. Nachdem er abgetaucht ist, wurde hier sogar eine Hausdurchsuchung durchgeführt. Könnt ihr euch das vorstellen, wie diese beiden urschwäbischen Schwestern hier jede Tür aufschließen mussten. Und das, obwohl sich einige Wochen zuvor hier wichtige lokale Politiker getroffen hatten, um mit den Bürgern über die damals geplante Müllverbrennungsanlage im angrenzenden Altingen zu diskutieren.«

Sie lächelte in die Runde.

»Ja, und genau deshalb ist es vermutlich unauffälliger als eines unserer WG-Zimmer in Tübingen«, erwiderte Hannes.

»Wir hätten uns ja auch im Jugendzimmer von Hans-Peter in der Villa seiner Eltern in Nürtingen treffen können, um die Revolution zu planen«, sagte Katrin, erneut mit einem breiten Grinsen.

»Klar, mein Alter hätte bei eurem Anblick bestimmt sofort seine CDU-Freunde angerufen und die hätten dann gleich die grüne Minna vorfahren lassen«, sagte Hans-Peter mit einem kurzen aber lauten Lachen.

»Darf ich daran erinnern, warum wir uns heute hier getroffen haben. Wir hatten die Idee vor acht Jahren nach der Besetzung des Epplehauses, eine Aktion durchzuführen unter dem Namen Kommando Richard Epple. Rache für die Gewalt des Staates an einem unschuldigen jungen Menschen«, sagte Joachim ernst.

»Eigentlich hatten wir die Idee ja schon, nachdem wir die Gemeinderatssitzung im Tübinger Rathaus kurz zuvor gestürmt hatten, wegen dem ungeklärten Brand in unserem Jugendclub in der Wilhelmstraße und der Weigerung, ihn wieder aufzubauen«, korrigierte ihn Petra.

»Wisst Ihr noch, am selben Abend war zuvor das Konzert

von Ton-Steine-Scherben in der Mensa Wilhelmstraße. Das ist auch schon wieder acht Jahre her. Rio stand direkt vor mir«, sagte Katrin während sie begann den Rauchhaus-Song zu summen.

»Ja, und was ist geschehen seither? Nichts! Wir haben uns verstrickt in verschiedene Gruppierungen wie die Spartakisten, die DKP oder den Marxisten-Leninisten. Außer in dunklen Ecken in Kneipen die theoretische Revolution zu besprechen, ist doch gar nichts passiert«, sagte Hans-Peter etwas verärgert.

»Komm H-P, wir waren noch zu jung für die Weltrevolution. Wir machten grad unser Abitur oder standen am Anfang unseres Studiums«, versuchte Katrin Hans-Peter zu beruhigen.

»Und vergesse nicht, Petra und ich kannten Conny von den Marxisten. Als dieser dann mit seiner RAF-Druckerei in Tübingen von den Bullen hochgenommen wurde und er Klaus und Irmi (Anmerkung: Klaus Jünschke und Irmgard Müller) verriet, war die RAF am Ende. Da mussten wir unsere Füße echt mal eine Zeit lang stillhalten«, fügte Joachim leise hinzu.

»Ja, was für ein Scheißjahr für die Bewegung. Dann wird ja auch noch die Meinhof von einem Freund verraten. Unglaublich. Na typisch, ein Lehrer«, entfuhr es Hans-Peter mit einem spitzen Unterton.

»Das musste ja kommen, nur weil ich auf Lehramt studiere und damit fast automatisch eine Verbeamtung einhergeht. Hör auf, ich werde genug Ärger mit dem Radikalenerlass bekommen, der Beamte ausschließt, die einer radikalen Gruppierung angehören«, entfuhr es Katrin sofort.

»Ich weiß, was der Radikalenerlass ist. Übrigens heißt es genau, dass die Mitgliedschaft in einer verfassungsfeindlichen

Organisation in der Regel Zweifel an der Verfassungstreue begründet«, erwiderte Hans Peter mit einem zynischen Unterton.

»Hört auf euch gegenseitig Vorhaltungen zu machen. Wir sind hier, um zu entscheiden, wie es weitergeht. Wir sind nun alle fertig mit unserem Studium. Sollen wir dann einfach ein fester Bestandteil der Gesellschaft werden? Als Zahnrädchen im Getriebe des Kapitals? Oder entscheiden wir jetzt, wirklich etwas zu ändern?«, machte Joachim deutlich.

Mit einer Körperbewegung nach vorne machte Petra deutlich, dass sie dazu etwas hinzufügen wollte.

»Jo hat recht, wir müssen uns nun entscheiden. Wer will den Weg von der Theorie zur Praxis gehen. Es ist keine einfache Entscheidung. Es ein Entschluss, der radikal und unumkehrbar das Leben verändert.«

»Ich würde vorschlagen, dass sich jeder einmal dazu ein paar Tage seine Gedanken macht. Am kommenden Freitag findet ja im Epplehaus ein Konzert statt. Wer weiter gehen will, trifft sich dort im hinteren Raum um dreiundzwanzig Uhr«, erklärte Hannes.

»Ja, dann wird dort die Sache vollendet, na sagen wir zumindest weitergeführt, wo alles begann«, fügte Petra hinzu.

Im gleichen Moment ging die Tür des Bergcafés auf und zwei männliche Wanderer um die Dreißig betraten den Raum, schauten sich kurz um und setzten sich in der Mitte des Raumes an einen kleinen Tisch.

Ein kurzer Blick von Hannes in die Runde genügte und alle verstanden. Nachdem die Getränke geliefert wurden, unterhielten sich die fünf nun hörbar über ihre Studiengänge und verließen kurz darauf das Bergcafé und wurden nie wieder zusammen dort gesehen.

Auszug aus dem Verfassungsschutzbericht 1985

Am 27. September 1985 wurde der mutmaßliche RAF-Terrorist Karl-Friedrich Grosser bei einem Überfall auf zwei Geldbotinnen eines Supermarktes in Ludwigsburg festgenommen. Ein unbekannter männlicher Mittäter konnte mit der Beute entkommen.

Asservaten aus einer am 11. September 1985 in Tübingen entdeckten konspirativen Unterkunft der RAF lassen vermuten, dass der Raubüberfall auf den Geldboten eines Supermarktes im Kreis Tübingen am 3. Juni 1985, bei dem einer der Täter den Geldboten ohne Vorwarnung in den Hals schoss, ebenfalls von der RAF verübt worden ist. Mit der Forderung nach dem Aufbau einer »Antiimperialistischen Front in Westeuropa«, versucht die RAF, dem Terrorismus eine neue europäische Dimension zu geben. Zwischen der französischen terroristischen Gruppe Action Directe (AD) und der RAF sind Ansätze einer Zusammenarbeit erkennbar, die über eine gegenseitige logistische Unterstützung hinausgehen.

Montag, 13. April, 5.50 Uhr

Bei zwei schulpflichtigen Kindern und einer Frau, welche halbtags arbeitet, muss »Mann« automatisch morgens früher aufstehen, um in Ruhe das Bad aufsuchen zu können. Um mit bald fünfzig seinen Dreitagebart pflegen zu können, braucht man einfach etwas Zeit. Und das geht nun mal nicht, wenn der Schulbus gleich kommt oder die Ehefrau einen fragt, wann man denn heute Abend genau nach Hause kommen wird. So stehe ich also jeden Morgen als Erster auf, bin als Erster im Bad und als Erster im Büro in der Polizeidirektion Tübingen.

Leider bin ich dann aber nicht automatisch auch der Erste, der das Büro verlässt und immer pünktlich zu Hause ist. Dieser Umstand führt dazu, dass meine Frau Nicole mich regelmäßig zum familiären Verhör vorlädt, um mich zu fragen, warum ich als Familienvater und Ehemann vermutlich mehr Überstunden leiste als andere Kollegen. Natürlich kann sie diese These nicht belegen, ich kann ihr aber blöderweise auch das Gegenteil nicht beweisen. Aber andere Kollegen haben auch nicht vor zwei Jahren die Leitung der Mordkommission übernommen. So stehe ich also an diesem Montagmorgen im Bad unseres Reihenmittelhauses in einem Dorf zwischen Tübingen und Rottenburg und betrachte das kleine graue Haar, welches ich in meiner Ohrmuschel entdeckt habe. Oh, wie ich sie hasste, diese kleinen grauen Dinger.

Es ist kurz vor sechs Uhr, als ich mein Diensthandy aus der Küche klingeln höre. Besser gesagt ich höre es spielen, die Melodie von »Highway to hell«, von AC/DC. Ich erinnere mich, als das erste Mal mein neuer Vorgesetzter, ein Herr Weber, es zufällig bei einer Besprechung hörte. »Unpassend«, waren seine Worte gewesen.

Unpassend waren auch meine Gedanken, als ich dabei auf sein bis oben zugeknöpftes rosa Hemd blickte. Es ist schon schlimm, einen weit über zehn Jahre jüngeren Vorgesetzten akzeptieren zu müssen, der so gar keine Ahnung von guter Musik hatte. Nach einem kurzen Räuspern meldete ich mich mit einer deutlich tieferen Stimme »Angus Young von AC/DC, guten Morgen.«

»Wer?«, fragte die Stimme in der Leitung.

»Angus Markus Bergmann, Polizeidirektion Tübingen«, erwiderte ich in meiner normalen Stimme.

»Oh, entschuldigen Sie, hier spricht Polizeiobermeister Ludwig von der Dienststelle Ammerbuch. Ich habe Ihre Nummer von der Zentrale in Tübingen.«

»Wie kann ich Ihnen helfen?«, fragte ich ihn, während in meinem Kopf bereits die Schubladen aufgingen, in welche ich gleich den Grund dieser morgendlichen Störung ablegen würde. Raub, Einbruch, Ehebruch, Beinbruch?

»Wir haben eine Leiche für Sie«, klang es aus dem Hörer.

»Oh«, antwortete ich kurz, während alle Schubladen in meinem Kopf laut zugeschlagen wurden.

»Der Revierförster vom Naturpark Schönbuch, Revier Ammerbuch, hat eine tote Frau im Wald gemeldet.«

»Mitten im Wald?«, fragte ich etwas verwundert.

»Nein, sie lag, schon im Wald, im Friedwald«, kam die verzögerte Antwort.

Ich überlegte kurz, ob der Kollege wohl davon ausgeht, dass ich alle Namen der Waldgebiete der Umgebung kenne. Dann fiel es mir aber doch noch ein.

»Ja. Ich habe kürzlich in der Zeitung davon gelesen. Der Friedhof im Wald oberhalb von Ammerbuch beim Schloss Hohenentringen.«

»Die Streife vor Ort konnte nicht feststellen, ob es sich dabei um einen Unfall oder um einen Mord handelt«, wurde mir berichtet.

»Okay, ich werde in fünf Minuten losfahren. Und bitte sagen Sie den Kollegen vor Ort, sie sollen sicherheitshalber den Fundort großzügig absperren«, sagte ich ganz ruhig.

»Davon ist selbstverständlich auszugehen. Auf Wiederhören.« Hörte ich noch mit einer distanzierten Stimme, bevor die Leitung unterbrochen wurde.

Leider ist es in der Realität, wie in der vieler Fernsehkrimis. Bis man den Fundort einer Leiche sichert, muss man plötzlich feststellen das schon zehn Polizisten, Zeugen und Bestatter durch den Tatort gelaufen waren. Die Kriminaltechnik feiert danach immer Silvester.

Bevor ich kurz danach mit einem Viertagebart und einem sichtbaren grauen Haar im Ohr losfuhr, zückte ich noch kurz mein neues Diensthandy und steckte es in die Freisprecheinrichtung. Wieso heißen die Dinger eigentlich Smartphones? Was ist daran eigentlich smart? Also ich würde diese Dinger lieber »des Teufels Glasscheibe«, nennen. Habe ich schiefe Finger oder eine Krümmung in meiner Optik? Meine Trefferquote, die richtige Zahl oder den korrekten Buchstaben auf dieser Glasscheibe zu treffen liegt bei unter fünfzig Prozent. Klar, meine beiden Kinder lachen mich dabei immer aus. Aber warum beherrscht meine Frau dieses Monster und ich nicht? Nur an meiner begrenzten Geduld wird es doch nicht liegen. Mit leicht zugekniffenen Augen wählte ich die Nummer meiner Kollegin Jenny und fuhr los.

»Hallo, Superbulle, stehst du gerade unter der Dusche und musst an mich denken«? Ich weiß nicht, ob ich es liebte oder hasste, dass sie so offen mit mir redete?

»Nein, ich sitze auf dem Klo und brauche deine Hilfe, das Papier ist aus«, versuchte ich gleich zu kontern.

»Bitte lass es wirklich wichtig sein, ich liege noch im Bett und der Wecker ging noch nicht einmal runter«, sagte sie ganz freundlich.

»Nun ja, ich brauche deine Hilfe. Ich bin auf dem Weg nach Ammerbuch zu einer toten Frau. Sie liegt auf dem Waldfriedhof Friedwald im Schönbuch. Kannst du vielleicht in deinem supermodernen Handy nachschauen und mir Informationen über diesen Friedwald zukommen lassen.

Ich fahre bereits und möchte etwas vorbereitet dort ankommen«, sagte ich in der Hoffnung, dass ihr es schmeichelte, dass ihr siebzehn Jahre älterer Kollege ihre Hilfe benötigte.

»Okay, okay, ich ziehe mir nur kurz etwas über und melde mich gleich bei dir«, sagte sie und legte auf.

Da war es wieder, dieses Programm im Kopf, das den Satz »ich ziehe mir nur kurz etwas über«, mit einem Bild zusammenfügte. Über was? Bestimmt nicht über den Rollkragenpulli, den sie zum Schlafen anhat. Ich musste dabei an unsere letzte Weihnachtsfeier denken, als ich Jenny noch zum Bahnhof begleitete und wir herumalberten und uns oft wie im Spiel anfassten dabei. Zum Abschied schauten wir uns lange in die Augen. Ich ging schnell weg und winkte ihr kurz danach hinterher, als sie bereits in die Richtung des Bahnsteiges unterwegs war. Sie hatte es allerdings nicht mehr gesehen.

Als ich auf dem Parkplatz vor dem Schloss Hohenentringen vorfuhr, stand noch der Morgennebel auf der angrenzenden Wiese dieser Hochebene. Rechts vor dem Schloss zeigte ein Schild in Richtung des Feldweges zum Friedwald. Ich überlegte kurz, ob ich den kurzen Weg lieber zu Fuß gehen oder mit dem Wagen fahren sollte. Da es sich aber um meinen Privatwagen handelte, entschloss ich mich, ihn abzustellen und auf dem feuchten Feldweg nur meine Schuhe dreckig zu machen. Eigentlich war es mir fast egal. Ich mochte mein Auto eh nicht, seit es als Kombi in mein, nein sagen wir unser Familienleben getreten ist. Es sieht aus wie viele andere Marken und ist matt grau. Schon öfters bin ich auf dem Supermarktparkplatz an ein falsches Auto hingelaufen. Und an der Ampel schaute keiner mehr herausfordernd oder bewundernd aus dem anderen Auto herüber. Mit zwanzig hatte ich einen marsroten Audi 80 mit nur 50 PS, aber einem Kassettenrekorder mit Autoreverse und aufgeschraubten Lautsprechern auf der Hutablage. Auch im Winter kurbelte man an der roten Ampel immer etwas die Scheibe herunter, damit der Polofahrer neben einem mitbekam, wer die bessere Rockmusik hörte.

Als ich mir auf dem Feldweg gerade die Jacke zumachte, zeigte mir Angus Young, dass ich nun wirklich auf dem letzten Drücker meine Informationen bekommen würde.

»Sorry ich musste erst noch einen Freund heimschicken«, musste ich da hören. Jetzt war es amtlich, kein Rollkragenpulli.

»Fasse dich kurz, ich bin gleich da«, entfuhr es mir besonders nüchtern. »Langsam glaube ich wirklich, dass du heute Morgen kein Klopapier auf dem stillen Örtchen hattest«, sagte sie in einem beschwichtigenden Ton.

»Also hör zu, Markus, ein Friedwald ist eine alternative Form der Bestattung. Die Asche Verstorbener ruht dort in biologisch abbaubaren Urnen an den Wurzeln einzelner Bäume, anonym oder mit Schildern an den Bäumen. In Deutschland gibt es schon mehrere solcher Friedwälder. Der in Ammerbuch wurde 2011 eröffnet. Beerdigungen konnten eine religiöse Zeremonie enthalten oder frei gestaltet werden. Die Trauerfeier fand vor der Beisetzung am Rand des Waldes auf einer Aussichtsebene am Schönbuchrand statt. Sogar schon jemand von der Familie Porsche lag dort begraben. Und, kurz und prägnant genug?«, endete der Kurzvortrag von Jenny mit einer Frage.

»Ja, du bist ein braves Mädchen«, sagte ich leicht ironisch und fügte hinzu: »Ich sehe bereits das große Holzkreuz der

Aussichtsebene. Hör zu, ich verschaffe mir hier erst einmal einen Überblick von der Sachlage und melde mich dann, ob ich dich hier brauche, okay.«

»Jawohl, Käpt'n Bergmann, bis später«, sagte sie und legte gleich auf, bevor ich noch einen Spruch entgegnen konnte.

Gegenüber des Platzes mit dem Holzkreuz machte der Weg eine Rechtskurve und führte in den angrenzenden Wald. Genau dort sah ich bereits zwei Kollegen von mir stehen und einen etwa sechzigjährigen Mann mit einem grauen Bart und grüner Försteruniform. Die Absperrbänder waren tatsächlich schon angebracht worden. Ob der Kollege vorhin am Funk doch eine Anmerkung gemacht hatte?

»Guten Morgen, die Herren. So, was für ein unerfreulicher Grund führt uns so früh am Morgen hierher«, sagte ich. Ich war unzufrieden mit mir, dass ich wie so oft keinen wirklich guten Gesprächsanfang fand.

»Es wurde Ihnen ja sicherlich ausgerichtet, dass der hier anwesende Revierförster, heute am frühen Morgen, eine Damenleiche entdeckt hat«, war die sachliche Antwort eines Kollegen.

»Ja, sicherlich«, war meine knappe Antwort, während ich allen drei Personen reihum die Hand gab. Der Revierförster, der sich mir als Hubert Fadler vorstellte, führte mich direkt zum Fundort, während ein Kollege der Streife uns folgte, der andere allerdings an der Absperrung stehen blieb. Nach fünfzig Metern führte ein kleiner Trampelpfad rechts in den Wald. Nach wenigen Schritten sah ich die Frau auf dem Boden flach vor einem Baum liegen. Der Kopf, welcher in einem ungewöhnlich stumpfen Winkel zum Körper direkt an der großen Wurzel lag, wies keine sichtbaren Verletzungen auf. Auch Blut war nicht zu sehen. Bevor ich mir die Handschuhe anzog, um die Leiche zu untersuchen, ging ich zuerst ein paar Schritte zurück, um den Fundort nochmals genauer auf mich wirken zu lassen. Dabei fiel mir erst jetzt etwas eigentlich ganz Offensichtliches auf. Die Frau hatte nur einen Schuh an. Am rechten Fuß trug sie nur einen bräunlichen Socken. Am linken Fuß den gleichen Socken und einen bräunlichen zarten Halbschuh. Ich meine mich zu erinnern, dass diese Art Schuhe Ballerina hießen. Wo war der andere Schuh? Ich schaute mich um, nirgends war er. Die Situation stellte sich für mich so dar: Vielleicht konnte diese Frau zufällig gestürzt und beim Aufprall tödlich verletzt worden sein. Aber warum verliert sie dabei ihren Schuh. Und wenn es so war, wo ist dann der zweite Schuh? Kann ein Tier ihn mitgenommen haben? Eher wahrscheinlicher war die Möglichkeit, dass sie auf der Flucht vor jemanden den Schuh verlor, gestolpert ist und daran unglücklich starb. Warum sollte sie sonst gerannt sein. Aber auch hier die Frage, wo war der Schuh? Und was macht diese schätzungsweise sechzigjährige Frau mitten in der Nacht hier mit so leichten Schuhen, in einer dünnen Bluse und mit einer sehr modischen, aber wenig wärmenden leichten Jacke für diese Jahreszeit.

»Wir sperren hier alles ab und holen die Spurensicherung«, rief ich dem wartenden Kollegen und dem Förster auf dem Weg zu.

»Die Spurensicherung. Gleich der große Bahnhof. Was wollen die hier finden?«, fragte der Kollege etwas verblüfft.

»Den fehlenden Schuh«, war meine kurze Antwort.

Als ich zusammen mit dem Förster zurück zum Parkplatz vor dem Schloss ging, versuchte ich ihm die üblichen Fragen zu stellen.

»Herr Fadler, haben Sie etwas angerührt an der Leiche oder dem Fundort?«

»Warum soll ich das getan haben?«, fragte er etwas irritiert zurück.

»Hmm, ja, vielleicht um zu schauen, ob sie noch lebt oder wie sie heißt«, sagte ich, und versuchte meine Verärgerung über diese Gegenfrage zu verbergen.

»Ach so«, war die Antwort ohne einen Kommentar.

»Liegt die Frau nun unverändert an dem Baum, oder haben Sie die Lage des Körpers vielleicht doch verändert«, fragte ich mit leicht ungeduldiger Stimme. »Douglasie und nein«, war seine kurze Antwort, ohne dabei eine emotionale Regung zu zeigen.

»Herr Fadler, bitte antworten Sie mir etwas ausführlicher auf meine Fragen«, klang ich immer verärgerter.

»Der Baum ist eine Douglasie, und nein, ich habe die Frau nicht angerührt«,

»Na, geht doch«, sagte ich etwas erleichtert.

»Ich bin gerne früh am Morgen im Wald unterwegs. Der Weg, der durch den Friedwald führt, ist ein Hauptverbindungsweg. Er verbindet den Sportplatz am Entringer Sattel mit dem Schloss Hohenentringen und ist Teil des Fernwanderweges HW 5. Er ist an Wochenenden einer der meistbegangenen Strecken im Schönbuch. Ich beobachte den Abschnitt im Friedwald immer ganz besonders, ob Wildschweine vielleicht einen Schaden angerichtet haben«, war seine für mich überraschend ausführliche Aussage.

Am Parkplatz angekommen, übergab ich den Revierförster einem eingetroffenen Kollegen zur Aufnahme der Zeugenaussage. Davor reichte ich ihm wie üblich eine Visitenkarte von mir, falls ihm noch die sagenumwobenen sachdienlichen Hinweise einfallen sollten.

Ich entschloss mich, Jenny anzurufen.

»Du kannst dich doch gleich auf dem Weg hierher machen. Es war vermutlich wohl doch kein Unfall oder ein natürlicher Tod. Und abgesehen davon, könnte das echt ein Fall genau für dich sein«, sagte ich geheimnisvoll.

»Oh, warum denn das?«, fragte sie neugierig.

»Weil wir einen Damenschuh suchen«, war die einfache Antwort.

»Das verstehe ich jetzt nicht. Aber egal, ich bin grade in der Polizeidirektion angekommen und mache mich gleich auf dem Weg zu dir«, war ihre Antwort.

Nachdem ich mein Handy wieder in der Jackentasche verstaut hatte, ließ ich meinen Blick über den Parkplatz kreisen. Von wo aus war das Opfer zum Friedwald gelaufen, fragte ich mich? Sie ist entweder von hier zum Tatort gelaufen oder von Parkplatz des Sportplatzes aus auf der anderen Seite des Friedwaldes. Von hier aus war es wesentlich kürzer, wenn ich an ihre leichte Kleidung dachte. Auf dem Parkplatz standen nur fünf Fahrzeuge. In der Zwischenzeit zwei Polizeifahrzeuge, mein hässlicher Kombi und zwei Autos, die vermutlich die Nacht über hier gestanden hatten. Der Tau hatte eine dichte Schicht über die beiden Wagen gezogen. Ich rief einem der gerade angekommenen Streifenpolizisten zu, er solle bitte die beiden Pkw-Halter ermitteln und versuchen, diese zu kontaktieren.

Der Innenhof des Schlosses Hohenentringen war menschenleer, was um diese Uhrzeit nicht verwunderlich war. Ich lehnte mich an die Steinmauer am Rand des Biergartens und blickte weit über das Ammertal. Mein Reihenmittelhaus und unser Dorf dazu konnte man allerdings von hier aus nicht sehen, da der Blick nur nach Südwesten möglich war. In diesem Augenblick fiel mir ein, dass ich heute noch keinen Kaffee und etwas zu essen gehabt habe. Plötzlich spürte ich Hunger und Müdigkeit. Da stehe ich nun, ich armer Tor, mitten in einem Biergarten und so weit weg von einem Getränk und einer Butterbrezel, dachte ich bei mir.

Jenny und die Spurensicherung kamen fast gleichzeitig an. Kurz dahinter sah ich das Einsatzfahrzeug der Gerichtsmedizin anfahren. Wie fast immer zu dieser Jahreszeit hatte Jenny eine ihrer engen Outdoorjacken an, die ihre Hüfte besonders betonten.

»Guten Morgen. Was hat es nun mit diesem Damenschuh auf sich?«, fragte sie mich gleich.

»Ja, das ist so eine Sache. Der toten Frau fehlt ein Schuh. Aber vielleicht taucht er ja bei der näheren Untersuchung des Fundortes auch wieder auf«, sagte ich beschwichtigend, um nicht später mit meiner Vermutung völlig daneben zu liegen.

Nachdem ich ihr den Fundort und die Sachlage kurz beschrieben hatte, entschieden wir uns, zuerst die Einschätzung der Spurensicherung und der Gerichtsmedizin abzuwarten.

Um die Zeit bis dahin zu überbrücken, gingen wir zum Schloss, um unsere Ermittlungen dort zu beginnen. Als wir keine Klingel fanden, klopften wir laut an die Eingangstür des Turmes. Ein Mann um die Sechzig, der bereits eine Jacke anhatte und mehrere Einkaufstaschen in der Hand hielt, öffnete die alte Holztür und trat auf uns zu.

»Ja, wie kann ich Ihnen helfen? Wir öffnen erst zur Mittagszeit«, sagte er bestimmend.

»Entschuldigen Sie die Störung. Mein Name ist Bergmann und dies hier ist meine Kollegin, Frau Faß vom Polizeipräsidium Tübingen. Falls Sie der Gastwirt hier sind, hätten wir ein paar kurze aber wichtige Fragen an Sie«, erwiderte ich in einem betont sachlichen Tonfall.

»Es tut mir leid, aber ich muss dringend ein paar wichtige Einkäufe erledigen, geht das nicht später?«, antwortete er.

»Es tut mir auch leid, aber da Sie es sowieso morgen aus der Presse erfahren werden, kann ich Ihnen bereits jetzt schon mitteilen, dass heute in der Nähe Ihres Anwesens eine Person tot aufgefunden wurde«, antwortete ich darauf, wobei ich bewusst den genauen Fundort nicht erwähnte.

Wie so oft bei solchen Mitteilungen, kann man beobachten, wie sich bei den gegenüberstehenden Personen eine gewisse Körperspannung einstellt. Die Augen öffnen sich weit und man erhält als Antwort seine eigenen Worte erwidert.

»Tot. Person. Hier? Wo genau?«, war die erwartete Reaktion.

»Die Person wurde heute Morgen im Wald aufgefunden«, sagte ich noch unverbindlich, »und es ist nicht auszuschließen, dass diese Person gestern Abend bei Ihnen hier im Gasthof gewesen ist. Wir hätten uns deshalb gerne mit Ihnen unterhalten, ob Ihnen etwas Besonderes aufgefallen ist und welche Personenkreise gestern bei Ihnen verkehrten und eventuell reserviert hatten.«

Nachdem uns Herr Binder, der sich als Pächter des Schlosses vorgestellt hatte, kurz danach in einem vorderen Gastraum einen Kaffee eingeschenkt hatte, warfen wir zusammen einen Blick in das Reservierungsbuch. Herr Binder erklärte uns, dass sonntags bei ihm immer sehr viel los sei. Zwischen neunzehn und zwanzig Uhr hatte er fünf Tischreservierungen und nach seiner Einschätzung zwischen zwanzig und zweiundzwanzig Uhr bis zum Schluss zwanzig zusätzliche Gäste. Die Reservierungen waren zwei kleinere

Familienfeste, außerdem eine Gruppe der Naturfreunde, ein Treffen alter Freunde und ein Frauenstammtisch, der sich hier monatlich traf. Nachdem wir uns alle vorliegenden Daten und Kontaktpersonen notiert hatten, und ich noch schnell einen zweiten Kaffee getrunken hatte, verabschiedeten wir uns und gingen zurück zum Parkplatz. Dort kam uns der Streifenpolizist entgegen, den ich gebeten hatte, die Halter der beiden Fahrzeuge zu ermitteln.

»Also, der grüne Allrad dort gehört einem Dieter Becker aus Rottenburg. Den habe ich vorhin aus dem Bett geklingelt. Das war aber nicht so schlimm, er ist Rentner. Er hatte hier ein Treffen der Naturfreunde und musste das Auto stehen lassen, wegen dem guten Trollinger.«

Ohne hörbar Luft zu holen, kam er gleich ohne Umschweife zu dem zweiten Wagen.

»Diese weiße Limousine ist zugelassen auf eine Frau Petra Kleinert, Rebengasse 10 in Tübingen-Derendingen. Sie war daheim telefonisch nicht zu erreichen. Wir versuchen gerade, noch ihren Arbeitgeber zu ermitteln und sie möglichweise dort zu kontaktieren.«

»Vielen Dank, Kollege. Bitte informieren Sie mich über den weiteren Sachstand«, sagte ich und begann bereits im Kopf zu zählen. Eine Fahrzeughalterin, ein Frauenstammtisch und die Hälfte der restlichen Gäste waren bestimmt auch Frauen. Und dann war ja noch das Personal. Und wenn sie gar nicht Gast war, sondern nur den Friedhof besuchen wollte? Mussten wir dann alle Personen ermitteln, die auf dem Friedhof begraben waren?

Im nächsten Moment sah ich einen weißen Einweganzug der Spurensicherung auf uns zukommen. Gleich werden unsere weiteren Ermittlungen sich vielleicht auflösen oder in eine bestimmte Richtung laufen, dachte ich flehend.

Der Kollege hatte in beiden Händen eine Sicherungstüte für Beweismittel und hielt diese uns entgegen.

»Also, nach der ersten Einschätzung des Gerichtsmediziners war die Todesursache vermutlich Genickbruch durch den Aufprall an der Baumwurzel. So und hier sehen Sie ihre Damenhandtasche. Diese haben wir zwischen dem Fundort und dem Waldweg auf der rechten Seite unter einem Farn entdeckt.«

»Und der fehlende Schuh?«, entfuhr es mir sichtlich ungeduldig.

»Weit und breit kein Schuh. Wir haben in der Umgebung jedes Blatt umgedreht. Aber wir suchen weiter«, antwortete er sichtlich unberührt.

Jenny und ich sahen uns kurz aber intensiv in die Augen. Nicht, dass ich jetzt eine Genugtuung verspürte, dass ich recht hatte. Ein klein wenig vielleicht.

»So, diese Handtasche hier beinhaltet alles, was wohl hineingehört. Hygieneartikel, Handy und ein Schlüsselbund. Auch mit einem Geldbeutel, in welchem Bargeld um die hundertfünfzig Euro und diverse Karten enthalten sind. Außerdem der Personalausweis. Darf ich vorstellen, Ihre Tote ist Frau Petra Kleinert. Geboren am 19. September 1955 in Tübingen. Wohnhaft in der Rebengasse 10 in Tübingen-Derendingen.«

Den Anruf oder einen Besuch bei ihrem Arbeitgeber können wir uns wohl ersparen, dachte ich mir. Mit dieser Einschätzung sollte ich allerdings falsch liegen.

Montag, 13. April, 9.32 Uhr

Als wir in der Polizeidirektion ankamen, führte mein erster Weg nicht zum Unterschreiber meiner Urlaubskarte, wie ich meinen Vorgesetzten gerne heimlich nannte. Wie passend doch diese Umschreibung war. Eine Person die einem vorgesetzt wurde. Nein, ich ging direkt in die Kantine. Die zwei Kaffee im Schloss hatten mir zwar gut getan, erzeugten aber langsam ein flaues Gefühl im Magen, da ich den ganzen Morgen noch nichts gegessen hatte.

»Noi, Brezla send aus«, war die Meldung auf mein wortloses Umherschauen in der fast leeren Auslagetheke der Kantine.

»Liebe Frau Meier, was hätten Sie denn noch für einen verhungernden Staatsdiener wie mich?«, war meine flehende Frage.

»Oin trockens Roggeweckle oder oin Tomaten/Käs-Dreikornspitz«, war die Hiobsbotschaft.

»Na, dann packen Sie mir bitte den Vegispitz ein«, war meine enttäuschte Antwort.

Auf dem Weg in mein Büro im dritten Stock wurde ich am Aufzug bereits von unserer Verwaltungskraft Sabine angesprochen, die wohl ein paar Akten im Haus umhertrug.

»Du Markus, Herr Weber hat schon telefonisch dreimal nach dir gefragt. Er wollte wissen, was denn da los sei im Schönbuch. Du sollst dich umgehend bei ihm melden.«

Zuerst einmal musste aber der Vegispitz gegessen werden, denn ich brauchte etwas im Bauch, um besser denken zu können. Und um das mir bevorstehende Gespräch mit dem Weber-Grill emotionslos zu überstehen. Ja Weber-Grill, so nannten wir ihn hier spaßeshalber, oder auch Grillmeister.

Statt ihn anzurufen, entschied ich mich persönlich bei ihm vorbeizugehen. Ich hasste es, wenn er entschied, wann ein Gespräch vorbei war und er den Hörer blitzschnell nach dem »Auf wiederhö...«, auflegte. Da ging ich lieber selber zu ihm und verließ mit einer Ausrede dann den Raum, wenn ich meinte, er sei genug informiert worden.

Als ich das Vorzimmer betrat, lächelte mir Eva Sommer entgegen. Eva kannte ich schon seit Jahren. Sie war bereits die beste Kraft von Webers Vorgänger gewesen. Das war noch ein Vorgesetzter aus altem Schrot und Korn. Hart in der Sache, aber immer menschlich und interessiert an einem. Eva und ich hatten Herrn Habinger a. D. sehr gemocht.

»Ist er da?«, fragte ich Eva.

»Ja, geh gleich rein, er sucht dich schon«, antwortete sie.

»Mensch, Bergmann, da sind Sie ja. Wüsste ich nicht genau, dass Sie mit der Handhabung Ihres neuen Diensthandys nicht klarkommen, müsste ich ja fast glauben Sie haben mich absichtlich nicht vom Tatort aus angerufen«, hallte es mit vorwurfsvoll entgegen.

»Guten Morgen, Herr Weber. Zuerst musste ich ja die Sachlage ermitteln. Und dann wusste ich ja nicht, ab wann man Sie stören darf, so früh am Morgen«, war meine schnelle Antwort, auf die ich stolz war.

»Mich darf man dienstlich immer stören. Ein deutscher Polizeibeamter ist immer im Dienst«, erwiderte er.

Den Gedanken, ihn auf den Toten im Obdachlosenheim anzusprechen, als es dort an einem Wochenende zu einem Küchenbrand gekommen war vor sechs Monaten und Herr Weber das ganze Wochenende telefonisch nicht zu erreichen gewesen war, strich ich umgehend. Ich musste mich auf das Gespräch konzentrieren. Nachdem ich ihm die Vorkommnisse des Falles und den aktuellen Ermittlungsstand erläutert hatte, überlegte er für seine Verhältnisse sehr lange, bevor er etwas dazu sagte.

»Zuerst werde ich kurz den Polizeipräsidenten und den Staatsanwalt darüber informieren. Nach der Vorlage des genauen Obduktionsberichtes werden wir gegebenenfalls weitere Maßnahmen veranlassen. Bis auf dahin würde ich vorschlagen, Sie ermitteln weiter in Richtung Unfall mit Todesfolge. Vielleicht findet sich der Damenschuh ja doch noch. Haben Sie schon einmal im Auto der Dame nach dem Schuh geschaut?«, war dann seine Frage an mich.

Mit einem kurzen Zögern antwortete ich: »Nein, haben wir noch nicht. Der Fundort liegt ungefähr dreihundert Meter vom Parkplatz entfernt. Warum soll die Dame mit einem Schuh oder auf einem Bein diese Strecke zurückgelaufen sein. Aber die Durchsuchung des Autos wird selbstverständlich auch zu dem nun üblichen Prozedere gehören.«

»Schon gut, Bergmann, Sie wissen ja schon, was Sie zu tun haben. Und besorgen Sie mir mal schnell noch die Informationen darüber, wer diese Frau Petra Kleinert war, bevor ich die Chefs anrufe. Der Name kommt mir bekannt vor«, damit schloss er seinen Vortrag.

Da ich mich nun entschlossen hatte, ihn genug informiert zu haben, verließ ich den Raum mit einem kurzen: »Gut.«

Im Büro empfing mich Jenny.

»Diese Petra Kleinert war stellvertretende Chefredakteurin des Lokalteiles beim Tübinger Boten. Jetzt wird die Sache aber spannend.«

»Bitte ruf gleich den Weber an und gebe ihm diese Info weiter. Er wartet schon darauf«, antwortete ich ihr umgehend, mit dem Wissen das nun der Fall natürlich gleich politisch höher aufgehängt werden würde.

Nach zehn Minuten trafen wir uns zur Teambesprechung. Dort erläuterte ich als Teamleiter, dass alle sonstigen Ermittlungen, die nicht unbedingt notwendig waren, in den nächsten Tagen hinten angestellt werden mussten. Ich übergab die Aufgabe, den Kontakt zur Spurensicherung aufzunehmen an Kevin. Er war mit fünfundzwanzig das jüngste Mitglied der Mordkommission. Ein sportverrückter Kerl mit dem Hang zum Schlendrian. Das Auto des Opfers zu untersuchen, übergab ich an Paul. Er war mit vierunddreißig gerade zum ersten Mal Vater geworden und man sah ihm morgens oft an, dass er die zurückliegende Nacht nicht durchgeschlafen hatte. Die Aufgabe, das private Umfeld unseres Opfers zu ermitteln, übergab ich an Klaus. Dieser ist mit einundsechzig der Senior unserer Truppe. Dass er Nebenerwerbslandwirt war, sah man an seinen Händen. Diese waren nicht nur riesig, sondern auch voller Risse und Hornhaut. Klaus war ein tiefenentspannter Mensch, den so schnell nichts aus der Ruhe brachte. Leider auch nicht, wenn ich schnell eine Antwort von ihm wollte. Im Team war er der absolute Spezialist für Rechercheaufgaben. So blieb noch die Aufgabe übrig, das berufliche Umfeld des Opfers zu sichten und zu recherchieren. Dies würden Jenny und meine Person übernehmen. Mit Jenny arbeitete ich gerne zusammen. Für ihre zweiunddreißig Jahre war Jenny schon eine ausgesprochen erfahrene Ermittlerin. Außerdem mochte ich sie einfach. Für sechzehn Uhr wurde die nächste Teambesprechung anberaumt, um die ersten Ergebnisse vorzulegen.

Montag, 13. April, 13.29 Uhr

Jenny und ich hatten uns entschieden, erst die Mittagspause abzuwarten, um die Wahrscheinlichkeit zu erhöhen, auch einen geeigneten Ansprechpartner beim Tübinger Boten anzutreffen. An der Anmeldung erfuhren wir dann allerdings von einer Dame, dass der Chefredakteur, Herr Wollmann, noch zu Mittag sei. Auch andere Personen der Chefetage waren noch außer Haus. Mit dem Hinweis, dass es sich um eine dringende interne Angelegenheit handelte, übergab ich ihr meine Visitenkarte mit dem Wunsch, dass Herr Wollmann mich sofort auf meiner Mobilnummer zurückrufen sollte.

Da ich mir sicher war, bald einen Rückruf zu erhalten, lud ich Jenny auf einen Kaffee in ein kleines Stehcafé gegenüber ein. Ich liebte diese kleinen Unterbrechungen während einer Ermittlung. Besonders mit Jenny. Für ihr Alter kannte sie sich ausgesprochen gut aus mit der Musik der Achtzigerjahre. Wer in dem Alter hatte schon als Lieblingsband Genesis. Tatsächlich hatten wir unseren Milchkaffee erst zur Hälfte getrunken, als mein Diensthandy klingelte. Obwohl ich mich normalerweise nicht gleich meldete, da ich den Klingelton liebte, konnte ich wohl oder übel nicht riskieren, dass der Chefredakteur auf meiner Mailbox landete. Fünf Minuten später standen wir bei ihm im Büro.

»Das ist ja entsetzlich. Eine Katastrophe«, waren seine Worte, als wir ihn über den Tod seiner Kollegin informierten. Kurz darauf fügte er mit leicht brüchiger Stimme hinzu: »Wir haben uns schon gewundert, wo Frau Kleinert heute war. Sie hatte sich ab und an schon einmal eine Auszeit genommen oder entschieden, spontan außerhalb des Hauses zu recherchieren. Aber sie hat sich immer ordnungsgemäß abgemeldet.«

Auch auf die üblichen Fragen zu möglichen Problemen bei der Arbeit oder vielleicht bekannten privaten Unstimmigkeiten bekamen wir eine negative Antwort. Als ich Herrn Wollmann nochmals deutlich machte, dass der Todesfall einige offene Fragen aufwies und wir ihr ganzes Umfeld genau beleuchten mussten, zeigte er sich etwas kooperativer.

»Sie sagten, Frau Kleinert habe sich schon einmal eine Auszeit genommen. Wie meinten Sie das genau?«, fragte Jenny daraufhin.

Nach kurzem Zögern antwortete er.

»Gut, Sie werden es ja sowieso herausfinden. Also, Frau Kleinert war fünfzehn Jahre vor meiner Zeit bereits stellvertretende Chefredakteurin des Lokalteiles. Als vor drei Jahren mein Vorgänger in den Ruhestand ging, hat sie sich wohl ernsthafte Hoffnungen gemacht, seine Nachfolge anzutreten. Aber die Geschäftsführung der Zeitung hat mich ausgewählt. Ich arbeitete davor bei einer überörtlichen Zeitung am Bodensee.«

»Gut, so etwas ist im Berufsleben aber durchaus möglich«, bemerkte Jenny.

»Ja, aber...«, Herr Wollmann zögerte wiederum, »...Frau Kleinert hatte ein ausgesprochen gutes Verhältnis zu meinem Vorgänger. Sie standen sich auch privat, sagen wir mal, sehr nahe. Ich weiß nichts Genaues. Das war vor meiner Zeit. Ich kann nur sagen, was ich gehört habe. Mein Vorgänger war verheiratet. Seine Ehefrau war damals sogar Stadträtin in Tübingen.«

»Und weiter?«, wollte es Jenny nun genauer wissen.

»Es gab damals wohl das geflügelte Wort von der gleichen Bräune. Nachdem beide immer zu Ostern gleichzeitig Urlaub hatten, wurde bei beiden die gleiche Bräune an Gesicht und Armen festgestellt. Auf jeden Fall hatte Herr Lüdtken, so hieß mein Vorgänger, ihr sehr viel beruflichen Freiraum gewährt. Sie war sozusagen vom Alltagsgeschäft freigestellt. So konnte sie natürlich in Ruhe recherchieren und hat in dieser Zeit einige Dinge ans Licht gebracht, die lokalpolitisch etwas brisant waren. Dem unabhängigen Ruf unserer Zeitung hat dies natürlich gut getan. Nach dem Weggang von Herrn Lüdtke entschied dann die Leitung unserer Zeitung, dass Frau Kleinert ihre Kompetenzen behielt, die Leitung der Abteilung aber wohl auch aus Gründen der Personalführung in andere Hände gelegt werden sollte. Wie gesagt, alles vor meiner Zeit.«

Ich hatte das Gefühl, vorerst genug dazu gehört zu haben.

»Woran hat Frau Kleinert denn gerade aktuell gearbeitet«, fragte ich nach.

Nach kurzer Überlegung sagte Herr Wollmann: »Also, wie gesagt, sie recherchierte sehr autark, lieferte aber regelmäßig stichhaltige und gute Berichterstattungen ab. Über laufende Projekte wurden wir oft nicht informiert. Das Einzige, von dem ich wusste, war die seit geraumer Zeit laufende Recherche zu geplanten Erschließungsflächen am Neckar.«

»Worum geht es dabei?«, fragte ich sofort zurück. Ich musste seine Mitteilsamkeit ausnutzen und ihn reden lassen.

»Die Landesregierung hat vor Kurzem ein neues Gesetz erlassen, wonach in aktuell ermittelten Überschwemmungsgebieten eine neue Bebauung und Erschließung nicht mehr möglich ist. Sie können sich vorstellen, dass in Tübingen und den Neckar entlang einige solcher Flächen bestehen und somit Interessen einiger Personenkreise und Institutionen betroffen sind. Somit war und ist das sicherlich ein brisantes Thema.«

»Wo hat Frau Kleinert ihre Daten bearbeitet und gespeichert?«, fragte Jenny gezielt nach.

»Sie hatte hier einen Arbeitsplatz mit einem PC. Gearbeitet hat sie aber oft auch daheim. Wenn sie zu einer Besprechung erschien, dann mit ihrem Laptop«, war seine Antwort.

»Können Sie uns noch etwas über das private Umfeld von Frau Kleinert sagen?«, fragte Jenny nach.

»Von ihrer Familie ist mir fast nichts bekannt. Soviel ich weiß, war sie auch nie verheiratet. Neben dem bereits erwähnten guten Verhältnis zu meinem Vorgänger hat sie wohl früher lange eine Beziehung auf Distanz zu dem Inhaber einer Yoga-Schule im Allgäu unterhalten. Das scheint aber schon seit geraumer Zeit nicht mehr aktuell gewesen zu sein. Diese Informationen habe ich aus gewöhnlich gut unterrichteten Kreisen erhalten. Sie wissen ja, wie das so ist bei einer Weihnachtsfeier. Wenn man nicht möchte, dass über einen gesprochen wird, muss man hingehen«, war seine durchaus glaubhaft wirkende Antwort.

»Und Frau Kleinert war wohl selten an Betriebsfeiern anwesend?«, sagte Jenny mehr feststellend als fragend.

»Herr Wollmann, ich möchte Sie bitten, uns bis morgen eine Liste aller Kollegen und Kolleginnen aufzustellen. Möglicherweise werden wir noch den betrieblichen Computer von ihr benötigen. Bitte sichern Sie deshalb alle wesentlichen Daten und übergeben uns diese. Hier haben Sie meine Karte«, sagte ich und stand auf. Wir verabschiedeten uns.

»Was hältst du davon?«, fragte ich Jenny beim Verlassen der Drehtür am Ausgang.

»Ich bin mal gespannt, wie sie mit ihrem Tod in der Berichterstattung im eigenen Blatt umgehen. Auf jeden Fall sollten wir an ihren privaten Laptop kommen, wenn wir weiter nachforschen wollen.«

»Müssen!«, war meine Antwort darauf, »nachforschen müssen! Solange ihr Damenschuh nicht auftaucht und mir keiner glaubhaft erklären kann, wieso sie so spät auf dem Friedhof war und womöglich in Panik stürzte, solange müssen wir!«

Auf der Rückfahrt zum Präsidium war es auffällig ruhig bei uns im Wagen. Das lag wohl daran, dass jeder von uns seinen Gedanken nachging.

Was ich an meinem Team wirklich schätzte, war die Pünktlichkeit. Es war noch nicht sechzehn Uhr, aber alle waren im Besprechungsraum anwesend, als ich den Raum betrat. Vor dem Fenster saß Kevin, neben ihm sein Kollege und zwischenzeitlich auch Freund Paul. Gegenüber saß Jenny, die ihre Outdoorjacke ausgezogen hatte und neben ihr hatte Klaus Platz genommen, der noch etwas in einem Stapel Blätter suchte. Klaus war bereits vor mir in dieser Abteilung. Ich musste kurz an heute Nachmittag, an Herrn Wollmann denken. Was hatte ich mir für Gedanken gemacht, als ich von außen zum Teamleiter ernannt wurde. Zum Glück hatte ich dann später erfahren, dass Klaus wegen seiner Landwirtschaft gar keine Ambitionen hatte, die Karriereleiter aufzusteigen. Am Tischende thronte dann noch Sabine, unsere Verwaltungskraft. Sie hasste es, wenn man Sekretärin sagte. Sie war aber auch wirklich mehr für uns.

»So«, begann ich die Besprechung.

»Markus, sorry, aber bevor du loslegst, muss ich dir sagen, dass vor fünf Minuten der vorläufige Obduktionsbericht reingekommen ist. Ich hatte keine Zeit, es dir gleich zu sagen«, fiel mir Sabine ins Wort.

»Schon gut, hast du schon einen Blick hineinwerfen können?«, fragte ich voller Erwartung.

»Wie wir ja schon angenommen hatten, ist der Tod durch Genickbruch eingetreten. Vermutlicher Todeszeitpunkt ist gestern Nacht zwischen 23 und 0 Uhr«, berichtete sie sachlich.

»Und mit der Spurensicherung habe ich auch schon telefoniert«, drängte sich Kevin in das Gespräch.

»Außer der Handtasche wurde nichts am Tatort gefunden. Also auch kein Schuh. Und Fußspuren gab es Hunderte auf dem Trampelpfad, da er zu den Urnenplätzen unter den Bäumen führt. Also nichts Brauchbares.«

»Im Auto wurde auch nichts Besonderes gefunden. Der Fahrersitz und der Innenspiegel waren auch auf ihre Körpergröße von Ein-Meter-Sechzig eingestellt. Sie scheint also vermutlich selbst dorthin gefahren zu sein«, fügte Paul hinzu.

»Und in der Handtasche waren alle wichtigen Dinge noch vorhanden. Haustür-, Auto- und weitere Kleinschlüssel, Handy, Geldbeutel mit Bargeld und EC- und Kreditkarte«, fügte Kevin hinzu.

Sabine stand plötzlich auf und streckte ihren rechten Arm in die Höhe.

»Ich war noch nicht fertig. Ich habe noch eine wichtige Information aus der Obduktion. In ihrem rechten Schulterblatt wurde eine Einstichstelle festgestellt. Es war nicht die Todesursache, da sie nur einen Zentimeter tief war. Aber der Einstich war definitiv von gestern. Der Gegenstand wurde nicht gefunden. Er muss spitz sein, aber nicht wie eine Nadel, eher zwei bis drei Millimeter dick. Auffällige Substanzen konnten in ihrem Blut bisher noch nicht festgestellt werden. Genauere toxikologische Untersuchungen laufen aber noch.«

Im Raum herrschte plötzlich eine eigenartige Stille, die ich versuchte zu unterbrechen.

»Wir können also davon ausgehen, dass unser Opfer verfolgt wurde und bei einem Angriff mit einem spitzen Gegenstand stolperte und verunglückte.«

»Ja, wäre das mit der Verletzung nicht, hätte man die Sache vielleicht als Unfall ansehen können«, meldete sich Kevin zu Wort.

»Ich habe da noch etwas«, sagte Sabine, während sie den Obduktionsbericht quer zu lesen schien.

»Sie muss wohl den Schuh erst kurz vor dem Sturz verloren haben. Ihre Strümpfe waren auf der Lauffläche kaum beschädigt und ihre Fußsohle weist nur kleine Rückstände vom Waldboden auf.«

»Die Spurensicherung versichert, dass in der ganzen Umgebung kein Schuh gefunden wurde. Es wurde heute auch noch die Bereitschaftspolizei und eine Hundestaffel hingeschickt, um die ganze Gegend zu durchkämmen. Ohne Ergebnis«, fügte Paul hinzu.

Klaus hatte bisher noch nichts gesagt. Aber ich wusste, er ermittelte gut. In der Berichterstattung und in der Kommunikation musste er oft konkret angesprochen werden. Ich wusste dies und respektierte es.

»So, Klaus, berichte uns doch mal von deinen Ergebnissen«, sprach ich ihn an.

Die anderen im Team kannten Klaus auch gut und machten es sich sichtbar in ihren Stühlen bequem.

»Hm, fing er nach einer kurzen Pause seinen Bericht an. Es war nicht ein Künstliches in die Länge ziehen. Klaus war nun mal der Erfinder der Entschleunigung.

»Vorhin war ich noch mit der Spurensicherung in der Wohnung des Opfers. Wir haben nichts Besonderes festgestellt. Ihren PC habe ich beschlagnahmt und bereits in die KTU gebracht. Das dauert aber ein bis zwei Tage.«

Wieder trat eine kurze Pause ein, bevor er weiter berichtete.

»Und davor war ich im Schloss Hohenentringen und habe

dem Wirt das Bild unserer Toten gezeigt. Sie war gestern Abend dort bei einem Treffen alter Freunde.«

Typisch Klaus, mit dieser Information wartet er seelenruhig bis zum Schluss, dachte ich mir, und stellte ihm gleich eine Frage dazu.

»Der Frauenstammtisch, oder?«

»Nein, aber wir haben den Namen der Person, die den Raum ein paar Tage zuvor telefonisch gemietet hat, ein gewisser Herr Trost. Es waren wohl fünf alte Freunde. Sie hatten den kleinen Nebenraum im Erker gebucht. Drei Männer und zwei Frauen, alle um die Sechzig«, antwortete er langsam.

»Mist, kein Vorname«, merkte Jenny an.

Wieder ganz ruhig, fing unser schwäbischer Landwirt an, weiter zu berichten.

»Ich hatte vom Wirt die Telefonnummer der Bedienung erhalten, die gestern Abend den Tisch bediente. Der Mann, der sich an Anfang als derjenige vorstellte, der den Tisch reserviert hatte, wurde am Abend von den anderen Jo genannt. Zumindest glaubt sich die Bedienung daran zu erinnern.«

»Toll Jo, ... Jochen, Joachim, Jonathan oder ganz etwas anderes vielleicht. Ich kenne einen, der heißt Jojo als Spitznamen. Können wir nicht vielleicht die Telefonnummer ermitteln«, unterbrach ihn Paul etwas ungeduldig.

Ich schmunzelte in mich hinein, da ich genau wusste, dass Klaus noch einen Pfeil im Köcher hatte. Von ihm konnten die jungen Kollegen wirklich noch etwas lernen.

»Wann genau die Bestellung erfolgte, wusste der Wirt nicht mehr genau. Und in der Schlossgaststätte gehen täglich bald hundert Anrufe ein. Daher habe ich einfach alle Jochen und Joachim Trosts in der näheren Umgebung ermittelt. Es gibt einen Jochen Trost in Tübingen und zwei Joachim Trost.

Einer aus Rottenburg und einer aus Ammerbuch. Alle drei konnten bisher noch nicht kontaktiert werden. Ich werde mich aber heute noch darum kümmern.«

Zusammenfassend ergriff ich das Wort.

»Also ich bin überzeugt, wir finden alle vier Personen des Freundeskreises und werden dann alle separat vorladen und verhören.«

»Okay, ich werde jetzt noch schnell eine Pressemitteilung vorbereiten, dass sich alle Personen bei uns melden, die gestern Abend in Entringen im Schloss waren«, sagte Paul.

»Und ich werde eine Sondernummer einrichten, die hier bei mir eingeht«, erklärte sich Sabine bereit.

»Gut, aber kläre deine Veröffentlichung bitte mit unserer Pressestelle ab. Die werden sicherlich separat oder eben zusammen mit unserem Aufruf über den Fall berichten wollen«, ergänzte ich.

Nachdem Jenny noch von unserem Besuch beim Tübinger Boten berichtet hatte, bauten wir alle zusammen eine große mobile Pinnwand auf und erstellten ein Diagramm mit allen bisherigen Informationen. Die Sonderkommission »Soko Damenschuh«, war geboren.

Nachdem wir entschieden hatten, für heute Feierabend zu machen, versuchte ich noch, Weber telefonisch zu erreichen. Es verwunderte mich schon, dass er unsere Besprechung nicht mit seiner Anwesenheit beglückt hatte. Auf seinem Handy war er, für mich nicht überraschend, natürlich nicht zu erreichen. So hinterließ ich ihm eine Nachricht auf seiner Mailbox: »Opfer ist stellvertretende Chefredakteurin des Lokalteiles beim Tübinger Boten. Stopp. Stichwunde in der Schulter festgestellt. Stopp. Todesfolge war der Sturz. Stopp. Genickbruch. Stopp. Opfer war davor Gast im Schloss. Stopp. Teilnehmer des Treffens werden noch ermittelt. Stopp. Feierabend. Ende.«

Ich mochte diese kleinen Scharmützel mit ihm. Nein, mögen kann man nicht wirklich sagen. Es war meine Art, mit seiner Hochnäsigkeit umzugehen und ihm zu zeigen, dass es mir egal war, wer unter mir mein Chef ist. Meine Frau Nicole sagte immer zu mir, ich solle aufpassen, nicht plötzlich wieder Strafzettel ausfüllen zu müssen. Sie hatte ja recht, deshalb versuchte ich auch, wenn möglich, eine gewisse Grenze nicht zu überschreiten. Die Ergebnisse unseres Teams konnten sich bisher auch immer sehen lassen. Aber ich wusste auch, dass der Weber diese guten Ergebnisse dann immer persönlich auf seinem Tablett nach oben hochgetragen hatte. Aber was sollte geschehen, wenn mal ein Fall schief ging. Dann würde er als Erster meinen Namen nennen. Ich musste morgen unbedingt mein Team anspornen, die vollen hundert Prozent zu geben. Dabei wusste ich doch, dass sie alle brannten und voll dabei waren. Ich sagte dies auch nur zu mir selber, um mich zu beruhigen. Als ich mein Büro verließ, sah ich, dass bei Jenny noch Licht brannte.

»Komm, mach Feierabend«, sagte ich zu ihr.

»Du hast recht. Sollen wir noch ein Bier trinken gehen?«, war ihre Antwort.

Mein Gesichtsausdruck war Antwort genug.

»Oh ja, ich weiß, daheim wartet das Abendessen und die Hausaufgaben. Sorry, war blöd von mir. Hätte nur gern noch einen getrunken mit dir«, meinte sie entschuldigend.

»Ist okay, gerne ein anderes Mal. War ein echt langer Tag heute«, antwortete ich verlegen.

»Morgen rufe ich dich nicht mehr so früh an«, versprach ich ihr zum Abschied. Ihre Antwort war nur ein bezauberndes Lächeln.

Bevor ich losfuhr, rief ich kurz aus dem Auto zu Hause an. Meine Frau hatte schon aus dem Radio von dem Mord erfahren und rechnete heute gar nicht mehr mit mir. Mist, hätte ich also doch noch ein Kollegen-Bier trinken gehen können. Nein, es war besser so.

Um diese Uhrzeit brauchte ich fast dreißig Minuten in mein Dorf am Neckar, wie ich es nannte. Aufgewachsen bin ich in Calw. Nur vierzig Kilometer entfernt, aber eine andere Welt. Dort Nordschwarzwald und nun Baggerseen – was für ein Gegensatz. So parkte ich also unseren Mittelklasse-Kombi im Carport unseres Mittelreihenhauses.

Als die Haustür in das Schloss fiel, war ich plötzlich in einer anderen Welt. Es roch nach Tomatensoße mit einem Hauch von Knoblauch. Johanna, unsere Kleine, stürmte mir gleich entgegen und wollte mir ein Youtube-Video zeigen.

»Lass doch bitte deinen Vater erst mal ankommen, er hatte einen harten Tag«, rief ihr meine Frau Nicole zu. Diesen Satz hatte ich wohl das letzte Mal vor vierzig Jahren gehört, als ich meinem Vater abends stolz eine kleine Schnittwunde von meinem neuen Taschenmesser zeigen wollte. Einige Dinge ändern sich anscheinend nie.

»Nein, Markus, ich frage nicht, wie es war. Komme erst mal an. Ich mache dir grad ein paar Nudeln warm. Salat ist auch noch da«, empfing mich meine Frau einfühlsam.

»Das ist lieb von dir. Ich geh mich noch kurz frisch machen«, sagte ich daraufhin und gab ihr einen Kuss auf die Stirn. Nicole war eine wunderbare Frau. Und ich war froh, dass ich kein Besprechungsbier mehr getrunken hatte.

Nachdem ich gegessen, das Youtube-Video gesehen hatte und mir detailliert den Krankheitszustand des Pferdes der Freundin meiner Tochter berichten lassen musste, schaute ich noch kurz im Zimmer meines sechzehnjährigen Sohnes Timo vorbei. Männer kommunizieren oft einfacher.

»He, alles klar, Timo?«, war meine Frage.

»Alles cool«, war seine Antwort. An seinem Blick sah ich, dass wirklich alles in Ordnung war.

Als ich dann mit Nicole auf dem Sofa saß und ein Glas Rotwein trank, fragte sie mich: »Möchtest du darüber reden.«

So berichtete ich ihr in aller Kürze von den Geschehnissen. Wie immer in solchen Momenten musste sie mir versprechen, morgen in der Arztpraxis, in der sie halbtags arbeitete, kein Sterbenswort darüber zu verlieren. Sterbenswort – wie passend. Ich sagte dies auch nur zu meiner eigenen Beruhigung, da ich wusste, dass ich mich auf sie verlassen konnte.

Als sie später in meinem Arm einschlief, roch ich an ihren Haaren und ihrer Haut. Ich liebte es, wie sie roch. Ich liebte es, seit ich sie das erste Mal vor über zwanzig Jahren nach einer Faschingsveranstaltung zum Abschied in den Arm genommen hatte. Ein früherer Freund hatte mich damals zu diesem Fest der FH-Forstwesen in Rottenburg mitgenommen. Ich war damals neu in Tübingen und fing frisch nach der Fachhochschule beim Raubdezernat an. Mein damaliger Freund sagte mir, dass viele junge Frauen zu diesem Ball kommen würden, um sich einen Förster abzugreifen. Meine Frau bekam leider nur einen Polizisten ab und das, obwohl ich als Sträfling verkleidet war an diesem Abend.

Dienstag, 14. April, 7.55 Uhr

An diesem Morgen war ich vermutlich der erste Kunde in der Kantine und freute mich über das große Angebot. Es wurde dann aber doch wie fast immer eine Butterbrezel. Frau Meier macht immer ordentlich richtig Butter auf die Brezel. Keine Halbfettmargarine oder eines der modernen pflanzlichen Mischprodukte. Nein, Butter von der Schwäbischen Alb.

Unsere Teambesprechung hatten wir auf elf Uhr angesetzt, damit noch genügend Zeit für jeden war, seine Ergebnisse zusammenzutragen. Punkt neun Uhr rief mich dann natürlich das Weberlein an, um aus meinem Mund den aktuellen Stand der Ermittlungen zu erfahren. Er machte sich nebenher Notizen. Das merkte ich daran, weil er Informationen von mir immer langsam wiederholte und dabei ein »Hm, hm« vor sich hinmurmelte. Mit dem Hinweis, dass er um zehn Uhr seinen Jour Fixe beim Polizeipräsidenten hatte, beendete er das Gespräch.

Als ich unseren Besprechungsraum zur Lagebesprechung betrat, sah ich Klaus, wie er gerade einen Laptop, einen Beamer und eine Leinwand montiert hatte. Dringend musste ich mich einmal auf einen entsprechenden Kurs anmelden. Ohne meine Kollegen war ich immer völlig aufgeschmissen, wenn ich das Programm Powerpoint oder einen Beamer bedienen musste. Und Klaus kann das in seinem Alter und hat auch noch einen Motorsägen-Führerschein. Okay, dafür konnte ich mit dem Mountainbike über die Alpen fahren, beruhigte ich mich. Kurz danach begann ich die Besprechung.

»Hallo, alle zusammen. Also, beginnen wir nun der Reihe nach. Kevin beginne du bitte, dann kann Klaus mit seinem Vortrag an der Leinwand die Runde abschließen.«

»Wir haben ihre Bank kontaktiert. Keine auffälligen Transaktionen in letzter Zeit auf ihrem Konto«, antwortete Kevin kurz und gab mit einer Kopfbewegung an seinen Nebensitzer Paul weiter.

»Privat konnten wir ermitteln, dass Frau Kleinert als einziges Kind bei ihrer alleinerziehenden Mutter in Dußlingen in eher bescheidenen Verhältnissen aufgewachsen ist. Ihre Mutter kam nach dem Krieg als Witwe und Vertriebene aus Schlesien nach Tübingen.

Der leibliche Vater von Frau Kleinert war behördlich unbekannt. Ihre Mutter hatte dazu keine Angaben beim Standesamt gemacht. Sicherlich sehr schwierig in der damaligen Zeit der spießigen Fünfzigerjahre. Den ehemaligen Lebenspartner von Frau Kleinert konnte ich telefonisch in seinem Yoga-Salon im Allgäu erreichen. Sie führten wohl über vier Jahre eine lockere Beziehung auf Distanz. Sie hatten sich bei einem Seminar bei ihm kennengelernt. Er hat sie aber seit bald fünf Jahren nicht mehr gesehen«, berichtete Paul.

»Die Situation bei ihrem Arbeitgeber, dem Tübinger Boten, scheint so zu sein, wie es uns gestern ihr Vorgesetzter geschildert hat. Meine Bekannte bei der Zeitung hatte mir das gestern bei einem privaten Kaffee noch bestätigt«, erläuterte Jenny kurz.

»Na, dann pass bloß auf, dass du andersherum nicht auch einmal bei einem privaten Kaffee etwas Dienstliches bestätigen musst«, fügte Kevin lachend hinzu.

Die zusammengekniffenen Augen von Jenny veranlassten mich sofort, dazwischen zu gehen.

»Hallo, ich lege hier für jeden von euch meine Hand ins Feuer. Natürlich wollen Reporter auch Informationen im Gegenzug. Das ist ja gerade die Kunst, denen auch einmal etwas zu erzählen, was aber ermittlungstechnisch nicht relevant oder noch geheim ist. Ich vermute, Jenny, wie auch du, Kevin, haben da ein Gespür dafür«, sagte ich beschwichtigend, obwohl ich wusste, dass Jenny darin das bessere Fingerspitzengefühl besaß.

Um eine weitere Diskussion in diese Richtung im Keim zu ersticken, erteilte ich Klaus das Wort. Nach ein paar gemächlichen Klicks auf der Tastatur des Laptops erschien eine Gliederung auf der Leinwand.

»So, hier sehen wir die Auswertung ihres Computers daheim. Zumindest die relevanten Projekte, an denen sie gearbeitet hat. Die Themenordner dienten auch als Archiv. Die Bilder sind thematisch nach Urlauben gespeichert. In den letzten Jahren hat sie Studienreisen bei hochwertigen Reiseanbietern gebucht. Immer mit dabei, ein älterer Mann. Vor fünf Jahren letztmals eine Reise mit einem anderen Mann. Mit einem alten VW-Bus nach Italien. Nach dem Abgleich mit seiner Homepage scheint es sich dabei um den vorhin genannten Yogalehrer zu handeln«, berichtete Klaus ruhig.

»Nun zu den Daten. Also, wir sehen hier das Projekt Nummer eins: Überschwemmungsgebiete am Neckar und mögliche Grundstücksspekulationen. Dieses Projekt ist neueren Datums. Sie hat bisher erst einmal Fakten zusammengetragen. Welche Bauflächen können weiter erschlossen werden, und welche Flächen fallen zukünftig aus der Erschließung heraus, da die Karten der Überschwemmungsgebiete dies nun verbieten. Und sie hat versucht zusammenzustellen, welche Flächen zeitlich für zukünftige Wohnbau- oder Gewerbegebiete planungsrechtlich gesichert wurden, als die ersten internen Ergebnisse der Überflutungskarten vorlag. Außerdem wollte sie wohl ermitteln, ob vielleicht einzelne Bauträgerfirmen im Vorfeld dazu Informationen erhalten hatten. Sagt man nicht Insider-Geschäfte dazu? In diesem Zusammenhang habe ich mir einmal die Karte eines hundertjährigen Hochwassers heruntergeladen. Jetzt weiß ich auch, warum meine Schwester in Nürtingen Probleme mit ihrer Hausversicherung hat. Genaue Ergebnisse oder Auswertungen gibt es auf dieser Datei allerdings noch nicht. Der letzte Eintrag dazu wurde vor fünf Tagen getätigt«, beendete Klaus den ersten Teil seines Vortrags.

»Also ich möchte nicht diesen Teil der Ermittlungen übernehmen. Lokalpolitik, Erschließungsträger, Banken. Ich habe doch nur eine Krawatte daheim«, sagte Paul lachend.

»Lassen wir Klaus erst alle Ergebnisse präsentieren. Dann darfst du dein Stöckchen ziehen«, antwortete ich schmunzelnd.

»Also, für das zweite Projekt kann ja Paul dann gerne seine Krawatte gegen eine schusssichere Weste eintauschen. Aktionen rivalisierender Motoradclubs in Reutlingen mit Auswirkungen auf den Landkreis Tübingen. Bei den Motorcycle-Clubs handelt es sich nicht um irgendwelche Mofa-Rocker. Da geht es um bundesweit agierende bekannte Klubs, welche sich bei der Aufteilung der Claims aus Waffenhandel, Drogen und Prostitution Revierkämpfe liefern. Da erst kürzlich vom Bundesinnenministerium einer dieser MCs in Deutschland verboten wurde und dieser auch in Reutlingen aktiv war, gibt es dort unter Umständen eine Machtlücke im Bereich Reutlingen mit Auswirkungen auf Tübingen. Und in diese wollen nun bestimmt die anderen Clubs stoßen. Inwieweit die vorliegenden Informationen aus diesem Bereich überhaupt verwertet wurden und ob dies unserem Opfer Probleme aus dieser Szene bereitet hätte, muss noch geklärt werden. Ich werde auf jeden Fall diese Daten unserer Abteilung organisiertes Verbrechen geben. Außerdem werde ich beim Tübinger Boten klären, was dazu bisher veröffentlicht wurde oder bereits bekannt war.«

Da nun eine kurze Pause eintrat, war mir klar, dass Klaus seinen zweiten Teil abgeschlossen hatte. Nach einem Schluck aus seiner Kaffeetasse mit dem Aufdruck »Ohne unsre Landwirtschaft geits nix gscheids zom Esse«, fuhr er fort.

»Der dritte Block ist der größte und älteste. Darin sind Daten und Einträge aus über zehn Jahren enthalten. Die Datei nennt sich ›Tübingen und sein rechter Rand‹. Darin geht es hauptsächlich um die Studentenverbindungen, die rechts konservativ sind. Auch kleinere Einträge über rechte Gruppierungen im Umfeld von Tübingen und das letzte versuchte Treffen der Nationalen Jugend vor ein paar Jahren, das aber unweit des Bahnhofes wegen vieler Gegendemonstranten zum Erliegen kam. Hauptsächlich recherchierte sie im Bereich der Studentenverbindungen. Einige dieser Verbindungen gibt es schon seit der Zeit der Monarchie. Aktuell hatte sie dabei ermittelt, welche Personen der Politik und der Wirtschaft diese alten Verbindungen unterstützen und welche Studenten daraus dann später in den entsprechenden Institutionen und Parteien Karriere gemacht haben. Da habe ich einige bekannte Namen gelesen. Lesestoff für viele Abende. Nun, das waren die großen Dateien von ihr.«

»Um Gottes willen, wo sollen wir da anfangen?«, entfuhr es Paul.

»Ich würde vorschlagen, wir konzentrieren uns vielleicht erst einmal auf den Abend und die Personen von ihrem Treffen«, antwortete Klaus, um dann ganz beiläufig zu erwähnen:

»Fangen wir doch mit Herrn Trost an. Wir konnten die Person ermitteln, die den Tisch für den Abend reserviert hat. Es ist ein Herr Joachim Trost aus Ammerbuch-Entringen. Er wohnt unterhalb des Schlosses im Dorf. Er hat von mir eine Vorladung für heute Nachmittag um sechzehn Uhr erhalten.«

Obwohl ich ja in der Zwischenzeit wusste, wie Klaus dachte, oder zumindest handelte, war ich wieder einmal verblüfft, wie er seelenruhig seine Erkenntnisse chronologisch berichtete und die vielleicht wichtigste Information entsprechend der festgelegten Tagesordnung erst zum Schluss mitteilte. Vermutlich war es aber richtig. Keiner hätte sich vielleicht sonst für die PC-Daten interessiert. Auch ich konnte wohl noch etwas von diesem Unikum lernen.

»Okay, Klaus, wir zwei werden um siebzehn Uhr das Gespräch durchführen und Jenny beobachtet uns hinter dem Spiegel«, legte ich daraufhin fest.

Kevin gab ich die Aufgabe, die bisher eingegangenen Hinweise weiter zu sichten. Paul sollte den Tübinger Boten kontaktieren und die Daten vom PC vorsichtig abgleichen. Dabei sollte er versuchen, an den PC von Frau Kleinert zu kommen, ohne ein großes polizeiliches Genehmigungsverfahren zu verursachen. Die Presse würde bestimmt nicht so ohne Weiteres ihre Daten an die Polizei herausgeben.

Bei der von mir erteilten Arbeitsaufteilung zum Schluss der Besprechung war mir zuerst nicht klar, was ich selber als Nächstes tun sollte. Dies wurde mir aber dann indirekt von Klaus zugeteilt.

»Bevor jetzt alle wegrennen, möchte ich noch kurz etwas sagen. Ich werde mich nun mit dem elektronischen Terminkalender des Opfers beschäftigen. Auf den ersten Blick scheinen die Einträge aus der letzten Zeit nicht auffällig zu sein. Bis auf den vor etwa zwei Wochen: Treffen im Bergcafé Reusten achtzehn Uhr mit KRE. Sie hatte immer ihre Termine, die Orte und die Teilnehmer aufgeschrieben. Hier aber stehen nur die Buchstaben KRE«, sagte Klaus, während er den entsprechenden Eintrag auf die Leinwand warf.

»Also, Jenny und ich opfern unsere Mittagspause und fahren mal dort hin«, waren meine Schlussworte und zeigte den anderen durch mein Aufstehen, dass ich die Besprechung als beendet ansah.

Dienstag, 14. April, 8.50 Uhr

Das war so eine Sache mit dem ersten Gefühl. Noch bevor wir begonnen hatten, die weiteren Gespräche mit den Freunden des Opfers zu organisieren, erhielt ich einen Telefonanruf von der Polizeidienststelle Tübingen, als ich am Schreibtisch saß und mir nochmals den Obduktionsbericht durchlas.

»Guten Morgen, mein Name ist Polizeiobermeister Seifert. Wir haben hier im Schönbuch am Olgahain einen Damenschuh gefunden. Mir wurde gesagt, ich solle diesen Sachverhalt Ihnen direkt melden.«

»Aha, einen Damenschuh im Schönbuch. Wanderschuh oder Abendschuh«, fragte ich leicht amüsiert, da ich den Anruf zu diesem Zeitpunkt noch nicht wirklich ernst nahm.

»Nein, einen normalen flachen bräunlichen Halbschuh. Aber der Grund, warum ich anrufe, ist auch, dass in dem Schuh ein Knochen steckte.«

Dieser Hinweis brachte alle meine Sinne in Kampfstellung.

»Darf ich fragen, was für ein Knochen?«

»Auf jeden Fall ein großer. Mindestens dreißig Zentimeter lang. Schuh und Knochen, beides lag am Olgahain-Stein unweit des Klosters Bebenhausen. Und dieser Stein war beschmiert worden«, führte er fort.

»Beschmiert, mit Farbe?«, war meine logische Frage darauf.

»Nein, eher mit einem Spray. Es handelt sich um ein eckiges, mir unbekanntes Symbol«, sagte er mit einer kurzen Unterbrechung.

»Ein Symbol, ein Knochen, ein Damenschuh am Olgastein?«, wiederholte ich. Ich musste zuerst einmal meine Gedanken sortieren. Um sicherzugehen, dass es sich dabei um unseren Fall handelt, fragte ich: »Beschreiben Sie bitte nochmals den Schuh.«

»Bräunlich beige. Dünner Halbschuh. Größe 37 bis 38. Das rechte Exemplar«, war seine genaue Beschreibung. Mein Puls erhöhte sich spürbar.

»Wie wurden Sie auf diesen Fundort aufmerksam?«, fragte ich.

»Es ging auf dem Polizeirevier ein anonymer Hinweis ein«, berichtete er.

Mein kriminalistisches Gespür fuhr Achterbahn. Trotzdem fragte ich ganz ruhig:

»Wo sind sie gerade genau?«

»Auf dem Wanderparkplatz unterhalb des Fundortes, direkt an der Bundesstraße einen Kilometer vor Bebenhausen«, war seine genaue Antwort.

»Okay, dann sichern Sie bitte den Fundort. Ich werde sofort jemanden vorbeischicken«, war meine klare Anordnung. Gleich nach diesem Gespräch verständigte ich die Spurensicherung und beorderte sie an den Fundort.

Danach rief ich das zuständige Polizeirevier an. Von dort ließ ich mir den anonymen Hinweis vorspielen:

»Hören Sie mir genau zu«, sagte eine stark verzerrte Stimme, *»am Olgahain finden Sie den Rest dieser linken*

Schnüfflerin. Wir brauchen auch keine russische Königin und keinen schwulen König. Deutschland muss sich entscheiden.«

Keine Wiederholung. Kein Zögern. Kurz und bündig. Auf meine Frage, ob man diesen Anruf zurückverfolgen könnte, sagte mir der Kollege: »Nach dem Hinweis über Funk, dass ein möglicher Menschenknochen gefunden wurde, und wegen den Schmierereien, haben wir gleich eine Lokalisierung der Nummer veranlasst.«

»Und?«, fragte ich etwas ungeduldig.

»Prepaid und nicht registriert, keine Chance«, war die enttäuschende Antwort.

»Gut, lassen Sie sicherheitshalber die Aufnahme durch die Kriminaltechnik sichern und analysieren. Hintergrundgeräusche und das volle Programm«, war mein letzter Hinweis dazu.

Unverzüglich schickte ich Kevin und Paul zu dem Fundort. Was genau war der Olgahain? Was für ein eigentümlicher Name für ein Waldgebiet.

Dienstag, 14. April, 11.25 Uhr

Als die beiden sich auf den Weg nach Bebenhausen machten, fragte Kevin: »Sag mal Paul, stört es dich eigentlich nicht, dass Markus irgendwie Jenny bevorzugt?«

»Stören, nein. Ich finde schon, er versucht, die Aufgaben irgendwie gerecht zu verteilen. Es ist ja auch üblich, in Teams zu arbeiten. Er zum Beispiel kommt irgendwie gut mit Jenny klar, und wir zwei gehen ja auch gerne zusammen los«, war seine Antwort.

»Ja, und mit Klaus will keiner losziehen«, fügte Kevin lachend hinzu.

»Aha, ich verstehe«, sagte Paul daraufhin. »Ich glaube, du willst gerne mehr mit Jenny ermitteln und in der Mittagspause dann über Privates reden.«

»Nein, nein, darum geht es nicht. Sie ist auch nicht wirklich mein Typ. Zu burschikos. Immer nur Jeans und Outdoorklamotten«, versuchte sich Kevin zu rechtfertigen.

»Okay, aber die engen Jeans stehen ihr schon gut«, sagte Paul daraufhin und beide lachten laut los.

»Trotzdem finde ich, die zwei verbindet mehr als Vorgesetzter und Mitarbeiterin. Ich bin doch nicht blind«, wurde Kevin etwas ernster.

»Ja, du hast schon recht«, gab Paul als Antwort, »besonders er versucht es im Team zu überspielen. Aber ich glaube, da ist nicht wirklich etwas dahinter. Er hat seine Familie. Sie ihre Typen aus dem Karateklub. Im Ernst, die beiden machen ihre Anspielungen so als spielerische Art zur Einschätzung des Egos und des eigenen Wertes auf dem Markt der Geschlechter.«

»Wow, was für ein geschwollenes Gerede. Ich bleibe dabei, er ist zig Jahre älter, hat auch schon einen Bauchansatz und sie steht doch bestimmt lieber auf die Bruce-Lee-Typen, also was soll das? Ich finde es auf jeden Fall komisch«, sagte Kevin, um das Gespräch abzuschließen.

»Ja, und wir zwei sind schwul, weil wir gerne zusammen in der Mittagspause im Sommer in den Neckarmüller-Biergarten gehen«, ließ Paul nicht locker.

»Hör auf, Paul, du weißt genau, was ich meine«, widersprach ihm Kevin sofort, »außerdem gehen wir dort nicht nur hin wegen dem leckeren Bier, sondern auch wegen den schönen Studentinnen.«

»Ja und die sind auch zig Jahre jünger«, sagte Paul darauf, und beide mussten wieder laut lachen.

Da sie bereits kurz vor dem Ortsende von Tübingen waren, sagte Paul, der am Steuer des Dienstwagens saß, zu Kevin: »Willst du mal kurz googeln, was dieser Olgahain genau ist, damit wir vor Ort nicht ganz so blöd dastehen.«

Nach wenigen Momenten räusperte sich Kevin und sagte in schulmeisterlichem Ton: »Liebe Schüler, heute lernen Sie etwas über den Olgahain. Im oberen Bereich des Kirnbachtales liegt der sogenannte Olgahain, ein romantisches Waldstück, das in den Jahren um 1870 unter dem württembergischen König Karl mit einem Wegenetz erschlossen und nach seiner russischen Ehefrau Olga benannt wurde. Das Paar weilte häufig im Schloss Bebenhausen, von wo aus dieser Hain für Spaziergänge gut erreichbar ist. Es handelt sich um einen Berghang mit Felsen. Jetzt kommt etwas über einen geologischen Lehrpfad und Pflanzen. Bla, bla...« Dann las er weiter vor: »Bald nach der Zeit dieses Königspaars, Ende des 19. Jahrhunderts, wurde der kleine Waldpark vernachlässigt und fast vergessen, bis im Zuge der Anlage des Lehrpfades 1977 die Wege weitgehend wiederhergestellt werden konnten. Früher stand hier wohl auch mal ein kleines Teehaus.«

»Aha, man lernt jeden Tag etwas dazu«, sagte Paul und setzte kurz darauf den Blinker.

Als sie auf dem Waldparkplatz beim alten Lustnauer Sportplatz eintrafen, stieg ein Polizeibeamter aus dem Streifenwagen aus. Als ihm die beiden ihre Dienstausweise entgegenhielten, berichtete er.

»Der Kollege wartet oben im Wald auf Sie. Ungefähr fünf Minuten mit dem Wagen entfernt. Zum Fundort geht es dann nochmals fünf Minuten Fußweg auf einem schmalen

Pfad in den Wald. Sie fahren erst hier durch das Kirnbachtal, die erste links steil den Berg hoch. Oben an der Wegegabelung links. Danach sehen Sie rechts die Infotafel zum Olgahain. Dort steht der Kollege.«

Als die beiden dort tatsächlich nach fünf Minuten eintrafen, sahen sie einen rauchenden Polizisten, der auf sein Handy eintippte. Als er die beiden anfahren sah, warf er seine erst zur Hälfte gerauchte Zigarette auf den Boden und drückte diese mit dem Schuh aus. Danach steckte er schnell sein Handy in die Innentasche seiner Dienstjacke.

»Hallo, wir sind von der Soko«, wiesen beide sich aus und zeigten ihre Dienstausweise. Den internen Namen Soko Damenschuh wollten beide nicht nennen.

»PHM Frieder. Alles ist, wie wir es angetroffen haben«, berichtete der Polizist, »wir haben nichts angefasst. Als wir den Damenschuh und den Knochen sahen, waren wir sofort vorsichtig. Die Schmiererei auf dem Stein sahen wir erst auf den zweiten Blick.«

Danach gingen die drei einen Pfad bergauf. Kurz darauf gelangten sie an einen Platz, von dem aus man diesen Waldabschnitt gut nach allen Seiten einsehen konnte. Links war ein kleiner Tümpel und den Hügel hinauf führte eine alte Steintreppe. Man konnte sich tatsächlich vorstellen, dass an dieser Stelle einmal eine Waldgartenanlage bestanden hatte. In den letzten hundertvierzig Jahren hatte sich die Natur diesen Platz allerdings fast vollständig zurückerobert.

»Sehen Sie, dort oben ist der Olgastein. Ich werde zurück zur Infotafel gehen, um die anderen Kollegen zu empfangen«, sagte er, und ging wieder den Pfad hinab.

Die letzten Meter gingen die beiden die Steintreppen wortlos nebeneinander her. Dann standen sie vor dem Stein. Als Kevin den Damenschuh betrachtete, war ihm sofort bewusst, dass es sich um den fehlenden Schuh handelte. Er hatte sich das Bild vom Tatort eingeprägt. Gleiche Machart, gleiche Farbe und es war ein rechter Schuh. Genau wie der Gesuchte. Sein Handy teilte ihm allerdings »Kein Empfang« mit.

Paul hingegen sah sich den Knochen genau an. Er war ziemlich lang, hatte eine extrem bleiche Färbung und sah etwas porös aus. Er steckte senkrecht im Schuh und lehnte mit seinem Oberteil an dem großen Stein mit einer Inschrift: »Zum Olgahain«. Dieser Stein war übermalt worden mit einem schwarzen Symbol. Es sah aus, wie zwei geometrische Winkel, die sich an den äußeren Kanten überschnitten. Der untere Winkel war etwas dicker und nach oben offen. Der schmalere Winkel war entgegengesetzt nach unten offen. Das Symbol war vermutlich mit einer Spraydose aufgesprüht worden.

»Gleich wird die Spurensicherung eintreffen«, sagte Paul, und machte mit seinem Handy mehrere Bilder vom Fundort. Danach durchsuchten sie grob die nähere Umgebung, fanden aber keine weiteren Hinweise.

Als die beiden den steilen Weg bergab gingen, kamen ihnen bereits die Kollegen mit den silbernen Koffern entgegen.

»Bitte nehmt auch eine Probe von der Farbe auf dem Stein«, bat sie Kevin im Vorbeigehen.

»Nein, was würden wir nur ohne die jungen Kollegen mit ihrem frischen FH-Studium in Kriminaltechnik machen«, sagte ein älterer Kollege mit grauen Haaren hörbar vor sich hin. Kevin war die Situation sichtlich peinlich. Nach wenigen Sekunden fing er an, mit Paul über grundsätzliche Fragen des Falles zu sprechen.

Als sie wieder im Präsidium waren, entschieden sie sich,

gleich Markus einen Bericht abzugeben. Da es bereits nach zwölf Uhr und das Büro leer war, gingen beide erst einmal in die Kantine.

Dienstag, 14. April, 11.45 Uhr

Eigentlich dachte ich, Jenny würde sich freuen, dass ich mich entschlossen hatte, mit ihr zusammen dem Bergcafé Reusten einen Besuch abzustatten. Aber auf der Hinfahrt war sie sehr still und zurückhaltend.

»Also gut, Jenny, was bedrückt dich?«, fragte ich sie.

»Nichts«, war die typische weibliche Antwort auf solch eine Frage.

Da ich mich entschloss, darauf nicht zu antworten, begann ich ein Lied zu pfeifen. Dies erzeugte natürlich einen typischen Reflex bei ihr.

»Warum machst du das Verhör mit Klaus und nicht mit mir?«, fragte sie.

Das war eine klare Antwort als Frage formuliert. Da ich spätestens nach dem »Nichts«, geahnt hatte, um was es ging, hatte ich mir in der Zwischenzeit schon die halbe Antwort parat gelegt.

»Jenny, Klaus hat dazu die Vorarbeit geleistet. Und er ist der Dienstälteste. Bevor du etwas erwiderst, möchte ich dir sagen, dass ich alle gleich behandeln muss. Und das mache ich jetzt schon nicht. Klaus ist es egal, du kennst ihn. Aber Kevin und Paul sollte ich dir gegenüber nicht benachteiligen. Aber das mache ich bereits jetzt schon. Mit wem sitze ich hier im Auto. Mit dir und nicht mit den beiden. Und warum ist das so? Weil ich dich für die Talentierteste von euch drei halte, und weil ich am liebsten mit dir zusammen arbeite. Aber kann ich das offiziell sagen. Nein, ich muss versuchen, gerecht zu sein. Das ist nicht einfach.«

Ein paar Sekunden verließ ich verstreichen, ehe ich zu ihr auf den Beifahrersitz hinübersah. Sie lächelte mich an. Ich hatte kein schlechtes Gewissen, ich hatte die Wahrheit gesagt. Okay, dabei die Worte allerdings bewusst gewählt. Die nächste Einladung auf ein Feierabendbier würde nicht lange auf sich warten lassen.

Von meiner Heimat im Schwarzwald bin ich viele steile Straßen gewöhnt. Aber die Auffahrt von der Ortsmitte zum Bergcafé in Reusten ist wirklich hochalpin. Da überlegt man sich wirklich, vom zweiten in den ersten Gang zurückzuschalten. Das Café kannte ich bereits von einer Fahrradausfahrt mit einem Freund von mir. Vor einem Jahr fuhren wir den Wanderweg den Kochhartgraben entlang und kehrten im Café ein. Leider im Sommer. Da ist die beherrschende botanische Gattung entlang des Baches die Brennnessel.

»Das ist ja gar kein Café, eher eine historische Vesperwirtschaft«, sagte Jenny ganz verwundert, als wir den Gastraum betraten. Der Raum war für die Mittagszeit gut besucht. Wir entschieden, erst in Ruhe etwas zu essen, bevor wir die Ermittlungen weiter führten. Während wir beide einen griechischen Vorspeisensalat und danach Maultaschen mit Kartoffelsalat aßen, erzählte ich Jenny etwas von der Geschichte des Bergcafés. Als ich damals mit meinem Freund hier war, hatte ich etwas in einem ausliegenden Buch über das Café gelesen. Ein paar Dinge hatte ich behalten.

»Nach dem Krieg in Nachkriegsdeutschland gab es hier den ersten Fernseher in Reusten. Bestimmt haben sich hier Szenen wie im Film ›Das Wunder von Bern‹ abgespielt«, berichtete ich.

»Was hat Bern mit Reusten zu tun?«, fragte Jenny.

Jenny war doch jünger als ich. So ging ich auf ihre Frage nicht ein und erzählte weiter: »Die Wirtschaft wurde über Jahrzehnte von zwei Schwestern betrieben. Die waren eine Institution. Als sie gestorben waren, hat die ehemalige griechische Mitarbeiterin das Bergcafé übernommen. Verkehrt sind hier schon immer neben Normalbürgern alle politischen Gruppierungen. Fester Bestandteil war früher ein Kriegsveteran aus Stalingrad, der regelmäßig Musik machte und in der ersten Friedensbewegung aktiv war. Dann kamen noch hochrangige Kreis- und Landespolitiker hierher und angeblich sogar Personen aus dem Dunstkreis der RAF.«

Als wir gegessen hatten, baten wir die Wirtin, uns kurz ein paar Fragen bezüglich unserer Ermittlungen zu beantworten. Leider erinnerte sie sich nicht an unser Opfer, obwohl wir dazu extra ein aktuelles Foto dabei hatten. Die Frage nach einem mutmaßlichen Begleiter oder einer Begleiterin war ebenso erfolglos. So diente diese Mittagspause wenigstens dazu, meine Kollegin davon zu überzeugen, dass ich sie für eine herausragend talentierte und begabte Kriminalistin hielt.

Jenny schwieg auf der Heimfahrt, was ungewöhnlich für sie war. Sie verabschiedete sich in ihr Büro. Sie hätte noch ein paar dringende Telefonate zu führen, meinte sie.

Als ich in mein Büro zurückkehrte, warteten bereits meine beiden Nachwuchsermittler aus dem Schönbuch auf mich. Stolz zeigten sie mir die Bilder des fehlenden Damenschuhs auf ihrem Handy. Gemeinsam versuchten wir, diese neusten Erkenntnisse einzuordnen. Sollte dieser Fall nun auf ein politisch rechtes Täterfeld deuten, oder hatten wir es mit einem Psychopathen zu tun? Wir entschieden uns, die weiteren Aufgaben neu im Team aufzuteilen. Kevin und Paul sollten am Olgahain dranbleiben und den Bericht der Spurensicherung sichten und auswerten. Jenny und ich würden die drei fehlenden Freunde vom letzten Abend des Opfers vernehmen und Klaus weiterhin die gesamte Datenauswertung verfolgen.

Als ich diese Vorgehensweise zu Beginn unserer täglichen Besprechung den anderen Teammitgliedern mitteilen wollte, kam unsere gute Seele Sabine herein.

»Interessiert sich eigentlich niemand für die Hinweise aus der Bevölkerung?«, fragte sie etwas pikiert.

»Aber natürlich, ich wollte das Thema heute als ersten Punkt in unserer Team-Besprechung ansprechen«, log ich, um sie nicht weiter zu verärgern.

»Also gut, sagte sie. Es waren nicht viele Meldungen. Von Nachbarn oder Wanderern. Ich habe sie euch zusammengestellt«, sagte sie und verteilte mehrere Kopien in der Runde.

Zuerst dachte ich mir, dass Sabine dafür aber einen ganz schön großen Wind gemacht hatte. Doch dann fügte sie hinzu: »Ein Anrufer hat sich anonym gemeldet, man solle doch mal ganz genau schauen, was unser Opfer gerade beruflich in der rechten Szene recherchiert habe.«

Außerdem berichtete Sabine, dass es sich dabei um eine kurze Meldung mit verzerrter Stimme gehandelt und die Person sofort wieder aufgelegt hatte. Er konnte nicht lokalisiert werden und wurde leider auch nicht aufgezeichnet.

»Jetzt müssen wir also in drei Richtungen ermitteln, die Freunde des Abends, der neue Knochen-Schuh-Fundort und ihr berufliches Umfeld«, fasste ich zusammen.

Nachdem ich Kevin und Paul beauftragt hatte den heutigen Fundort und die dortigen Spuren nochmals genau zu beleuchten, entschied ich, den Wald in der Umgebung des

Fundortes Friedwald noch von einer Hundestaffel durchsuchen zu lassen. Außerdem sollten die zwei der Spurensicherung Dampf machen, uns bald Ergebnisse zu liefern.

Klaus bat ich, nochmals die Recherchen des Opfers auf ihrem privaten Rechner zu durchzuforsten und daraus eine mögliche weitere Ermittlungsstrategie zu erstellen.

Da die beiden Freunde des Opfers, Hans-Peter Schaller und Katrin Lehno, auf sechzehn und siebzehn Uhr zum Gespräch geladen waren, verblieb Jenny und mir noch etwas Zeit, nochmals in der Redaktion des Tübinger Tagblattes vorbeizuschauen. Wir mussten denen dort tiefer auf den Zahn fühlen. Der fehlende fünfte Freund hieß Hannes Kern und war Orthopäde in Freiburg. Er wurde deshalb heute von Kollegen vor Ort vernommen. Natürlich nach genauer Instruktion durch Klaus.

Auf dem Weg zur Redaktion des Tübinger Tagblattes berichtete mir Jenny: »Markus, ich habe den ganzen Morgen unser Opfer durchleuchtet. Ihre Bankdaten sind unauffällig. Sie hat eine ordentliche Summe angespart, und die Eigentumswohnung ist abgezahlt. Erben sind vermutlich weit entfernte Verwandte. Außer zwei polizeilichen Eintragungen aus ihrer Studentenzeit habe ich nichts gefunden.«

»Eintragungen, die vierzig Jahre alt sind und nicht gelöscht wurden?«, fragte ich verwundert zurück.

»Ja, das hat mich auch gewundert. Diese hatten wohl so eine Art Sperrvermerk. Dabei ging es nur um eine Festnahme in einem besetzten Haus und um den Besitz von Demokratie gefährdenden Schriften. Angeblich studentische Flugblätter des Spartakusbundes, wer auch immer dieser Spartakus war. Also nicht wirklich gravierende Vergehen«, berichtete Jenny.

»Wie, du weißt nicht, wer Spartakus war?«, versuchte

ich Jenny zu ärgern. »Also dieser Spartakus war der Che Guevara im Römischen Reich. Da er Sklave war und eine Revolte anzettelte«, versuchte ich zu erklären. Ohne darauf einzugehen, sagte Jenny: »Wir haben bisher nicht ihren Rechner aus der Redaktion erhalten. Da machen wir jetzt mal etwas Dampf.«

»Ja, wir machen Dampf!«, versuchte ich ihre Bereitschaft zu unterstützen.

Die Dame an der Rezeption des Tübinger Tagblattes erkannte uns wohl sofort wieder, da sie umgehend zum Hörer griff und ein für uns lautloses Gespräch führte.

»Guten Tag, Herr Wollmann kommt sofort zu Ihnen. Bitte warten Sie kurz dort in der Besucherecke.«

Tatsächlich hatten wir uns kaum in die Lederkombination gesetzt, als Herr Wollmann mit schnellen Schritten aus der großen Glastür trat und direkt auf uns zuging.

»Ich darf Sie recht herzlich willkommen heißen. Gibt es etwas Neues im Fall von Frau Kleinert?«

Etwas verwundert über die durchaus sachliche Art der Formulierung der Frage, antwortete ich ihm.

»Herr Wollmann, Sie kennen doch die Spielregeln. Zuerst ermitteln wir in dem Fall und finden dann hoffentlich die Lösung. Dann informieren wir die freie Presse und die darf im Anschluss in aller Ausführlichkeit berichten.«

Meine Antwort schien ihn sichtlich beeindruckt zu haben. Nachdem er zuerst tief ein- und dann wieder ausgeatmet hatte, sagte er ganz ruhig: »Kann ich Ihnen irgendwie weiterhelfen?«

»Ja«, antwortete Jenny, »wir würden gerne einen Blick auf den Computer von Frau Kleinert hier in der Redaktion werfen. Wir hatten Sie bereits gestern gebeten, ihn uns zur Verfügung zu stellen.«

Seine Antwort ließ nicht lange auf sich warten.

»Ja, aus Gründen der Pressefreiheit und des Pressegeheimnisses musste ich den Sachverhalt leider erst mit der Geschäftsführung besprechen. Ich darf Ihnen aber mitteilen, dass wir auf dem Rechner von Frau Kleinert nur Daten gefunden haben, die wir Ihnen ohne Bedenken übergeben können. Das soll heißen, es waren nur Daten über alte Berichte darin enthalten, die bereits vor geraumer Zeit in Artikeln erschienen sind«, als er mir eine CD mit seiner ausgestreckten rechten Hand übergab, reichte ein skeptischer Blick von mir, und er fügte hinzu: »Ich versichere Ihnen, es waren wirklich alle Daten. Frau Kleinert hat viel von zu Hause gearbeitet und vermutlich dort ihre Daten gespeichert. Wir möchten Sie wirklich bei der Aufklärung unterstützen. Aber verstehen Sie, wir können Ihnen keinen vollen Einblick in unsere gesamten Daten gewähren. Das Pressegeheimnis. Aber glauben Sie mir, Frau Kleinert hat wirklich sehr autark gearbeitet. Wenn Sie etwas suchen, was mit ihrem Tod zusammenhängt, werden Sie dies hier bei uns bestimmt nicht finden.«

Nach einem kurzen Moment der Einschätzung seiner Glaubwürdigkeit, entschied ich mich, ihm zu glauben. Außerdem würde es schwierig werden, den Staatsanwalt davon zu überzeugen, eine Hausdurchsuchung hier zu befürworten. Dafür hatten wir zu wenig Beweise.

»Gut«, sagte ich und nahm die CD entgegen.

»Aber bitte erlauben Sie uns kurz, den Arbeitsplatz von ihr zu sehen. Wir möchten uns einfach einen Eindruck von ihrer Arbeit machen. Ehrlich gesagt, war ich noch nie in der Redaktion einer richtigen Zeitung.«

Bei den Presseleuten muss man immer vorsichtig sein, oder sie mit den eigenen Waffen schlagen. Ihrer Neugierde und ihrer Eitelkeit wegen. Natürlich verschwieg ich in diesem Moment unsere Absicht, dabei die Kollegen vielleicht auszufragen.

Als er uns in ein mittelgroßes Büro führte, in dem vier Personen saßen, fielen sofort alle Augen auf uns. Herr Wollmann sagte daraufhin mit einer deutlich tieferen Stimme: »Liebe Kollegen, dies sind zwei Herrschaften der Kriminalpolizei Tübingen. Sie ermitteln im tragischen Todesfall von Frau Kleinert und wollen kurz den Arbeitsplatz von ihr begutachten«, dabei zeigte er zu einem leeren Tisch in der Ecke.

Natürlich waren, wie erwartet, auf diesem Tisch keine persönlichen oder auffälligen Gegenstände zu erkennen. In den kaum geöffneten Schubladen waren nur die üblichen Büroartikel zu sehen.

Daraufhin richtete ich das Wort an die sichtlich betroffenen anwesenden Kollegen im Raum: »Darf ich Sie bitten, sich zu erinnern, ob Ihnen in letzter Zeit irgendetwas Besonderes an Frau Kleinert aufgefallen ist.«

Herr Wollmann reagierte auf diese neue Situation sichtlich angespannt und unterbrach mich daraufhin.

»Also, so war dies nicht ausgemacht. Sie müssen nichts zu der Sachlage sagen.«

Bevor ich Luft holen konnte, ergriff Jenny das Wort: »Um einmal die Sachlage klarzustellen, es geht hier um die Aufklärung des Todes Ihrer Kollegin Petra Kleinert«, sagte sie, »es geht hier nicht um irgendwelche journalistischen Geheimnisse. Die sind uns völlig egal. Bitte helfen Sie uns, den Fall aufzuklären.«

Nachdem sich ein Kollege gemeldet hatte und erzählte, wie Frau Kleinert einmal bei einer Recherche von einer Rockergruppe bedroht worden war, nahm Jenny seine Aussage schriftlich auf. Dabei wich Herr Wollmann nicht von ihrer Seite. Ich nutzte den Moment und nahm mit den anderen drei Kollegen Augenkontakt auf. Eine junge Kollegin blickte mich Hilfe suchend an. Dabei schaute sie immer wieder zu Herrn Wollmann hinüber.

In einem unbeobachteten Moment schob ich ihr eine Visitenkarte von mir zu. Als sie die Karte unbemerkt einsteckte und dabei aus dem Augenwinkel Herrn Wollmann beobachtete, wusste ich, dass sich der Besuch heute gelohnt hatte. Deshalb lenkte ich die Befragung zu einem schnellen Ende, was Jenny etwas verwunderte. Auf dem Weg zurück zu unserem Auto erzählte ich ihr davon. Als ich kurz darauf den Motor des Dienstwagens startete, sagte ich zu Jenny: »Ich gebe ihr vierundzwanzig Stunden, dann meldet sie sich, glaub mir.«

Dienstag, 14. April, 15.45 Uhr

Da Herr Joachim Trost bereits fünfzehn Minuten vor dem Vorladungstermin eintraf, begannen wir das Gespräch etwas früher als geplant.

»Vielen Dank, Herr Trost, dass Sie so kurzfristig hier erscheinen konnten. Wie Sie ja leider erfahren mussten, ist Ihre Bekannte, Frau Petra Kleinert, in der Nacht von Sonntag auf Montag verstorben. Da ihre Todesumstände etwas unklar sind, sind wir leider dazu angehalten, in diesem Fall zu ermitteln. Vielleicht können Sie uns helfen und berichten uns über den Abend«, begann ich das Gespräch.

Sichtlich mitgenommen, begann er zu berichten.

»Ja, furchtbar. Ich kann es immer noch nicht glauben. Wir sind fünf alte Freunde aus der gemeinsamen Studienzeit in Tübingen und trafen uns an diesem Abend, um über alte Zeiten zu reden. Wir hatten zwar unterschiedliche Studiengänge, waren Ende der Siebzigerjahre aber gemeinsam politisch interessiert. Man traf sich halt wie damals üblich in diversen Kneipen und Jugendklubs und diskutierte über aktuelle politische Themen.«

Nach einem kurzen Zögern fügte er hinzu: »Kann ich bitte etwas zu trinken haben.«

Nachdem Klaus ihm ein Glas Wasser gebracht hatte, fuhr er fort.

»Ich habe Ihnen eine Liste mitgebracht mit allen Namen und Kontaktdaten. Neben Petra und mir waren am Sonntag folgende Personen dabei: Katrin Lehno aus Reutlingen. Sie ist Lehrerin an einem Gymnasium und bereits Witwe. Außerdem war noch mit dabei der Hans-Peter Schuler. Er wohnt in Tübingen und arbeitet bei einem Verlag. Und dann gibt es noch Hannes Kern. Er ist praktizierender Arzt in Freiburg.«

»Dürfen wir fragen, was Ihre berufliche Tätigkeit ist?«, fragte Klaus.

»Nachdem ich mein Politikstudium abgebrochen hatte, entschied ich mich, einen Handwerksberuf zu erlernen. So wurde ich Zimmermann und später sattelte ich noch den Meister drauf. Heute arbeite ich als stellvertretender Bauhofleiter beim Bauhof der Gemeinde Ammerbuch und wohne im Teilort Entringen unterhalb des Schlosses.«

»Haben sie fünf sich öfters getroffen?«, fragte ich, um langsam auf den besagten Abend zu kommen.

»Nicht absichtlich. Klar Petra, H-P also Hans-Peter und ich wohnen ja in der Umgebung von Tübingen. Da hat man sich ab und an mal zufällig getroffen in Tübingen zum Beispiel Samstag in der Markthalle oder mal zufällig an der

Kinokasse. Die Idee zu diesem Treffen hatte Petra«, antwortete er darauf.

»Gab es einen bestimmten Grund für das Treffen«, fragte Klaus direkt.

Nach einem kurzen Nachdenken antwortete er darauf: »Vermutlich, wie es so ist, nach all den Jahren, einer aus der Klasse hat dann immer die Idee zu einem Klassentreffen. Petra sagte etwas von fünfunddreißig Jahren nach dem Studium.«

Er wirkte etwas nachdenklich und traurig, als er dies sagte.

»Wir müssen nun genau zu diesem Abend kommen. Wann verließ Frau Kleinert Ihre Runde und wann ist wer genau gegangen?«, fragte Klaus.

»Das ist ganz einfach zu beantworten. Petra verließ uns gegen 22.30 Uhr als Erste. Sie schien müde zu sein. Wir anderen gingen zusammen ungefähr eine Stunde später«, war seine Antwort.

»Ist Ihnen nicht aufgefallen, dass das Auto von Frau Kleinert da noch auf dem Parkplatz stand?«, fragte Klaus daraufhin.

»Da ich in Entringen wohne, ging ich zu Fuß nach Hause. Dafür benötigte ich nur fünfzehn Minuten bergab. Mit dem Auto hätte ich über Hagenloch und Tübingen mehr Zeit benötigt. Außerdem hatte ich getrunken. Ob die anderen überhaupt wussten, welches Auto Petra gehörte, bezweifele ich«, war seine logische Antwort.

»Hat Frau Kleinert berichtet, ob sie zurzeit in brisanten Fällen recherchiert oder ob sie sich momentan verfolgt fühlt?«, wollte ich nun wissen.

»Na, jetzt wo sie tot ist, kann ich ja wohl davon erzählen. Sie erwähnte Recherchen im rechts-konservativen Spektrum. Über Personen, die es zu hohen Posten in der Gesellschaft gebracht haben, trotz ihrer antidemokratischen Grundhaltung. Darüber hatte sie wohl Insider-Informationen«, berichtete er mit einer leiseren Stimme, was dem Ganzen etwas Geheimnisvolles gab.

»Fällt Ihnen sonst noch etwas ein, was uns weiterhelfen könnte? Vielleicht, warum Frau Kleinert nicht direkt mit ihrem Auto nach Hause fuhr und noch zu dem Waldfriedhof ging?«, fragte ich.

Nach kurzem Überlegen antwortete er uns mit einem leichten Kopfschütteln: »Nein, tut mir leid. Wenn wir das gewusst hätten. Wie gesagt, wir blieben ja noch eine Stunde. Ich traf noch einen Bekannten aus alter Zeit und Katrin unterhielt sich wohl auch noch eine ganze Weile am Ausgang beim Rauchen mit dieser Frauengruppe. Wir gingen dann alle zusammen.«

»Danke, Herr Trost, für das Gespräch. Wir werden nun die anderen vier Personen kontaktieren. Wenn wir noch Fragen haben, werden wir Sie anrufen.«

»Ja, kein Problem. Und bitte halten Sie uns, wenn möglich, auf dem Laufenden. Wir sind sehr erschüttert. Zuerst lädt Petra uns ein zu diesem Abend und stirbt dann. Unglaublich.« Sichtlich mitgenommen verließ er den Besprechungsraum.

Um mir einen wirklichen Eindruck von diesem Abend zu verschaffen, wollte ich erst die anderen Personen dazu befragen. Mein erstes Gefühl sagte mir allerdings, dass der Damenschuh nicht von alleine wieder auftauchen würde.

Hans Peter Schaller war sehr pünktlich. Die Befragung konnte bereits vor siebzehn Uhr beginnen. Nachdem ich Herrn Schaller ein Glas Wasser eingeschenkt hatte, stellte ich meine erste Frage.

»Herr Schaller, bitte machen Sie zuerst kurz Angaben zu Ihrer Person und Ihrer Beziehung zu Frau Kleinert.«

»Also, meinen Namen kennen Sie ja bereits, geboren 1955 in Stuttgart. Studiert habe ich Geschichte und arbeite seit geraumer Zeit bei einem Verlag in Tübingen als wissenschaftlicher Mitarbeiter. Ich bin verheiratet in zweiter Ehe, habe zwei Kinder aus der ersten Ehe und lebe in Tübingen. Und Frau Kleinert, also Petra, kenne ich seit der Studienzeit. Wir trafen uns oft in diversen studentischen Gesprächskreisen.«

»Hatten Sie seither regelmäßig Kontakt zu Frau Kleinert?«, fragte Klaus, während Jenny hinter der Scheibe auf Besonderheiten achtete.

»Wir haben uns nicht regelmäßig getroffen, wenn Sie das meinen. Eher zufällig, mal auf dem Markt oder beim Stadtfest. Das letzte Mal im Herbst im Biergarten in Schwärzloch. Das Treffen am Sonntag war ihre Idee. Hannes, also Hannes Kern, wohnt ja in Freiburg und Katrin Lehno in Reutlingen. Die zwei habe ich, und wie sich am Sonntag herausstellte, auch Katrin und Joachim, seit Jahren nicht mehr gesehen.«

»Darf ich Sie fragen, was der Grund für dieses Treffen war«, fragte ich.

»Was ist wohl der Grund, warum sich Freunde nach Jahren wieder treffen. Eine Person hat irgendwann die Idee und organisiert es. Ging es Ihnen nicht auch schon so«, war seine schnelle Antwort.

Da ich es hasste, wenn Fragen als rhetorisches Mittel mit Gegenfragen beantwortet wurden, war meine Antwort darauf sehr direkt.

»Ja, doch das ging mir erst vor zwei Jahren so. Nur wurde danach keine ehemalige Klassenkameradin von mir tot im Wald aufgefunden.«

Nach dieser Ansage war klar, wer hier die Fragen stellt und wer ordnungsgemäß zu antworten hatte. Meine nächste Frage wollte ich daher kurz und bündig beantwortet haben.

»Herr Schaller, hat Frau Kleinert an diesem Abend etwas erzählt was sie vielleicht bedrückt oder belastet? Oder hat sie erzählt, an was sie gerade arbeitet?«

Nach einem langen »Hmmm«, gab er zur Antwort: »Zuerst haben wir uns über die alten Zeiten unterhalten. Später berichtete sie von rechten Studentenverbindungen mit Beziehungen bis nach ganz oben. Allerdings erwähnte sie keine Details.«

Um die Aussage mit der von Joachim Trost zu vergleichen, fragte ich daraufhin: »Wann genau sind Sie und die anderen gegangen?«

»Petra ging so ungefähr eine Stunde vor uns. Wir anderen gingen dann gemeinsam um ungefähr dreiundzwanzig Uhr. Jo ist zu Fuß nach Hause und wir anderen parkten mit unseren Autos am Parkplatz.«

»Haben Sie eine Erklärung, warum Frau Kleinert zuerst diesen Abend organisierte und dann als Erste ging?«, war meine direkte Frage.

»Tut mir leid, das weiß ich nicht. Vielleicht war sie müde«, war seine für mich wenig einleuchtende Antwort.

Auch die letzten Fragen zu den anderen Personen im Gasthof und den genauen Ablauf des Abends brachten keine neuen Erkenntnisse. Deshalb war meine letzte Frage eher dazu gedacht, einen Spaß mit Jenny zu machen.

»Danke Herr Schaller, dass Sie so kurzfristig Zeit für uns hatten. Wir melden uns dann, wenn wir noch eine Frage haben.«

Dann gab ich ihm die Hand und führte ihn zur Tür des Raumes. Kurz vor der Tür fragte ich ihn dann in Inspektor-

Columbo-Manier: »Da fällt mir noch eine letzte Frage ein. Waren Sie und Frau Kleinert in der Spartakus-Gruppe damals in Tübingen?«

Die Reaktion von Herrn Schaller war überrascht und angespannt. Seine Antwort fiel dementsprechend aus.

»Ich weiß zwar nicht, was das mit ihrem Tod bald vierzig Jahre später zu tun hat, aber nein, wir waren nicht aktiv bei den Spartakisten. Wir trafen aber Leute von ihnen gelegentlich bei diversen Kneipengesprächen. Dies war meines Wissens auch damals nicht verboten. Ich hoffe, diese Antwort genügt Ihnen.«

Nachdem wir Herrn Schaller verabschiedet hatten, fühlte ich mich matt und müde. Ich bat daher Jenny, zusammen mit Klaus das kommende Verhör mit Katrin Lehno zu führen. Zuvor berichtete mir Jenny allerdings, dass sie bei Herrn Trost ein komisches Gefühl hatte. Auch ihr war aufgefallen, dass die Aussagen der beiden ehemaligen Freunde auffällig ähnlich waren. Oder waren es tatsächlich nur die Geschehnisse des Abends?

Leider brachte auch das Gespräch mit Frau Lehno keine weiteren Erkenntnisse. Nachdem sie kurz über ihre Tätigkeit als Lehrerin an einem Gymnasium in Reutlingen berichtete, an welchem sie Deutsch und Chemie unterrichtet, erwähnte sie noch kurz ihr fast erwachsenes Kind. Danach erzählte sie von ihrem Mann, der vor zehn Jahren bei einem Verkehrsunfall tödlich verunglückte. Da sie seither zur Kettenraucherin geworden war, hatte sie im Schloss Hohenentringen den halben Abend im Hof vor der Tür verbracht. Abwechselnd mit verschiedenen Damen vom Frauenstammtisch, der an diesem Abend ebenfalls dort war. So konnte sie noch weniger über die Gesprächsthemen des Abends erzählen, als die beiden Freunde davor.

Als wir sie kurz drauf verabschiedeten, war mir bewusst, dass wir vermutlich aus dem Bericht aus Freiburg von Hannes Kern genauso wenig Neues erfahren würden. Genau dies bestätigte mir Klaus kurz darauf. Außer, dass er bei seiner Mutter in Tübingen übernachtet hatte, glich seine Aussage sehr identisch der seiner früheren Freunde. Mit der Hoffnung, von Kevin und Paul vielleicht etwas Brauchbares zum Olgastein zu erfahren, bat ich die beiden zu einer letzten Teambesprechung für heute.

Es war nun fast achtzehn Uhr und alle in der Gruppe machten einen müden Eindruck. Deshalb versuchte ich, gleich auf den Punkt zu kommen. »Also ihr zwei, was gibt es Neues aus dem Schönbuch?«

»Spannende Geschichten. Schnallt euch an, es geht gleich los«, versuchte Kevin die Spannung hoch zu halten.

»Also, dass wir den fehlenden Damenschuh heute am Olgahain gefunden haben, dürfte in der Zwischenzeit allen bekannt sein. Aber dort gab es noch zwei weitere Besonderheiten. Zum einen der große Knochen, der im Schuh steckte. Der Knochen wird zurzeit noch genauer untersucht. Es scheint sich aber um einen älteren Menschenknochen vom Oberschenkel zu handeln. Genauere Ergebnisse gibt es frühestens morgen Vormittag.«

Als Kevin kurz Luft holte, ergriff Paul das Wort.

»Und dann gab es dort noch ein Symbol, das auf den Olgastein gesprüht wurde. Wir konnten ermitteln, dass es sich dabei um ein Winkelmaß und Zirkel handelt, das Zeichen der Freimaurer Loge. Wir haben Erkundigungen eingeholt, die Freimaurer sind ein alter, geheimnisvoller Bund von Personen. Ihre Zeichen sind sogar schon auf der amerikanischen Dollarnote zu sehen sein. Die Freimaurer wurden auch die königliche Kunst genannt. Wobei wir da eine

Verbindung zu dem alten königlichen Olgahain haben, wo der König früher mit seiner Frau flanierte.«

Kevin holte einen Zettel hervor und las uns vor: »Die fünf Grundideale der Freimaurerei sind: Freiheit, Gleichheit, Brüderlichkeit, Toleranz und Humanität. Das klingt eher nach Freigeister, nicht nach rechtem Gedankengut. Und mit der Religion scheinen es diese Leute auch nicht so zu haben. Sowohl die katholische Kirche, als auch die islamische Welt, scheinen die Zugehörigkeit zur Freimaurerei als unvereinbar mit ihren Grundsätzen anzusehen.«

»Heutzutage sind die Freimaurer allerdings sehr offen aufgestellt. Es gibt Gruppen in Stuttgart und Reutlingen und diese zeigen sich sehr weltoffen, mit einem gewissen Charme an Geheimnisvollem«, erklärte Paul, »außerdem passt dies für mich nicht zu der anonymen Meldung über eine nicht akzeptierte russische Königin und einen schwulen König. Scheint alles etwas wirr zu sein. Außer der klaren negativen Aussage zu unserem Opfer.«

»Oder für uns noch nicht durchschaubar«, sagte Jenny.

»Ja«, fügte ich hinzu, »wir müssen weiterhin Daten und Informationen sammeln. Dann werden wir ein klares Bild erhalten.«

»Oder einen ungelösten Fall zu den Akten legen«, sagte Kevin grinsend.

Etwas verärgert erwiderte ich: »Ja Kevin, willst du gleich hoch zu Weber gehen und ihm berichten, dass wir vorzeitig aufgeben?«

Sichtlich eingeschüchtert sagte er darauf: »He Markus, sorry wir schaffen das schon. Ich weiß, du bist in der Verantwortung, aber unser Team gibt alles.«

»Okay, Kevin, das weiß ich ja, aber mein Humorzentrum ist gerade etwas eingeschränkt«, sagte ich beschwichtigend.

»Bis morgen Nachmittag werte ich auf jeden Fall einmal die Recherche-CD vom Tübinger Tagblatt aus, auch wenn ich denke, dass wir eher daheim bei ihr etwas Brauchbares finden«, sagte Klaus.

Im selben Moment trat unser Abteilungsleiter Herr Weber in den Raum. Um keine Zeit zu verschwenden, verzichtete er auf die nutzlosen Umgangsformen wie eine Begrüßung oder einen Small Talk.

»Herr Bergmann, ich muss Sie umgehend sprechen«, fuhr er mich an.

»Wir waren gerade eh fertig«, versuchte ich gelassen zu wirken, im Wissen, dass jetzt gleich das Ungemach über mich herfallen wird.

Als wir in meinem Büro angekommen waren, legte er sofort los, noch bevor er sich gesetzt hatte.

»Herr Bergmann, so geht das nicht. Sie berichten mir einmal am Tag für maximal fünf Minuten. Und mit diesem wenigen Detailwissen soll ich dann mit dem Polizeipräsidenten zum Mittagessen gehen. Da muss einfach mehr von Ihnen kommen, verstehen wir uns da.«

Wenn er dachte, er könnte mich einschüchtern, hatte er sich wahrlich die falsche Umgebung herausgesucht. Hier war mein Büro. Hier war ich der, der im Stehen pinkelte. Soll heißen, es war mein Heimspiel. Und da war auch noch der kleine Vorteil, dass wir alleine waren, ohne Zeugen.

»Sehr geehrter Herr Weber«, begann ich hörbar herablassend, »ich würde vorschlagen, wir machen es so, wie es sich bisher bewährt hat.«

»Was hat sich denn bisher bewährt?«, fragte er sichtlich genervt.

Wissend, dass ich jetzt zum ultimativen Schlag aushole, stand ich auf und stellte mich direkt vor ihn hin. Dies diente auch dazu, um die 20 Kilogramm und 15 Zentimeter auszunutzen, die in meinem Personalausweis mehr notiert waren.

»Herr Weber, mein Team und ich werden den Fall lösen. Sie können dann die Lorbeeren beim Mittag- oder Abendessen mit irgendjemandem einkassieren, wie es Ihnen mundet. Und nun machen wir bis dahin einfach unseren Job. Ich sichere Ihnen zu, Sie täglich über das Wichtigste zu unterrichten. Und wenn Sie jetzt entschuldigen, möchte ich nach zehn Stunden Arbeit auf die Toilette gehen.«

Der Klo-Trick funktionierte fast immer. Wenn man jemand bei sich im Büro hat und ihn los werden wollte, täuschte man einen Klo-Gang vor. Auch in diesem Fall funktionierte es. Als ich zurückkam, war mein Büro leer. Ich hatte nur ein kleines Problem. Sollte ich den Fall nicht lösen, würde ich auf der Liste der Entbehrlichen vom Grillmeister auf Platz eins hochsteigen.

Auf dem Weg nach Hause griff ich in das Handschuhfach. Das war die einzige Region im Kombi, die nur mir gehörte. Dort lagen meine CDs. Und nach so einem Tag und nach so einem netten kollegialen Gedankenaustausch brauchte ich die ultimative »Vorgesetzten-CD«. Eine CD mit Coversongs von nur einem Song »Fight for your right«, von den Beasty Boys.

Dienstag, 14. April, 19.18 Uhr

Nach so einem Tag zu Hause anzukommen, fiel mir immer besonders schwer. Meine Frau sah mir immer sofort an, wie es mir ging und versuchte, sensibel damit umzugehen. Meine Tochter freute sich einfach und mein Sohn saß vor dem

Fernseher. Aber das Problem war ich selber. Ich wollte die Geschehnisse des Tages hinter mir lassen. Aber es klappte nicht sofort. Ich brauchte erst eine Zeit der Umgewöhnung. Und meine Frau war darin die Beste. Sie machte belanglose Späße, erzählte mir lustige Geschichten von vergangenen Urlauben und strich mir dabei über meine grauen Schläfen. Ich liebte sie dafür und hatte sie vielleicht gar nicht verdient.

Nach dem Abendessen wollte mein Sohn gleich wieder auf sein Zimmer gehen. Meine Frau versuchte ihn noch in ein Gespräch zu verwickeln, und fragte ihn, was denn sein Freund Michi so machte. Er sah mich dabei Hilfe suchend an. Es war nun der Moment, meinem Sohn zur Seite zu stehen. »Sag mal, ist sonst alles okay bei dir«, war meine übliche Frage an ihn.

Mit einem kleinen Lächeln auf den Lippen sagte er: »Ja alles bestens«, und verschwand auf sein Zimmer. Und somit wusste ich, Michi ging es auch gut.

Als ich später dann mit meiner Frau auf dem Sofa saß, wollte sie wissen wie es mir geht und ob ich über den Fall sprechen möchte. Wie so oft sagte ich zuerst, dass ich sie mit dem Fall nicht belasten möchte, um kurz darauf dann doch darüber zu erzählen. Als ich gerade beim Gespräch mit Herrn Weber angelangt war, klingelte mein Diensthandy. Da es sich um eine unbekannte Nummer handelte, beschloss ich, mich dieses Mal nicht als der Gitarrist von AC/DC zu melden.

»Markus Bergmann, Polizeidirektion Tübingen«, blieb ich ganz dienstlich.

»Ja, hallo, entschuldigen Sie, dass ich Sie so spät noch störe. Mein Name ist Silke Schneider vom Tübinger Tagblatt. Sie haben mir heute Nachmittag Ihre Visitenkarte zugeschoben. Ich rufe jetzt aber als Privatperson an. Sie müssen mir versprechen, dass dieses Gespräch unter uns bleibt, zur Not würde ich behaupten, es hat nie stattgefunden.«

Die Stimme klang sehr angespannt.

»Frau Schneider, zuerst einmal möchte ich mich bedanken, dass Sie mich angerufen haben. Ich kann Sie beruhigen, Ihre vertraulichen Hinweise werden zuerst einmal auch nur als solche behandelt«, log ich sie an, da ich ja nicht wusste, wie brisant ihre Hinweise werden sollten.

»Mir ist nur wichtig, dass unser Gespräch nicht bei mir in der Redaktion bekannt wird. Seit Ihrem Auftauchen dort sind einige Personen sehr nervös«, betonte sie nachdrücklich.

»Keine Angst, ich werde Ihre Hinweise entsprechend sensibel zu verwenden wissen«, versuchte ich sie zu beruhigen.

»Gut, was wirklich Genaues kann ich Ihnen auch nicht sagen. Es ist nur so, dass Frau Kleinert mit mir noch am ehesten persönlichen Kontakt hatte in der Redaktion. Wir gingen ab und an mal etwas trinken oder essen, und wir teilten unsere Abneigung gegenüber Herrn Wollmann.«

Um ihr Sicherheit zu geben und sie zum Weiterreden zu bewegen, sagte ich daraufhin: »Oh ja, das verstehe ich, vermutlich ist sein Bruder mein sympathischer Chef bei der Polizei.«

Ich hörte sie kurz lachen, bevor sie weiter erzählte.

»Auf jeden Fall war sie in letzter Zeit anders. Sie hatte sich etwas verändert. Sie sagte mir nichts Konkretes, nur dass sie überlege, früher als geplant in Rente zu gehen. Davor wollte sie einen letzten großen journalistischen Wurf hinlegen. Aber glauben Sie mir, sie sagte mir nicht, um was es genau ging. Aber es muss wohl etwas wirklich Besonderes gewesen sein, da sie sehr emotional wirkte, als sie es erzählte.«

»Und Sie haben wirklich keine Ahnung, um was es sich

dabei handelte? Hat sie vielleicht doch irgendwas erwähnt?«, fragte ich nach.

»Nein, glauben Sie mir. Sie war immer sehr vorsichtig und verschwiegen bei ihrer Arbeit«, war ihre für mich enttäuschende Antwort.

»Gut«, sagte ich kurz und dachte dabei daran, dass wir bei der Auswertung ihrer Computerdaten bisher auch nicht weiter gekommen waren. Dies mussten wir nun wohl intensivieren.

»Da war noch eine Kleinigkeit. Ich weiß nicht, ob es relevant ist, aber ich könnte mir vorstellen, dass sie mit unserem ehemaligen Abteilungsleiter, Herrn Lüdtke, noch intensiven Kontakt hatte. Eine Kollegin hat sie vor zwei bis drei Monaten einmal gemeinsam in Stuttgart in der Oper gesehen.«

»Aha«, sagte ich, »ist er nicht mit einer ehemaligen Stadträtin verheiratet?«

»War«, kam sofort ihre Antwort, »er war verheiratet, er ist seit einem halben Jahr Witwer. Wir haben das in der Redaktion im Hause natürlich mitbekommen über die Traueranzeigen. Wir ehemaligen Kollegen haben ihm sogar zusammen eine Trauerkarte geschrieben.«

Als ich mich bereits für das Gespräch bedanken wollte, fügte sie hinzu: »Es kann sein, dass es mit der ganzen Geschichte nichts zu tun hat, aber ich habe zufällig mitbekommen, dass sie sich einmal über das Auswandern informiert hat. Es ging dabei um eine Anfrage beim spanischen Konsulat.«

Nachdem ich mich für ihre Informationen bedankt hatte, versprach ich ihr, nochmals, diese Informationen vertraulich zu behandeln.

Da es bereits halb zwölf war, beschloss ich, Klaus nur eine SMS zu senden. Ich bat ihn, gleich morgen früh die Untersuchung ihrer Recherchedaten zu intensivieren. Er solle über Weber zur Not noch Personal anfordern.

Danach schrieb ich eine SMS an Jenny. Sie solle doch morgen etwas früher ins Büro kommen, da wir dem ehemaligen Chefredakteur des Lokalteiles des Tübinger Boten einen dringenden Besuch abstatten müssten. Gerade, als ich überlegte, ob ich etwas Persönliches hinzufügen sollte, betrat meine Frau das Schlafzimmer.

»Aha, du schreibst eine SMS, statt irgendwo anzurufen. Das wundert mich schon«, war ihr Kommentar dazu.

»Ja, es ist spät und da möchte ich die Kollegen nicht stören. Die Information ist ja auch erst morgen früh wichtig.«

Ich dachte, damit sei das Thema abgeschlossen. Aber es ging damit erst richtig los.

»Schreibst du dieser Jenny öfters solche wichtigen SMS für den nächsten Morgen?«, fragte sie ganz trocken.

In diesem Moment wusste ich, dass eine kritische Situation für mich eingetreten war. Jetzt war es trotzdem wichtig, genau die richtigen Worte zu wählen. Nicht zu beleidigt, etwas verständnisvoll, aber bestimmend zu wirken. Dann komme ich vielleicht mit einem blauen Auge davon.

»Aber Schatz, Jenny ist nur eine Kollegin. Und ich bin froh, dass wir im Team alle gut miteinander auskommen. Und Klaus habe ich auch gerade eine SMS geschickt. Und die SMS an Jenny war wirklich wichtig, da wir zwei morgen früh gleich zusammen einen wichtigen Zeugen vernehmen müssen.«

»Genau das meine ich, du und sie. Warum hast du nicht mehr Termine zusammen mit Klaus oder den anderen beiden Männern«, sagte sie, wobei sie das Wort Männer dabei besonders betonte.

Jetzt musste meine Antwort aber wirklich sitzen.

»Ich meine mich daran zu erinnern, dass wir dieses Thema schon einmal besprochen haben. Klaus ist der bessere Mann fürs Büro. Er ist nun mal besser vor dem PC oder auf dem Traktor. Und die beiden Jungs passen nun mal gut zusammen, was die Ermittlungsart betrifft. Und, Schatz, du brauchst dir keine Sorgen zu machen. Sie ist nur eine gute Kollegin von einem guten Team. Und lieben tue ich sowieso nur dich. Jenny würde ja auch gar nicht den Bonanza-Test bestehen. Du weißt doch, für mich kommen nur Frauen aus meiner Generation infrage. Und die müssen nun mal wissen, wer Hop Sing von der Bonanza-Ranch war.«

Da sie nun meine Hand nahm und mich danach umarmte, wusste ich, dass ich aus der Sache sogar ohne blaues Auge herausgekommen war.

Mittwoch, 15. April, 7.30 Uhr

Als Jenny und ich mit dem Dienstwagen zu Herrn Lüdtke losfuhren, fragte sie mich gleich: »Was ist los?«

»Was soll los sein? Ich habe die letzten beiden Tage etwas wenig Schlaf gehabt«, antwortete ich ihr.

»Komm, Markus, ich kenne dich. Hast du Ärger zu Hause?«

Unglaublich, diese weibliche Intuition.

»Nur etwas Spannungen. Wenn wir einen solchen Fall haben, bin ich halt auch wenig zu Hause«, versuchte ich die Situation zu beschwichtigen.

»Wir können gerne darüber reden. Es bleibt unter uns und ich bin ja auch neutral«, war ihr Angebot. Nach einem kurzen Zögern entschied ich mich, ihr Angebot anzunehmen, in der Hoffnung, dann die Sachlage vielleicht etwas besser einordnen zu können.

»Okay, du möchtest neutral sein. Dann pass auf, meine Frau ist eifersüchtig auf dich, da wir so viel Zeit miteinander verbringen.«

Mit einem Grinsen auf den Lippen sagte sie: »Süß, aber das ist doch normal bei unserem Job.«

»Jenny, meine Frau ist nicht blöd, sie kriegt ja mit, dass wir zwei gerne zusammen ermitteln und die beiden Jungs eher gemeinsam losziehen. Ich habe ihr aber gesagt, dass nie etwas gelaufen ist und du ja auch zu jung für mich bist.«

»Zu jung?«, war ihre überraschte Frage.

»Ja, ich sagte, du würdest ja nicht mal den Bonanza-Test bestehen«, sagte ich leicht grinsend, wohl wissend, dass gleich die Frage zu Bonanza kommen würde.

»He, Markus, ich hatte zwei ältere Brüder, und die waren zusammen mit unserem Vater die totalen Western-Fans. Also, lass mich überlegen, war das nicht diese Männer-WG mit einem chinesischen Koch. Hoppel Sing oder so?«

Verwundert sagte ich: »Hör auf, der hieß nur Hop Sing. Jetzt aber Schluss, falls mich meine Frau heute frägt, ob ich mit dir den Test gemacht habe!« Beide lachten wir und sprachen danach erst einmal eine Weile nichts. Dies war normalerweise selten der Fall.

Kurz bevor wir vor dem Haus von Herrn Lüdtke vorfuhren, gingen wir nochmals das Telefongespräch von mir mit Frau Schneider durch. Das Haus war ursprünglich aus den Sechzigerjahren, hatte aber sichtbar eine intensive Renovierung hinter sich. Der nachträgliche Anbau und die Gartengestaltung trugen sehr moderne Züge. Auf dem kurzen Weg zwischen Gartentür und Haustür dachte ich dabei an mein Reihenmittelhaus. Mein Haus war wahrlich nicht der Traum eines Schöner-Wohnen-Redakteurs, aber dieses Haus hier war mir bereits von außen viel zu kühl. Jeder Stein hatte seinen Platz, jedes Gartenmöbelstück war farblich passend und jeder Baum akkurat geschnitten. Dann doch lieber meine Spontaninstallation aus umgekippten Kinderrädern, Biotonnen und einem normalen Grill aus dem Baumarkt. Ein Webergrill wird mir aus bekannten Gründen nie ins Haus kommen. Das hatten wir uns alle im Team geschworen.

Nachdem wir an der Tür aus Edelstahl geklingelt hatten, öffnete uns kurz darauf ein ansehnlicher Mann Mitte sechzig. Seine Frisur war sehr modisch und die Haare waren noch nicht völlig grau. Er war sportlich und trotzdem mit gedeckten Tönen gekleidet. Als er die Dienstausweise in unseren Händen sah, sagte er sofort: »Herzlich willkommen, ich habe Sie bereits erwartet.« Nach einem kurzen Zögern antwortete ich ihm: »Es würde uns freuen, wenn Sie uns bei der Aufklärung des tragischen Unglückes von Frau Kleinert behilflich sein könnten.«

Nach einem kurzen: »Selbstverständlich«, führte er uns in den Wintergarten. Man sah sofort, dass das Innenleben des Hauses sehr niveauvoll aber auch teuer war. Trotzdem passten die vielen verschiedenen Stapel an Zeitschriften und Büchern im Wintergarten nicht in das aufgeräumte Bild der Wohnung.

»Darf ich Ihnen etwas zu trinken anbieten«, fragte er sehr höflich.

Wegen der Befürchtung nun mit einer Auflistung von verschiedenen Kaffee-Zubereitungsarten konfrontiert zu werden, bestellte ich einen normalen Filterkaffee mit etwas H-Milch. Ich war mir sicher, dass dieser Haushalt eine Monster-Kaffeemaschine sein eigen nannte. Diese Maschinen hatten einen höheren Wartungsaufwand als mein Mittelklassewagen. Jenny bestellte das Gleiche.

»Gut, dann zwei Kaffee-Crema, das kommt dem am Nächsten«, sagte er, und ging vermutlich in die Küche. Dachte ich es mir doch. Kurz darauf vernahm ich die üblichen Geräusche einer dieser Maschinen, die nur dazu gedacht waren, uns Menschen mit ihrem Lärm und die Kaffeebohne an sich zu quälen. Für mich ging nichts über einen normalen Kaffee. Kein Wunder, dass der Kaffeefilter eine deutsche Erfindung war.

Als er kurz darauf die beiden Kaffeetassen vor uns abstellte, setzte er sich uns gegenüber in einen äußerst gemütlichen Korbstuhl und schenkte sich aus einer Kanne Tee in seinen Becher.

»Einen wunderschönen Garten haben Sie, Herr Lüdtke«, sagte Jenny, die dabei nach draußen schaute.

»Danke, meine Frau, die vor wenigen Monaten verstorben ist, hatte einen grünen Daumen, oder besser noch eine grüne Hand. Alles, was sie anpflanzte, gedieh von selber. Bei mir im Büro früher verdursteten selbst die Hydrokulturen«, berichtete er ganz gefasst.

»Darf ich Sie fragen, an was Ihre Frau verstarb«, fragte Jenny mit einer sanften Stimme.

»Sie hatte schon viele Jahre Krebs. Durch die Chemotherapien war es in den Jahren ein stetiges Auf und Ab mit ihrem Zustand. Vor einem Jahr erhielt sie dann allerdings die letzte Diagnose, dass es zu Ende geht. Die letzten Wochen vor ihrem Tod war sie dann in einem Sterbehospiz in Bad Urach. Es war in der Zeit immer jemand bei ihr, eine unserer beiden Töchter oder ich. Sie ist dann zum Glück friedlich eingeschlafen. Zu ihrer Beerdigung kamen über zweihundert Menschen. Auf Wunsch meiner beiden

Töchter lief dabei das Lied ›Mother‹ von Pink Floyd. Es war sehr bewegend.«

Nach einer kurzen Pause, die ich nicht zu unterbrechen wagte, fügte er hinzu: »Entschuldigen Sie, dass ich so ins Detail ging.«

Jenny, deren Vater vor einem Jahr überraschenderweise früh gestorben war, zeigte sich sehr einfühlsam.

»Aber, Herr Lüdtke, ich bitte Sie. Jeder, der schon einmal eine nahe stehende Person verloren hat, weiß, was es bedeutet und wie tief der Schmerz geht«, sagte sie einfühlsam, »jeder Mensch, der geht, bleibt doch weiter hier, wenn es Menschen gibt, die ihn weiter in ihrem Herzen tragen.«

Herr Lüdtke sagt darauf hin leise: »Danke.«

Wie sollte ich anfangen, Herrn Lüdtke über den Tod seiner angeblich jahrelangen Geliebten zu befragen. Nein, ich fragte nach dem Weg zu der Toilette, um zuerst einmal etwas Zeit vergehen zu lassen. Dort blickte ich kurze Zeit aus dem Fenster, sortierte meine Gedanken, drückte die Spülung und wusch mir die Hände.

Als ich zurückkehrte, sagte zu meiner Beruhigung Jenny zu mir: »Markus, Herr Lüdtke ist nun bereit, über Frau Kleinert zu sprechen.«

»Nachdem ich Anfang der Achtzigerjahre den Posten des Chefredakteurs für den Lokalteil übernommen hatte, lernte ich Petra bei einer abendlichen Diskussionsrunde kennen. Sie arbeitete damals als freie Journalistin. Ich erkannte sofort ihr Potenzial und holte sie in meine Redaktion. Es fiel ihr am Anfang etwas schwer, sich in die festen Strukturen einer Redaktion einzufügen. Aber ich ließ sie an der langen Leine recherchieren und berichten. Und mit ihr brachten wir es zu einem mehr als nur normalen Tübinger Lokalteil. Natürlich sollte der neue Vorsitzende des Sportvereines auch namentlich genannt werden. Aber Petra war schon immer etwas anders. Begabter, unerbittlicher und unbequemer als ihre Kollegen. Sie hätte es vielleicht auch zu mehr bringen können, außerhalb dieser schwäbischen Provinz. Ich glaube, sie ist auch mir zuliebe nie weggegangen.«

Nach einem kurzen Räuspern sagte ich: »Darf ich Sie fragen ...«, ohne den Satz zu Ende formulieren zu können.

»Ja, Sie dürfen fragen. Petra und ich hatten mehr als nur eine berufliche Verbindung. Wir waren allerdings kein richtiges Liebespaar. Wir hatten Gefühle füreinander und verbrachten ab und an eine kurze aber bewusste Zeit miteinander. Aber wir lebten beide unser Leben und respektierten das des anderen. Um Ihnen die Peinlichkeit der Formulierungsfindung zu ersparen, gebe ich Ihnen auch gleich die nächste Antwort. Ja, meine Frau wusste davon. Sie hat mir aber diesen Freiraum gelassen, da ich ansonsten immer für die Familie da war. Aber meine beiden Töchter haben davon nichts gewusst.«

Ich musste zugeben, ich hatte schon Gespräche führen müssen, in denen es anstrengender war, dem Gegenüber Informationen zu entlocken. Aber ein gutes Gefühl hatte ich trotzdem nicht, wenn jemand gönnerhaft die Frage überspringt und gleich zur Antwort kommt. Mal schauen, ob er auch die nächsten Fragen im Voraus beantworten konnte.

»Herr Lüdtke, wie ich weiß, hatten Sie ja in letzter Zeit vermehrt Kontakt zu Frau Kleinert. Können Sie ...«, und wieder unterbrach er mich.

»Nein ich kann Ihnen nicht genau sagen, an was sie genau zurzeit gearbeitet hat. Vor ein paar Wochen allerdings berichtete sie mir über politische Recherchen. Genaueres weiß ich aber leider nicht. Um auf Ihre nächste Frage zu kommen, Frau Kleinert habe ich vor einer Woche das letzte

Mal gesehen. Wir gingen in Rottenburg zuerst etwas italienisch Essen und dann ins Waldhorn-Kino in eine französische Komödie. Und zu Ihrer letzten Frage, von Samstag bis Montag war ich bei meiner ältesten Tochter in Karlsruhe zur Taufe meiner Enkeltochter.«

So langsam ging mir Herr Lüdtke mit seiner: Ich kann schneller antworten als Du-Frägst-Art auf die Nerven. Deshalb hatte ich zum Schluss noch eine besondere Frage an ihn.

»Stimmt es, Herr Lüdtke, dass Sie nun als Witwer zusammen mit Frau Kleinert nach Spanien auswandern wollten?«

So, die Frage hatte gesessen. Keine bereits vorformulierte Antwort. Seine Gesichtszüge verhärteten sich.

»Also, ich weiß nicht, wie Sie darauf kommen. Ich würde Ihnen allerdings raten, Ihre Informationen einmal besser zu überprüfen«, war seine ernste Antwort.

»Das werden wir machen, Herr Lüdtke, danke für das Gespräch und danke für den Kaffee.«

Auf dem Weg zum Auto sagte Jenny etwas vorwurfsvoll zu mir: »Musste das sein zum Schluss? Vom Auswandern wissen wir doch offiziell gar nichts. Der arme Mensch ist in Trauer. Erst ist die Ehefrau gestorben, dann die sagen wir einmal alte Freundin, und du bist so garstig zu ihm.«

»Hast du nicht gemerkt, wie er das Gespräch führte und uns immer genau dahin leitete, wo er uns haben wollte. Vielleicht wird sein Alibi stimmen und er wird nichts mit ihrem Tod zu tun haben. Aber ich glaube ihm in hundert Jahren nicht, dass er nicht genau wusste, was sie gerade so Brisantes recherchiert hat. Dann dieser Hinweis mit den politischen Recherchen. Er war selber Reporter, er hätte dazu bestimmt nachgefragt. Er weiß dazu mehr, will es aber nicht sagen. Sie ist nun tot. Er möchte vermutlich in keine gefährliche Geschichte verwickelt werden.«

»Okay, Markus, heute war ich der gute und du der böse Bulle«, sagte Jenny wieder etwas freundlicher.

»Bevor ich es vergesse, Jenny«, sagte ich, »sag Klaus, er soll das Alibi überprüfen und die zweite Tochter ermitteln, ob die auch an dem Wochenende in Karlsruhe war.«

Sichtlich überrascht fragte Jenny: »Wieso die andere Tochter, was soll die für ein Motiv gehabt haben?«

»Oh, Jenny, hör dir heute mal auf Youtube das Lied ›Mother‹ von Pink Floyd an. Die beiden Mädchen hatten zu ihrer Mutter vielleicht ein ambivalentes Verhältnis. Die Mutter aus dem Lied ist ein sehr bestimmender Charakter. Wissen wir, ob die Töchter nicht vielleicht doch von der jahrelangen Liebschaft ihres Vaters wussten. Und was ist, wenn unser Opfer eine journalistische Lebensbeichte ablegen wollte, wegen ihres Verhältnisses über viele Jahre zu einem verheirateten älteren Mann. Da hätten vielleicht der Vater und sogar die Töchter ein gutes Motiv, damit die Geschichte nicht an die Öffentlichkeit gelangt.«

»Markus, du überraschst mich immer wieder.«

Mittwoch, 15. April, 10 Uhr

Zur Teambesprechung hatte sich zu unser aller Freude auch Herr Weber eingefunden. Er wollte sich heute aus erster Hand über die aktuellen Ermittlungsergebnisse informieren lassen. Zumindest ersparte mir dies im Anschluss ein erneutes Vier-Augen-Informationsgespräch.

Nachdem ich von meinem gestrigen Telefongespräch mit einer ehemaligen Kollegin des Opfers aus der Redaktion berichtet hatte, stellte Weber sofort die erste kritische Frage:

»Warum notieren Sie an der Tafel das Wort: Kollegin und nicht den genauen Namen der Informantin?«

»Weil ich der Person vorerst zugesichert habe, dass ihr Name unter Verschluss bleibt. Sie hat Angst vor Repressalien. Es tut auch nichts zur Sache, viel interessanter war das daraus folgende Gespräch mit dem ehemaligen Chefredakteur«, antwortete ich etwas genervt.

»Gut, aber bitte holen Sie das mit dem Namen dann in Ihrem Bericht nach«, verbesserte mich Herr Weber.

Alle im Team wussten genau, warum ich den Namen nicht notiert hatte. Da gab es nämlich einen Vorgesetzten, der zu gerne in der Kantine neuste Informationen zu den Ermittlungen erzählte. So berichtete ich einfach weiter vom Gespräch mit Herrn Lüdtke und dessen Beziehung zu unserem Opfer.

Danach bat ich Klaus, über die neusten Auswertungsergebnisse zu möglichen Grundstücksspekulationen in den Überschwemmungsgebieten zu berichten. Innerlich freute ich mich schon darüber, wie Weber mit der lethargischen Berichterstattung von Klaus zurechtkommen würde.

»Als Erstes möchte ich über die Recherchen zu den Grundstücken in den Überschwemmungsgebieten was erzählen. Die Daten, welche auf dem Rechner der Zeitung gespeichert waren, sind auf einer Ebene der Grundlagenrecherche zu sehen. Dort sind zum Beispiel über verschiedene Wohnbau- und Gewerbegebiete, die gerade in der Planung oder in der Durchführung sind, Excel-Tabellen zusammengestellt worden. Parallel dazu die neuen Überschwemmungsgebiete. Außerdem Daten über diverse Anfragen bei Städten und Gemeinden entlang des Neckars.«

»Wie verwertbar sind die Daten? Gibt es Tendenzen? Tauchen bestimmte Kommunen oder Bauträger in der Recherche öfters auf? Sind Bürgermeister oder Kreisräte genannt?« Herr Weber überschüttete Klaus mit einigen Detailfragen.

Dieser antwortete, wie es seine Art war, zeitverzögert und ruhig: »Grundlagen, alles Grundlagen, ohne eine Tendenz.«

Bevor Herr Weber, sichtlich unzufrieden, dazu etwas sagen konnte, fuhr Klaus fort: »Ihr privater Computer und besonders ihre externe Festplatten und Datenträger aus ihrem Schreibtisch sind da schon etwas interessanter und detaillierter.«

Doch bevor er weiter erzählte, nahm er erst einmal in Ruhe einen Schluck aus seinem Wasserglas und putzte sich seine Nase in einem großen Stofftaschentuch mit Karomuster. Es war ein Genuss, dabei den ungeduldigen Herrn Weber zu beobachten, der sichtlich genervt wirkte von dieser entspannten Berichterstattung. Nicht, dass ich nicht auch ein ungeduldiger Mensch war und Klaus mir ab und an mit seiner Art auch den letzten Nerv raubte. In diesem Fall lehnte ich mich allerdings genüsslich zurück und beobachtete aus dem Augenwinkel Herrn Weber, der mit dem rechten Fuß wippte. Ein untrügliches Zeichen seiner Ungeduld. Noch bevor Klaus sein Taschentuch in seiner Hosentasche verstauen konnte, fuhr ihn Herr Weber an: »Ich habe meine Zeit wirklich nicht gestohlen. Wären Sie so freundlich und teilten uns Ihre Erkenntnisse heute noch mit. Ich frage mich wirklich, ob das Team den Fall noch dieses Jahr lösen kann oder ob ich Hilfe aus Stuttgart anfordern muss!«

Noch bevor ich etwas Unbesonnenes sagen konnte, fuhr Klaus einfach mit seinem Vortrag fort.

»Die Daten der Überschwemmungsflächen sind teilweise auch auf ihrem privaten Rechner vorhanden. Dabei hat sie zwei Bauprojekte herausgearbeitet, bei welchen auffällige Ausnahmen erteilt wurden. Diese Recherche war allerdings noch nicht abgeschlossen. Der zweite Teil ihrer Recherchen bezieht sich wie bereits berichtet auf in Deutschland tätige Rocker-Clubs oder wie sie sich nennen Motorcycle-Clubs. Also MC. Von unserer Abteilung für organisiertes Verbrechen habe ich erfahren, dass es dort die letzten Wochen ruhig war. Die Informationen auf ihrem Rechner sind unseren Kollegen alle ebenfalls bekannt. Frau Kleinert hatte bei einem Chapter-Leiter also einem lokalen Rockerchef vor einem halben Jahr um ein Interview angefragt. Dieser hat allerdings abgelehnt.

Der dritte Themenordner ist da weitaus aktueller und auch sehr interessant. Der eine Teil besteht aus einer Auflistung ehemaliger Nazigrößen aus Tübingen und ihrer Karriere im Nachkriegsdeutschland. Der andere Teil handelt von rechts-konservativen Studentenverbindungen und ihren Verbindungen zu Führungskreisen der Wirtschaft. Ich habe zu dem zweiten Teil eine Aufstellung von Daten und Namen erstellt.«

Noch bevor Klaus verschiedene Kopien verteilen konnte, meldete sich natürlich unser Bedenkenträger Nummer eins, Herr Weber, zu Wort.

»Also, wenn dies nun eine politische Dimension annimmt, möchte ich doch bitten, Recherchen in diese Richtung mit unserer Hausspitze abzuklären. Wenn Sie zum Beispiel blind die Räumlichkeiten einer Studentenverbindung stürmen und Befragungen durchführen, könnte das eine politische Welle losschlagen. Diese Personen haben Beziehungen bis nach ganz oben!«

»Genau das sagt unser Kollege ja«, fuhr ich gleich dazwischen, »und keiner macht hier irgendwelche blinden Aktionen. Alles wird sauber geplant und wasserdicht genehmigt und durchgeführt.«

»So, Kevin und Paul, was habt ihr herausgefunden«, wechselte ich zum nächsten Untersuchungsfeld. Kevin meldete sich zuerst.

»Also, ich habe nochmals mit der Spurensicherung und dem Leiter der Hundestaffel gesprochen. Sie haben am Olgahain und in der Umgebung des Tatortes keine neuen Spuren gefunden. Die erste Farbanalyse am Stein hat ergeben, dass es sich um eine handelsübliche Spraydose handelte. Und bei dem Zeichen scheint es sich um ein altes Zeichen der Freimaurer zu handeln. Heute Morgen hatte ich noch ein persönliches Gespräch mit einer Art Pressesprecher der Freimaurer aus Reutlingen. Er erklärte mir die geschichtlichen Hintergründe und die Grundsätze der Freimaurer. Diese passen überhaupt nicht zusammen mit der anonymen Meldung zum Fundort Olgahain.«

Herr Weber schien sich wieder zu Wort melden zu wollen, deshalb machte Kevin gleich weiter.

»Wie vermutet, handelt es sich tatsächlich um den fehlenden Schuh von Frau Kleinert. Leider befinden sich keine Fingerabdrücke oder DNA-Spuren daran. Der Schuh sowie auch der Knochen wurden in einer chemischen Substanz gereinigt und sind somit völlig steril und sauber.«

Paul stand für seinen Beitrag extra auf.

»Die Gerichtsmedizin hat den Knochen untersucht. Anhand von einem in jedem Knochen enthaltenen radioaktiven Kohlenstoffisotop 14C kann das Alter relativ genau bestimmt werden, da die entsprechende Halbwertszeit fünfzig Jahre beträgt. Erspart es mir bitte, hier den Begriff Halbwertszeit zu erklären. Und jetzt haltet euch fest. Der Knochen ist über hundert Jahre alt. Davon ist er aber ungefähr die letzten zwanzig Jahre vergraben gewesen. Also, wenn wir den Knochen einmal zu unserer anonymen Meldung in

Verbindung setzen, wurde er ungefähr 1910 geboren und war 1940 ungefähr dreißig Jahre alt.«

Er sagte dies ohne Wertung. Aber es lohnte sich vermutlich, die erwähnte Auflistung der NS-Größen von Klaus einmal genauer anzuschauen, dachte ich mir dabei.

Nachdem Herr Weber fleißig Notizen in seinem Block gemacht hatte, verließ er mit einem kurzen Gruß unsere Runde. Vor der Mittagspause verteilte ich noch kurz die weiteren Aufgaben. Klaus würde sich weiter den elektronischen Daten unseres Opfers widmen. Jenny sollte Herrn Lüdtke und dessen Töchter überprüfen, was ihr sichtlich nicht behagte. Paul hatte Erkundigungen über aktuelle Aktivitäten diverser Studentenverbindungen einzuholen und Kevin sollte Informationen über die aktuell tätigen politisch extremen Parteien und Gruppierungen im Tübingen recherchieren.

Mittwoch, 15. April, 13.20 Uhr

Nachdem ich in der Mittagspause etwas ziellos in der Innenstadt umhergelaufen war, kehrte ich in mein Büro zurück. Ganz so ziellos war es dann vielleicht doch nicht gewesen. Ich war zufällig wie so oft am Plattenladen Rimpo vorbeigekommen und hatte mir spontan eine »Tribute to Jimmy Hendrix-CD« gekauft.

Im Büro angekommen, ordnete ich zuerst alle bisherigen Unterlagen zu dem Fall, die auf dem Tisch vor mir lagen, bevor ich mich der Auflistung widmete. Diese handelte zuerst von diversen Personen aus der Nazi-Vergangenheit von Tübingen. Da diese Personen zeitlich nicht als Täter infrage kamen, da sie in der Zwischenzeit alle längst verstorben waren, blätterte ich weiter zur heutigen Zeit.

Nach einer Reihe von Namen und Verbindungen zueinander, blieb mein Blick an einem aktuellen Professor der Rechtswissenschaften haften. Dieser war zeitweise sogar Dekan der wissenschaftlichen Fakultät. Er war bekennender Euro-Kritiker und gleichzeitig wissenschaftlicher Berater einer neuen rechtskonservativen Partei in Deutschland, gleichzeitig Mitglied im EU-Parlament. Und ein weiterer sehr interessanter Punkt war, dass ein sehr loyaler Student von ihm nun Sprecher der Jugendorganisation dieser Partei wurde. Über ihn waren ebenfalls einige Berichte und Informationen gespeichert, aus welchen deutlich zu erkennen war, dass er sehr extreme gesellschaftspolitische Standpunkte vertrat.

Nachdem ich die Seite überflogen hatte, musste ich mir erst einmal einen starken Kaffee einschenken. Wir alle fühlen uns so sicher in unserem Leben und unserem politischen Umfeld. Und an den Rändern unserer Gesellschaft wachsen fast unbemerkt für den politisch gelangweilten Bürger extreme Gruppierungen heran.

Da ich heute einmal etwas früher nach Hause wollte, berief ich auf fünfzehn Uhr die letzte Teambesprechung ein. Zum ersten Mal bekam ich Zweifel, ob wir diesen Fall wirklich lösen konnten. Es war ja kein klassischer Mord. Das Opfer war vermutlich in Panik, rannte davon und stürzte wahrscheinlich unglücklich. Oder sollte sie mit dem spitzen Gegenstand tatsächlich verletzt oder getötet worden sein? Oder, wenn es ein Unfall war, warum floh dann die anwesende Person? Und warum nahm er dann den Schuh mit, um ihn einen Tag später wieder so zu platzieren? Und warum dieses bisher undurchsichtige politische Statement? Und was hatte das mit diesem alten Knochen zu tun? Gehörte er einem alten Nazi? Oder einem Opfer der damaligen Zeit? Ich brauchte einen Geniestreich, um diesen Gordischen Knoten zu durchschlagen.

Als wir um fünfzehn Uhr im Besprechungsraum eintrafen, war zum Glück Herr Weber nicht zu sehen. Ich verzichtete darauf, meine düsteren Gedanken zu dem Bericht von Klaus den anderen mitzuteilen und erteilte gleich Jenny das Wort.

»Also, die ältere Tochter von Herrn Lüdtke heißt Caroline und hat vor Kurzem eine Tochter geboren. Die Taufe mit einem anschließenden kleinen Familienfest war am Samstag in Karlsruhe. Nach meinen ersten Recherchen war die jüngere Tochter Susanne ebenfalls das ganze Wochenende dort. Um festzustellen, ob sie Sonntagabend um dreiundzwanzig Uhr bereits wieder zu Hause in Bruchsal war, müsste ich vor Ort Nachforschungen anstellen und sie persönlich vernehmen.«

Nachdem sich niemand freiwillig meldete, gab ich Klaus das Wort.

»In ihrem elektronischen Terminkalender habe ich vor zwei Wochen einen Termin gefunden. Der Eintrag war: 15 Uhr Wurstküche mit P.D.E.H. Und dazu gab es eine Handynummer. Die Nummer gehört einem pensionierten Geschichtsprofessor aus Tübingen. Er heißt Erwin Hald.«

Nach einem kurzen Überlegen fragte ich: »Da fehlt aber der Buchstabe D?«

Klaus lachte kurz auf.

»Er hat auch einen Doktortitel. Es ist üblich, vor dem Professorentitel den Doktor zu erwerben. Daher ist seine korrekte Ansprache Herr Professor Doktor Erwin Hald.«

Ein Geschichtsprofessor. Ich konnte mir vorstellen, weshalb Frau Kleinert ihn getroffen hatte. Trotzdem notierte ich mir seine Handynummer und nahm mir vor, ihn morgen zu kontaktieren. Aber Klaus hatte noch ein Eisen im Feuer.

»Vor einer Woche stand dort noch zwanzig Uhr Waldhorn – Love is the drug«, berichtete er.

Jenny und ich schauten uns an und mussten lachen. Die anderen sahen uns verwundert an. Bevor das falsch interpretiert wurde, berichtete ich: »Also, Frau Kleinert hat sich vor einer Woche im Kino Waldhorn in Rottenburg mit Herrn Lüdtke getroffen. Und *Love is the drug* ist ein Lied von Roxy Musik. Ich vermute, es war ihre persönliche Anspielung auf ihr Verhältnis zu Herrn Lüdtke.«

Im Anschluss meldete sich Paul zu Wort: »Jetzt ratet einmal, wie viele studentische Burschenschaften es in Tübingen gibt?« Nach kurzem Schweigen gab er die Antwort:

»Dreißig eingetragene Verbindungen. Die meisten haben Häuser, viel Geld und Beziehungen.«

Darauf fragte ich: »Gibt es Namen oder Verbindungen zu konkreten Personen?«

Seine Antwort war eher unbefriedigend.

»Sorry Markus, sehr viele Namen aber nichts Konkretes. Sie hat alle dreißig Verbindungen aufgelistet. Es würde Tage dauern, diese alle zu kontaktieren. Grundsätzlich haben viele dieser Verbindungen sehr konservative Grundsätze wie Ehre, Freiheit und Vaterland. Dazu wird ein Burschenband um den Oberkörper getragen. Frauen sind in den wenigsten zugelassen. Und viele haben eine sehr lange Geschichte, die sich allerdings 1935 in die eine und 1945 in die andere Richtung drehte.«

»Gut Paul«, antwortete ich darauf, »solange du nichts anderes von mir hörst, darfst du diese Spur weiter verfolgen.«

Begeisterung sah anders aus, dachte ich, als ich Paul dabei ansah.

»Kevin, was ist dein krönender Abschluss«, fragte ich ihn.

»Die offensichtlich rechte Szene ist in Tübingen eher sehr klein. Vor Jahren versuchte die Jugendorganisation einer rechtsextremen Organisation, eine Demo abzuhalten. Aber bereits am Tübinger Bahnhof kam der Demonstrationszug zum Stillstand. Sogar der Oberbürgermeister versuchte, Ausschreitungen persönlich zu verhindern.«

Danach beendete ich das Gespräch, und sagte zu allen, sie sollten heute etwas früher nach Hause gehen. Der Grund war, dass ich zu Recht vermutete, dass dieser Fall in den nächsten Tagen unsere volle Konzentration benötigen würde. Also war viel Schlaf und Konzentration angesagt.

Ohne Herrn Weber nochmals zu kontaktieren, ging ich kurz darauf zu meinem Auto und fuhr Richtung Reihenmittelhaus. Doch bevor ich losfuhr, griff ich ins Handschuhfach. Die Heimfahrt-CD des Tages war Neil Young & Crazy Horse – Down by The River. Außer meinem Cousin und mir kannte ich niemand, dem dieses Lied so sehr gefiel. Mein Cousin starb allerdings vor fünfzehn Jahren bei einem Autounfall. So bin ich nun alleine mit der Liebe zu diesem Lied.

Donnerstag, 16. April, 5.56 Uhr

Als ich morgens in den Badspiegel sah, war mir bewusst, dass auch an mir der Zahn der Zeit nagte. Die ersten Falten unter den Augen waren sichtbar. Meine Frau Nicole empfahl mir vor Kurzem, doch einmal die neusten Pflegeprodukte gegen den auch männlichen Verfall, auszuprobieren. Nie würde ich mit einem solchen Produkt an der Kasse der Drogerie stehen. Allerhöchstens Magnesiumtabletten oder

Shampoo mit Hefeextrakt. Aber eine Faltencreme für Männer? Nein, es reichte ja schon der Körper-Rasierwahn und die italienischen rosa Männerhemden, die uns Männer nur quälen sollen. So entschied ich mich in dem Moment für einen Kompromiss und massierte etwas Aftershave-Balsam unter meine Augen. Ich musste leider zugeben, es fühlte sich gut an. Ich entschloss mich, dies zu meinem neuen geheimen Ritual zu erklären.

Da meine Frau heute ihren freien Tag hatte, ließ ich sie ausschlafen und weckte die Kinder, bevor ich das Haus verließ. Eigentlich sollten die Kinder ja schon von selber aufstehen. Aber ich schaute trotzdem kurz in ihre Zimmer, ob sie noch schliefen. Das taten sie dann tatsächlich auch. Der rabiate Versuch, meinen Sohn an diesem Morgen zu wecken, wurde mit einem vorwurfsvollen: »Mensch, Vater, ich habe heute doch später Schule«, quittiert. Sich zwei Stundenpläne mit regelmäßigen Änderungen zu merken, ist aber auch ein unmögliches Unterfangen.

Als ich später in meinem Büro den PC anschaltete, hatte ich gerade den ersten Schluck aus meiner VfB-Kaffeetasse getrunken, als mein Diensthandy klingelte. Es meldete sich mit etwas Verzögerung eine Stimme, die wegen der schlechten Verbindung zuerst kaum zu verstehen war.

»Hallo... hier sp... Fadle... denkm... turnverein... ortp...sau...«

Mit lauter Stimme rief ich dem Anrufer entgegen: »Sie müssen den Standort wechseln, ich versteh sie nicht. Kein Netz!«

Im nächsten Moment war der Kontakt auch schon unterbrochen. Na toll, dachte ich mir, was wird das für ein Anruf sein? Die einzigen Worte, die ich verstanden hatte, waren Turnverein und Sau.

Es dauerte über zehn Minuten, bis das Handy erneut klingelte.

»Hallo, hier spricht Fadler, der Revierförster, Sie erinnern sich doch bestimmt an mich?«, klang die Stimme klar und deutlich.

»Ja, natürlich erinnere ich mich an Sie. Sie hatten ja die Frau am Friedwald gefunden«, antwortete ich ihm, und betete inständig, dass sein Anruf nicht nur dazu diente, sich über den Ermittlungsstand zu informieren.

»Also, ich habe gelesen, dass Sie den fehlenden Schuh der Dame am Olgahain gefunden haben.«

Nachdem eine Pause eingetreten war, sagte ich sehr langsam: »Ja.«

»Und Sie haben dort auch einen menschlichen Oberschenkelknochen gefunden?«

Bevor ich wieder mit einem lang gezogenen Ja antworten wollte, fiel mir ein, dass wir in der Presse nur von einem Knochen berichtet hatten. Deshalb fragte ich neugierig zurück: »Ja, aber woher wissen Sie, dass es sich dabei um einen Oberschenkel gehandelt hat?«

»Ich dachte es mir, da ich vermutlich den passenden Knochen des anderen Beines gefunden habe.«

»Oh«, war meine erste Reaktion, »darf ich Sie fragen, wie Sie darauf kommen?«

»Als Förster kennt man sich nun mal aus mit Knochen. Es wäre schon ein Zufall. Außerdem habe ich ihn hier gefunden am Parkplatz des Sportplatzes Entringen, nur einen Kilometer entfernt vom Friedwald.«

»Sagen Sie, Herr Fadler, sind Sie sich sicher, dass Sie auf einem Parkplatz mitten im Wald einen Menschenknochen gefunden haben?«, war meine Nachfrage.

»Es ist ja nicht mitten auf dem Parkplatz, sondern hier am

Kriegerdenkmal des Turnvereines Entringen. Und außerdem wurden mit einer Spraydose Zeichen und Zahlen auf den mittleren Gedenkstein gesprüht.« Meine Antwort darauf war ein reiner Reflex, ohne darüber nachdenken zu müssen.

»Bleiben Sie bitte an Ort und Stelle, wir werden sofort zu Ihnen kommen. Und rühren Sie bitte nichts an!«

Ohne eine Antwort von ihm abzuwarten, legte ich auf. Zuerst informierte ich die Spurensicherung und noch zusätzlich eine Streife. Danach schaute ich, wer von meinem Team bereits da war. Natürlich niemand. Als ich mich bei Sabine im Sekretariat abmelden wollte, frage ich sie spontan: »Sabine, ich muss dringend zu einem neuen mutmaßlichen Fundort eines Beweisstückes nach Entringen. Möchtest du mitfahren? Ich brauche Hilfe vor Ort.«

Etwas verwundert antwortete sie: »Ja gerne, aber ich habe vielleicht nicht die passenden Schuhe an.« Nach einem kurzen Blick auf ihre Halbschuhe sagte ich: »Sabine die Schuhe passen schon. Wir müssen nur auf einen Parkplatz, schön das du mitkommst. Vier Augen sehen mehr als nur zwei.«

»Danke, und vier Ohren hören auch mehr. Ich muss aber zuerst noch mal kurz auf die Toilette.«

Ja, Männer können schon einfacher zu einem Einsatz fahren. Dort gibt es immer eine Ecke, die von der Spurensicherung nicht benötigt wird.

Vor Ort war bereits die angeforderte Streife und sprach mit dem Förster.

»Hallo Kollegen, bitte holt ein Absperrband, und sichert die Fundstelle großzügig ab«, sagte ich sofort ohne eine größere Begrüßung.

Dann sprach ich sofort Herrn Fadler an.

»Guten Morgen, waren Sie wieder auf ihrem morgendlichen Wildschwein-Kontrollgang?«

»Ja, wie fast jeden Morgen. Zuerst sind mir diese Schmierereien aufgefallen. Und dann sah ich den Knochen und dachte sofort an den Bericht aus der Zeitung vom Olgahain und an die Frau vom Montag.«

Danach gingen wir die letzten Schritte zum Denkmal. Es bestand aus drei Steinen. Dort fing Herr Fadler an zu berichten.

»Es handelt sich um ein Kriegerdenkmal des Turnvereins Entringen für die Gefallenen der beiden Weltkriege.«

Vor dem mittleren Stein lag tatsächlich ein identisch aussehender großer Knochen. Auf den Stein war die Zahl achtzehn mit schwarzer Farbe zu erkennen. Auf die anderen beiden Steine war ein Symbol gesprüht worden, das aussah, wie ein gerader vertikaler Strich, an dem nach oben rechts und links ein Strich abzweigte. Wie ein Strich, auf den ein kleines »v« gelegt wurde.

»Was sagst du dazu, Sabine?«, fragte ich meine bisher wortlose Kollegin. Für mich dann doch etwas überraschend antwortete sie sofort.

»Also, vor dem Hintergrund unserer bisherigen Ermittlungsergebnisse, fällt mir dazu der Bericht über religiöse und politische Symbole ein, den ich allen im Team in den elektronischen Verteiler gestellt habe.«

Da ich mich an den erwähnten Bericht nicht erinnern konnte, hoffte ich, dass sie gleich mit ihren Erkenntnissen fortfahren würde, was sie zum Glück auch tat.

»Die Zahl achtzehn ist vermutlich ein Code basierend auf der Nummerierung des Alphabetes. Also eins für A die zwei für B und so weiter. In unserem Fall A. und H. wie Adolf Hitler. Es gibt in der rechten Szene auch die 88, wie Heil

Hitler. Und ich könnte wetten, das Symbol geht in dieselbe Richtung. Ich suche mal einen Netzempfang für mein Handy und schaue mal im Internet nach dem Symbol«, sagte sie, und ging, das Handy vor sich haltend, über den Parkplatz Richtung Sportplatz.

Ich fragte Herrn Fadler: »Was sagen Sie zu der Sache?«
Seine Antwort ließ etwas auf sich warten.
»Hm... Meine Frau würde sagen, das war der Ranzenpuffer.«
Etwas verwundert fragte ich: »Der Ranzen? Was Puffer? Was soll das denn sein?«
»Also der Ranzenpuffer ist die bekannteste Figur des Schönbuchs, was die Sagen und Mythen angeht. Er soll ein grün gekleideter Jäger gewesen sein, der mit den Menschen damals bösartige Streiche getrieben hat. Er soll gottlos gewesen sein. Einen starken Hang zu Frauen, dem Glücksspiel und dem Alkohol gehabt haben. Nachdem er gestorben war, soll er als Geist im Schönbuch umhergegeistert sein. Seinen Namen hat er von der Legende, dass es als Geist den Menschen auch im Schlaf in den Bauch, also den Ranzen getreten hat. Man sagte dazu gepufft, deshalb eben Ranzenpuffer.«
»Interessant, haben Sie auch andere geschichtliche Erkenntnisse ohne Geister?«
Ohne weiter nachzudenken, sagte er darauf: »Ich kann Ihnen gerne etwas über den letzten Fundort, den Olgahain, erzählen. Als das Kloster Bebenhausen Anfang des Jahres 1800 kirchlich an Bedeutung verlor, begann dafür dessen Bedeutung als württembergisches königliches Jagdschloss. Zuerst verkehrte dort Wilhelm I. Danach prägten König Karl I. und seine Frau Olga dort das Leben. Olga Nikolajewna Romanowa war eine Tochter des Zaren von Russland. Damals war es ja üblich, seine Kinder mit anderen europäischen

Königshäusern zu verheiraten. Und Württemberg unterhielt damals gute Kontakte zu Russland. Die Königin Olga war auch sozial sehr engagiert. Sie ist übrigens auch die Namensgeberin des Kinderkrankenhauses Olgäle in Stuttgart.«

»Dann waren also König Karl und Olga ein sehr prägendes Königspaar für ihre Zeit.«

Seine Antwort kam dann doch etwas überraschend für mich.

»Nein, nicht wirklich. Für das normale Volk war er der König. Für die Personen am Hof war er eine Witzfigur. Er war, heutzutage sagt man: homosexuell. Damals gab es dafür vermutlich noch kein entsprechendes Wort. Er heiratete nur der Verpflichtung seinem Stand gegenüber. Er hatte am Hof immer einen seiner Liebhaber um sich. Mit einem seiner längsten Partner trat er sogar öffentlich auf, mit passenden gleichen Kleidungsstücken. Jeder wusste es am Hof, aber keiner konnte ja offiziell etwas dagegen sagen. Es war also kein Wunder, dass die Ehe mit Olga kinderlos blieb. In Bebenhausen allerdings, versuchte er ihr jeden Wunsch zu erfüllen. So entstand der Olgahain oberhalb von Bebenhausen als Lustwandelgarten für die Königin. Als später der König Wilhelm II. an die Macht kam, verwilderte der Olgahain.«

Da ich anscheinend einen interessierten Eindruck machte, fuhr er fort.

»Wilhelm II. war als Bürgerkönig bekannt. Er führte sogar für Teile der arbeitenden Bevölkerung eine Krankenversicherung ein. In Stuttgart ging er ungeschützt mit seinen Hunden spazieren und verteilte Süßigkeiten an die Kinder. Er verlor seine Macht am Anfang des 19. Jahrhunderts zu Beginn der Industrialisierung und des politischen Umbruches. Er musste allerdings nicht in ein ausländisches Exil, sondern durfte bis zu seinem Tod 1921 in Bebenhausen leben. Diese drei Könige prägten nicht nur Bebenhausen, sondern den ganzen Schönbuch. Wissen Sie eigentlich, woher der Spruch kommt – »Mir geht etwas durch die Lappen«?

Mein fragender Blick sagte alles.

»Früher auf der königlichen Jagd wurden mit Stofflappen entlang der Bäume ein Trichter erstellt. Die Jagdtreiber scheuchten das Wild in diesen Trichter. An dessen Ausgang wartete dann der König und seine Jagdgesellschaft, um das Wild problemlos zu erlegen. Es passierte aber öfters, dass ein Tier zwischen den aufgehängten Stofflappen hindurch entkam. Daher der Spruch.« So viel Information machte mich sprachlos. Zum Glück kam Sabine vom Parkplatz zurück.

»Markus, ich konnte herausfinden, um was für ein Symbol es sich handelt. Es ist eine Man-Rune, auch Lebensrune genannt. Die Man-Rune wurde zu einem beliebten Propagandazeichen der Nazis. Für die NS-Frauenschaft, Apotheker und andere galt sie als Kennzeichen.«

Sie blickte in ihr Handy und las uns vor.

»Den Nazis zufolge stellt die Rune einen Mann mit zur göttlichen Macht ausgestreckten Armen dar und gilt als allgemeines Symbol der Kraft des Volkes. Heutzutage hat die Rune als beliebtes Schmuckelement rechter Kreise immer noch einen hohen Stellenwert, beispielsweise für Geburtenanzeigen. Sie wird im neonazistischen Zusammenhang in Verknüpfung mit der SA oder ›Lebensborn‹, verwendet.«

»Und was ist ein Lebensborn?«

Ich war nicht verwundert, daraufhin tatsächlich gleich eine Antwort von Sabine zu erhalten. So las sie uns weiter aus ihrem Handy vor.

»Der Lebensborn war im nationalsozialistischen Deutschen Reich ein von der SS getragener, staatlich geförderter Verein, dessen Ziel es war, auf der Grundlage der nationalsozialistischen Rassenhygiene die Erhöhung der Geburtenrate arischer Kinder herbeizuführen. Dies sollte durch anonyme Entbindungen und Vermittlung der Kinder zur Adoption – bevorzugt an Familien von SS-Angehörigen – erreicht werden. Der Lebensborn war außerdem mitverantwortlich für die Verschleppung von Kindern aus den von Deutschland besetzten Gebieten. Falls diese im Sinne der NS-Rassenideologie als arisch galten, wurden sie unter Verschleierung ihrer Identität in Lebensborn-Heimen im Reich oder den besetzten Gebieten untergebracht.«

Mit großen Augen sah ich Sabine an. Vielleicht sollte ich ihre Fähigkeiten in Zukunft intensiver einsetzen. Als die Spurensicherung kurz darauf eintraf, verabschiedeten wir uns von Herrn Fadler. Auf dem Weg zurück in das Präsidium lobte ich Sabine ausdrücklich für ihre gute und schnelle Recherche. Da sie nichts darauf erwiderte, schwiegen wir bis zur Ankunft in Tübingen. Ich konnte aus ihrer Reaktion und aus ihrer Mimik nicht herauslesen, ob sie über meinen Hinweis erfreut oder eher verunsichert war. Aber ich musste mir eingestehen, dass ich sie in der Vergangenheit oft aus der Team-Betrachtung und vielleicht auch bei der Weitergabe von Lob vernachlässigt hatte. Das musste ich wirklich ändern.

Donnerstag, 16. April, 10.21 Uhr

Vergeblich suchte ich meine VfB-Tasse im Büro. Von Klaus erfuhr ich dann, bitte nicht die Spülmaschine in der Kaffeeküche zu öffnen, da diese gerade liefe, mitsamt meiner VfB-Tasse. Also musste ich mir einen Kaffee in eine Reservetasse einschenken. Als ich zurück an meinem Schreibtisch kam, klingelte das Telefon. Auf dem Display sah ich, dass es der Weber war. Ich ließ es bewusst drei Mal klingeln. Bevor es dann in das Sekretariat weiter schaltete, nahm ich den Hörer ab.

»Guten Morgen, Herr Weber, wie kann ich Ihnen helfen«, sagte ich betont freundlich, im Wissen, dass dieses Gespräch sicherlich wieder einen unfreundlichen Verlauf nehmen würde.

»Einen guten Morgen hätte ich gehabt, wenn Sie mich vielleicht über die heutigen Erkenntnisse am Sportplatz in Entringen am Kriegerdenkmal informiert hätten!«

Bevor er weiterreden konnte, antwortete ich ihm, ohne zu fragen, woher er die aktuelle Information hatte: »Ich bin erst seit wenigen Minuten im Büro, wie Sie ja sicherlich wissen. Zuerst organisiere ich hier die Aufgaben und dann informiere ich Sie natürlich umgehend.«

»Wie gesagt, die Manöverkritik über Ihre Informationspolitik werden wir eingehend besprechen, wenn der Fall abgeschlossen ist«, sagte er sehr unfreundlich.

Ich war nicht gewillt, klein beizugeben und antwortete etwas unbeherrscht. »Erstens handelt es sich hier nicht um ein Manöver, sondern um einen Ernstfall. Und solche Ernstfälle habe ich in meinem Berufsleben als Kommissar schon einige bestanden und viele davon schon gelöst. Und gerne bin ich dann bereit mit Ihnen zusammen bei unserem Polizeipräsidenten den Fall und dessen Ablauf aufzuarbeiten. Dabei können wir dann gerne genau die Rolle von jedem von uns in diesem Fall beleuchten.«

»Also, Herr Bergmann«, waren seine einzigen Worte darauf. Er schien sich zu sammeln, da es einige Sekunden in der Leitung ruhig war.

»Herr Bergmann, da ich bezweifle, dass Sie den Fall in der gewünschten Art und Weise zeitnah lösen werden, habe ich Hilfe aus Stuttgart angefordert.«

Da er bewusst nicht erwähnte, um was für eine Hilfe es sich dabei handelte, gab ich provokanterweise als Antwort: »Darf ich fragen, um was für eine Hilfe es sich handelt, die Pferdestaffel oder die Wasserschutzpolizei vielleicht?«

»Nein ich bezweifle Ihre Fähigkeiten als Freischwimmer nicht, Herr Bergmann. Es wird da schon eher ein Bereich sein, bei dem Sie deutlich Hilfe benötigen. Um elf Uhr kommt Herr Alexander Supper vom LKA Stuttgart zu uns. Er leitet die Abteilung für Kriminalpsychologie und ist ein sogenannter Profiler. Seien Sie also um elf Uhr in meinem Büro, und seien Sie bitte pünktlich«, sagte er süffisant und legte grußlos auf.

Verärgert versuchte ich, meine Gedanken zu sortieren. Erstens, ich musste den Fall lösen, sonst schob mir Weber die negative Presse dazu in die Schuhe. Zweitens, ich musste den Fall lösen und dann den Erfolg dem Weber zum größten Teil zukommen lassen. Mit diesem Erfolg machte er vielleicht Karriere. Und diese hoffentlich außerhalb von Tübingen. Ihn wegzuloben war vermutlich die einzige realistische Möglichkeit, ihn von hier weg zu bekommen. Auch wenn es noch so hart war. Drittens war es grundsätzlich keine schlechte Idee, einen Profiler zu diesem besonderen Fall hinzuzuziehen. Wenn die Idee nur nicht gerade von Weber gekommen wäre.

Kurz drauf kam Jenny zu mir ins Büro.

»Ich muss gleich zum Weber ins Büro. Er glaubt, wir schaffen den Fall nicht alleine, also hat er einen LKA-Profiler hinzugezogen.«

»Na, dann sind wir mal gespannt, was 007 Stuttgart dazu zu sagen hat«, sagte sie und wir lachten beide darüber.

Kurz bevor sie das Büro verließ, erwähnte sie beiläufig: »Ich höre, du warst heute Morgen mit Sabine am Fundort. Wie war sie so, deine neue Assistentin?«

Am besten man antwortete auf so eine weibliche Suggestivfrage gar nichts. Was ich dann auch prompt doch getan habe.

»Meine neue Assistentin war die Einzige heute Morgen im Büro, die greifbar war. Und sie hat mir vor Ort echt geholfen.«

Noch bevor Jenny mit einer kleinen Falte auf der Stirn etwas dazu sagen konnte, schob ich sofort hinterher.

»Jenny, dich kann niemand ersetzen. Wir zwei sind vor Ort wie Sherlock und Holmes.«

Ich hatte die Situation gerade noch gerettet. Jenny ging mit einem Grinsen im Gesicht.

Auf dem Weg in Webers Büro fiel mir nochmals sein Hinweis auf die Pünktlichkeit ein. Ausgerechnet er sagte dies mir. Okay, es war wie so vieles bei uns eine gegenseitige Provokation. Wo sollte das noch enden? Ich musste den Fall lösen und ihn wegloben, koste es, was es wolle.

Als ich um kurz vor elf Uhr in seinem Büro eintraf, sah ich bereits einen Mann um die Fünfzig bei ihm im Büro sitzen. Er hatte modische moderne Schuhe an, dazu eine helle Baumwollhose und einen schwarzen Rollkragenpullover. Außerdem halblange hellgraue Haare und eine randlose Brille.

»Darf ich Ihnen Herrn Supper vom LKA vorstellen«, sagte Herr Weber überaus freundlich zu mir.

»Hallo mein Name ist Alexander Supper. Ich komme vom LKA und kann Ihnen hier bei Ihrem Fall vielleicht etwas helfen«, sagte der Mann.

Er wirkte nett. Aber bei nett war ich immer besonders

vorsichtig. Ich begrüßte ihn mit einem besonders festen Händedruck.

»Mein Name ist Markus Bergmann. Vielen Dank, ich werde Ihnen gerne unsere bisherigen Erkenntnisse mitteilen. Unser Opfer war eine sehr ambitionierte lokale Journalistin. Sie recherchierte zu diversen brisanten Themen. Die Ermittlungen laufen erst seit vier Tagen. Wir haben dazu aber schon viele Daten zusammengetragen und sind gerade dabei, diese plausibel gegenüberzustellen.«

Natürlich musste der Weber wieder seinen Senf dazugeben.

»Herr Bergmann und unser Team haben bisher hervorragende Arbeit geleistet und wichtige Daten zusammengetragen. Uns fehlt vielleicht der neutrale und erfahrene Blick, nun dazu die Lösung zu sehen.«

Zu meiner Genugtuung antwortete Herr Supper darauf.

»Herr Weber, in so einem Fall kann man nicht einfach die Lösung sehen. Es gibt unzählige Lösungsmöglichkeiten. Und die Lösung wird vielleicht nie gefunden. Wenn überhaupt, muss man alle möglichen Lösungswege bis zu Ende gehen, auch die unmöglichen. Eine eventuell langwierige Geschichte. Die Lösung kann im privaten Umfeld liegen. Liebe, Neid, Eifersucht oder Missgunst. Oder es liegt an ihren beruflichen Recherchen. Da gibt es dann noch die Möglichkeit des Zufalles. Vielleicht war sie zur falschen Zeit am falschen Ort. Ein Mörder, der aus Gründen seiner Psyche handelte, womöglich.«

»Danke, Herr Supper, genau diese Wege haben wir bisher alle verfolgt«, antwortete ich darauf.

»In unserem Fall haben wir ihre alten Freunde, die sie teilweise seit Jahren nicht mehr gesehen hat. Diese gingen am Abend des Mordes aber alle gegen später zusammen aus dem

Gasthof und haben zeitlich gesehen somit alle ein Alibi. Da gibt es diese anonymen Hinweise und Fundstücke. Es stellt sich die Frage, ob diese von einem Einzeltäter oder von einer betroffenen Gruppe stammen?«

»Genau an diesem Punkt müssen wir ansetzen«, gab Herr Supper zur Antwort. »Die Frage ist ja, ob eine Person, die sich durch die Recherchen des Opfers oder aus politischen Gründen von ihr verfolgt oder provoziert fühlte, die Tat beging. Und wenn es so gewesen sein sollte, warum hat diese Person dann die Hinweise gegeben und bringt sich dadurch selber in Gefahr, entdeckt zu werden? Oder sind es Personen, wie eine politische Gruppe? Aus meiner Sicht sind die Hinweise zuerst offensichtlich etwas konfus. Schwuler König und russische Königin? Dagegen allerdings die Schmierereien am Denkmal im Krieg gefallener Soldaten. Eigentlich sind politisch extreme Rechtsradikale dabei etwas genauer. Ein Kriegerdenkmal ist etwas national Heiliges und wird nicht beschmiert auch nicht mit eigenen Symbolen. Oder sehen wir vielleicht auch da nicht die genaue Antwort oder denken zu kompliziert oder zu einfach?«

»Genau das habe ich mich auch gefragt. Sind diese direkten Symbole wie die Rune oder der Nazi-Zahlencode eine Ablenkung oder ein direkter Angriff mit offenem Visier?«, fragte ich den Spezialisten.

»Sollte es das Zweite sein, müssen wir den Verfassungsschutz informieren«, fügte Herr Weber hinzu.

Ruhig antwortete Herr Supper darauf: »Dieser abfällige Hinweis zu der linken Schnüfflerin in diesem Zusammenhang, zeigt schon den Hass des Anrufers.« Er zitierte daraufhin mit einer etwas tieferen Stimme: Wir brauchen auch keine russische Königin und keinen schwulen König. Deutschland muss sich entscheiden.«

Nach einer kurzen Pause fuhr er fort: »Die Wortwahl und die Stimme des anonymen Anrufers war doch sehr emotional. Er war vermutlich persönlich betroffen oder das Opfer hat seine politische tiefe Überzeugung verletzt.«

»Und was machen wir, wenn es ein Frauenmörder ist, der wusste, wer das Opfer war und uns an der Nase herumführt«, fragte Herr Weber.

Herr Supper sah ihn fragend an, ohne etwas darauf zu erwidern. Herr Weber setzte sich auf seinem Stuhl aufrecht hin.

»Herr Supper, deshalb möchten wir Sie bitten, uns bei unseren Recherchen zu helfen. Ich hatte Ihnen ja im Vorfeld zu diesem Gespräch unsere bisherigen Ermittlungsergebnisse zukommen lassen. Wie würden Sie die weiteren Ermittlungsschritte durchführen?«

Sein Tonfall hatte einen Hauch von Unterwürfigkeit. Mir wurde fast übel dabei. Noch bevor ich etwas dazu sagen konnte, fügte Herr Supper mit betont sachlicher Stimme hinzu: »Ich würde den Herren vorschlagen, dass ich und mein Team die Recherchen in Richtung eines psychisch gestörten Täters übernehmen. Den Bereich eines möglichen politischen Täterfeldes übergeben wir dem LKA zusammen mit den Kollegen der inneren Sicherheit.«

Mein erster Gedanke dazu war, warum ich kein Bäcker geworden bin. Als Jugendlicher half ich immer meiner Mutter beim Backen. Ich liebte es, Kuchen und an Weihnachten Springerle zu backen. Beim Gedanken daran spürte ich sofort einen Anisgeschmack auf meiner Zunge. Warum also Bäcker? Weil ich solche Gespräche hasste. Es ging nicht darum, in seinem Zuständigkeitsbereich das Beste zu geben. Es ging darum, die Lorbeeren einzusammeln, falls etwas klappen sollte. Und falls es keinen Erfolg gab, versuchte man einem anderen die Schuld, oder besser den Misserfolg in die Schuhe zu schieben. Und wenn man sich etwas nicht zutraute, musste man schauen, dass ein anderer den Fall bearbeitete. Ich machte Herrn Supper keinen Vorwurf, aber der Weber war ein verdammter Söldner.

»Und was bleibt uns dann noch? Vielleicht die Strafzettel des Opfers zu kontrollieren?«, sagte ich ärgerlich und bereute meine unkontrollierte Äußerung gleich.

Aber die Antwort von Herrn Supper überraschte mich dann doch.

»Genau das ist es, Herr Bergmann. Die Lösung liegt oft in der nicht beachteten Kleinigkeit, wie einem Strafzettel. Lassen sie uns zusammen jede in seinem Bereich noch so kleine Information zusammentragen. Wenn wir Glück haben, ist die Lösung darunter. Wir müssen sie nur erkennen.«

Genau das machte den Unterschied. Nicht, dass mich die Äußerung von Herrn Supper wirklich zufriedengestellt hätte. Aber seine Mitteilung war ruhig und verständnisvoll vorgetragen. Er vermittelte Empathie. Vielleicht war er in Wirklichkeit ein viel größeres Übel als der Weber, aber er verkaufte sich besser.

»Gut«, gab ich als Antwort, »so machen wir es.«

»Fein, so machen wir es«, gab Herr Weber als erleichternde Antwort, und fügte hinzu: »Es wäre nett, wenn wir uns regelmäßig zu einem Informationsaustausch treffen könnten.«

Herr Supper nickte darauf hin. Ich verabschiedete mich.

Zurück in meinem Büro wünschte ich mir nichts sehnlicher, als zehn Minuten absolute Ruhe. Dieser Wunsch wurde mir genau zwei Minuten gewährt. Allerdings war der Störenfried zum Glück nur Jenny.

»Hallo, störe ich?«

Mein Blick strahlte vermutlich eine Mischung aus Resignation und Müdigkeit aus.

»Nein, du nicht«, war meine ehrliche Antwort.

»Ist dein Gespräch beim Weber nicht gut gelaufen?«

Kurz zögerte ich, bevor ich antwortete.

»Wir haben einen Helfer vom LKA vorgesetzt bekommen. Einen Profiler. Ein nett wirkender Typ. Aber er wird sich gravierend und charmant einmischen. Einen möglichen politischen Grund sollen die Kollegen von der Inneren aus Stuttgart übernehmen. Für uns bleibt also nur noch eine mögliche Beziehungstat übrig. Also sind wir den Fall in Wirklichkeit los.«

Ihre Reaktion darauf war »Oh«, danach fügte sie hinzu: »Und was machen wir nun?«

Meine Antwort war so klar wie das Trinkwasser aus dem Wasserhahn.

»Wir recherchieren offiziell weiter im privaten Umfeld des Opfers. Sollte uns dabei allerdings ein Hinweis über den Weg laufen, der in eine andere Richtung führt, aber den Profis zu profan und unwichtig erscheint, werden wir diesen ganz nebenher auch betrachten.«

Jenny lächelte und sah dabei wunderhübsch aus. Um wieder einen klaren Gedanken zu fassen, sagte ich: »Okay, um dreizehn Uhr Teambesprechung über die Restzuständigkeit unserer Abteilung.«

»Markus«, sagte Jenny mit einer kurzen Pause, »wir Landeier zeigen es dem Weber und seinem Psychoteam.«

Meine einzige logische Antwort darauf war: »Jenny, möchtest du mit mir zu Mittagessen gehen?«

Zur Teambesprechung um dreizehn Uhr waren alle anwesend außer Kevin. Er war bereits seit dem Morgen in Reutlingen, um mit der dortigen Polizei über die aktuellen Aktivitäten der ortsansässigen Rockerklubs zu recherchieren.

»Bitte sage Kevin, er soll eine Kopie des Berichtes an unsere Kollegen vom LKA schicken. Diese sind ab sofort dafür zuständig, da uns der Weber nicht zutraut, den Fall alleine zu lösen«, beauftragte ich Paul.

Danach berichtete ich von dem Gespräch mit dem LKA-Profiler Supper.

»So ein Schwein«, sagte Paul sehr laut. Jenny versuchte sofort, ihn zu beruhigen.

»Hey, Paul, bleib ruhig, Markus hat eine Idee, wie wir weiter verfahren«, redete sie auf ihn ein.

Da mich nun alle direkt ansahen, ergriff ich sogleich das Wort.

»Die neue Aufteilung der Ermittlung ist zwar eine Anweisung von oben, aber wir haben den Heimvorteil. Wir sollen nur in ihrem privaten Umfeld ermitteln. In den meisten Morden haben Täter und Opfer eine persönliche Beziehung zueinander. Und es könnte ja sein, dass ein Mitglied eines Motorradklubs oder jemand aus der Immobilienbranche, der Zeitung oder der rechten Szene eine persönliche Beziehung zu ihr hatte.«

Er sagte selten etwas Spontanes, aber plötzlich meldete sich Klaus zu Wort. »Wirklich clever, Markus.«

Wieder richtete ich das Wort an alle.

»So machen wir es. Weiterhin finden täglich unsere kurzen Teambesprechungen statt. Neue Erkenntnisse werden nach einer ersten internen Überprüfung dann an das LKA und den Weber weitergeleitet. Also, vergesst nicht, wenn euch jemand fragt, werden alle Ermittlungen von uns mit dem Fokus auf das private Umfeld erstellt.«

Sofort meldete sich Jenny zu Wort.

»Und wenn der Täter von hier aus Tübingen kommt, werden wir ihn schnappen, das ist unser Revier. Nicht nur der Tatort, sondern auch die beiden Fundorte der Hinweise lagen im Wald hier im Schönbuch. Vielleicht sollten wir alle Daten und Personen daraufhin nochmals checken.«

Da meldete sich Klaus zu Wort: »Der zentrale Punkt sind vielleicht ihre Daten und ihre Recherchen. Ich habe nun bald den größten Teil ihrer Recherchen und ihres langen Terminkalenders durchforstet. Sie hat den verschiedenen Projekten Kürzel gegeben. Ich darf kurz auflisten:

NSTÜ steht für ihre Recherchen zu der Tübinger Nazi-Vergangenheit und Verbindungen von Personen bis in die Gegenwart. Dazu hatte sie vor drei Wochen ein Gespräch geführt mit einem pensionierten Geschichtsprofessor aus Tübingen. Sein Name ist Albert Jung. Ihre Aufzeichnungen zu diesem Gespräch wurden dann allerdings, von ihr untypisch, kurz und knapp durchgeführt. So kann ich mit vielen Notizen wenig anfangen.

Ihren nächsten Block hat sie ARTÜ genannt. Darin ging es um aktuelle rechte Aktivitäten in Tübingen. Es ging dabei nicht um die typischen rechten Skinheads auf der Straße. Eher die rechtskonservativen Anzugträger mit Verbindungen zu der Tübinger Universität. Dazu wollte sie bereits öfters mit einem Vorsitzenden einer der größten Burschenschaften in Tübingen ein Gespräch führen. Er heißt Peter Adam. Er verweigerte allerdings den Interviewwunsch.

Bei ÜF ging es um die angeblichen negativen Grundstücks-Spekulationen im Bereich von Überflutungsflächen. Dabei sollen Grundstücke teuer verkauft worden sein, mit dem Wissen, dass diese demnächst als Überflutungsflächen ausgewiesen werden und nicht mehr bebaut werden dürfen und somit deren Marktwert in den Keller fiel. Der letzte

Eintrag dazu liegt allerdings schon zwei Monate zurück. Dazu muss es einen Informanten gegeben haben, der angeblich kalte Füße bekommen hat. Seine Initialen sind A.W.

MC stand wie bereits besprochen für die Motor-Cycle-Clubs. Ihre Notizen und Recherchen habe ich ja bereits überprüft. Diese sind allerdings nicht besonders spektakulär.

Die Daten zu SS stehen nicht für das, was ihr denkt. Dies ist kein Kürzel für Spätzle Stasi. Es geht dabei um verdeckte Ermittlungen in Baden-Württemberg in den Neunzigerjahren. Verdeckte Ermittler bespitzelten jahrelang die linke Szene auch in Tübingen, ohne Rücksicht auf Bürgerrechte und Datenschutz. Es wurden ohne Tatverdacht Daten und Informationen gesammelt und gespeichert. Aber Ergebnisse wurden damals offiziell nie präsentiert. Es wurden dazu auch nie Anklagen erhoben. Die ganze Aktion war ein großer Reinfall. Die Namen der eingeschleusten V-Männer wurden nie offiziell bekannt. In der SS-Datei gab es allerdings einen Bericht über den Vorsitzenden einer Nicaragua-Gruppe und eine führende Person aus einer Häftlingsinitiative für Häftlinge aus dem RAF-Umfeld. Allerdings nehmen ihre Recherchen Bezug auf einen Spiegelbericht von 1992. Sie versuchte zu ermitteln, was diese Personen heutzutage so machten und wer sie genau sind.

In letzter Zeit fand ich in ihrem Terminkalender sehr oft das Kürzel RE. Dazu waren allerdings keine Daten zu finden. Zumindest nicht auf ihren üblichen Datenträgern.«

Sofort war meine Neugier geweckt.

»Wie meinst du das? Was ist dann ein unüblicher Datenträger?«, fragte ich nach.

Klaus runzelte seine Stirn.

»Na, wir haben ihre Daten aus dem PC in der Redaktion und die aus ihrem privaten Laptop. Zu jedem Projektkürzel gibt es Daten und elektronische Ordner. Außer zu RE. Wenn sie wirklich an einem besonders heiklen Fall gearbeitet hat, hat sie dazu vielleicht einen externen Datenträger benutzt. Ein extra Laufwerk oder einen Datenstick. Zwei Sticks mit unwichtigen Sekundärdaten und eine externe Festplatte mit Bildern haben wir zu Hause in ihrem Schreibtisch gefunden. Aber nichts zu RE.«

Sofort hakte ich nach: »Wo könnte sie so etwas aufbewahren, vielleicht in einem Bankschließfach?«

»Eher nicht«, brachte sich Paul ein, »wenn die Eintragungen im Terminkalender neuer waren, dann arbeitete sie aktuell daran. Es ist nicht praktikabel, den Datenträger weit weg zu lagern.«

»So«, sagte ich betont sachlich, »wir machen folgendermaßen weiter: Kevin soll seinen Bericht über die Rocker-Jungs fertig machen und dem LKA schicken. Morgen soll er dem Vorsitzenden der genannten studentischen Verbindung einmal auf den Zahn fühlen. Paul könntest du bitte bei allen Kommunen, Ämtern, Bauträgern oder größeren Banken in der Umgebung nach diesem Informanten A.W. suchen. Ich weiß, es ist eine Arbeit, für die Klaus besonders geeignet wäre, aber den brauche ich in der Wohnung des Opfers. Er soll dort zusammen mit Jenny noch mal alles auf den Kopf stellen und alle Nachbarn genau verhören. Und denkt daran, was ich immer sage, da es mir mein alter Ausbilder früher immer eingebläut hat«, doch bevor ich den Satz zu Ende sagen konnte riefen alle in Chor: »Das Unauffälligste ist das Auffällige!«

Fasziniert fuhr ich fort.

»Ich selber habe die zweifelhafte Ehre mit dem Weber heute Nachmittag um fünfzehn Uhr der Pressekonferenz zu unserem Fall beizuwohnen. Morgen werde ich versuchen, ein Gespräch mit dem Geschichtsprofessor zu führen.«

Herr Weber hatte mich per Mail zwar zu der Pressekonferenz eingeladen, mich wunderte es allerdings, dass er sich nicht ausdrücklich mit mir vorbesprechen wollte. So ging ich bereits um 14.30 Uhr zu ihm in sein Büro. Also ich gerade sein Vorzimmer betrat und Eva anlächeln wollte, ging seine Bürotür auf und Weber trat lachend mit Herrn Supper aus seinem Büro. Dabei hörte ich den Weber noch sagen: »Ja, genauso machen wir es gleich.«

Nach Herrn Supper trat noch eine auffällig hübsche, allerdings sehr unterkühlte wirkende Frau mit einem grauen Hosenanzug aus dem Büro. Als Herr Supper meinen verwunderten Gesichtsausdruck sah, ging er gleich auf mich ein.

»Hallo, Herr Bergmann, darf ich Ihnen unsere LKA-Pressesprecherin, Frau Petersen, vorstellen.«

Frau Petersen ging auf mich zu und begrüßte mich.

»Herr Bergmann ist unser leitender Kommissar hier vor Ort und hat schon sehr wertvolle Hinweise und Daten zusammengetragen«, stellte mich Supper vor.

So, so, zusammengetragen habe ich die Daten also, dachte ich mir verärgert. Noch bevor ich etwas sagen konnte, wurde mir mitgeteilt, dass ich bei der Pressekonferenz nicht auf der Empore beim Weber zu sitzen brauchte. Meinen Platz hatten Herr Supper und Frau Hosenanzug eingenommen. Man legte allerdings Wert darauf, dass ich mich im Hintergrund für mögliche Detailfragen zur Verfügung zu halten hatte.

So ging ich wortlos als Zuhörer zu der Pressekonferenz, die gut durchorganisiert, oberflächlich und langweilig war. Am Ende der Veranstaltung verließ ich sofort die Räumlichkeiten, ging zu meinem Auto, schaltete mein Handy auf lautlos und fuhr nach Hause.

Freitag, 17. April, 8.05 Uhr

Als ich an diesem Morgen in mein Büro kam, sah ich sofort die handschriftliche Notiz von Jenny. Darin teilte sie mir mit, dass ich heute mit dem pensionierten Geschichtsprofessor Albert Jung einen Termin zum Mittagessen hatte. Um zwölf Uhr im alten Tübinger Restaurant Mauganeschtle. So hatte ich genügend Zeit mit Klaus und Jenny nochmals in die Wohnung des Opfers zu gehen.

Als wir um kurz nach neun Uhr zusammen die Wohnung betraten, nachdem wir das Dienstsiegel an der Tür geöffnet hatten, bemerkte ich sofort einen stickigen Geruch in der Wohnung.

»Am besten wir lüften erst einmal die Zimmer«, sagte ich in die Runde. Ohne uns weiter abzusprechen, ging jeder in ein anderes Zimmer und öffnete ein Fenster.

Klaus ergriff untypisch für ihn als Erster das Wort.

»Also, unser Opfer hatte kein Bankschließfach. Sie hat bei keiner ihr nahestehenden Person oder einem Nachbarn etwas hinterlassen. Was wir suchen, ist ein elektronischer Datenträger. Die Wohnung wurde von uns schon zwei Mal genau durchsucht, aber nichts wurde gefunden. Somit suchen wir nun vielleicht auch einen Hinweis auf den Ort, an dem dieser Datenträger hinterlegt ist. Noch Fragen? Jeder nimmt sich ein Zimmer vor und notiert alle auffälligen oder besonderen Dinge.«

Ich merkte schon, Klaus war in seinem Element. Recherchieren und suchen war sein Ding. So ließ ich ihn gewähren und die Suche hier vor Ort leiten. Da ich nicht so viel Zeit hatte, wurde mir die Küche zugeteilt. Wenn ich das meiner Frau heute Abend erzählte, wird sie bestimmt lachen. Ihr Mann verbringt den halben Morgen in der Küche.

So stehe ich also mit einem Notizblock in der Hand in der Küche und überlege mir, wo ich anfangen soll. Die Küche war etwas klein, aber sicherlich aus einem höheren Preissegment. Ich vermute, das Holz war Birne. Alle Elektrogeräte waren von einer ausgesprochen hohen Qualität. Trotzdem strahlte diese Küche etwas Besonderes aus. Nach kurzem Überlegen fiel es mir dann ein. Mein Gefühl sagte mir, in dieser Küche wird selten bis nie gekocht. Sie erinnerte mich an die Küchen in einem Möbelgeschäft. Alles sauber. Keine Gerüche, keine Verschmutzungen und keine Kleinteile, die herumstanden. Unsere Küche daheim ist voll mit wichtigen und unwichtigen Kleinteilen. Sie lebt.

Spontan entschied ich mich, mit dem Kühlschrank zu beginnen. Diese Entscheidung stellte sich als ein Fehler heraus. Zuerst fiel mit auf, dass nach dem Öffnen kein Licht im Kühlschrank anging. Nur eine Sekunde später gelangte ein stechender Geruch in meine Nase.

»Ah!«, entfuhr es mir laut.

»Wer hat den Stecker aus dem Kühlschrank gezogen.«

Grinsend stand Klaus in der Küchentür und antwortete mir.

»Die Sicherung wurde aus Sicherheitsgründen umgelegt. Ein übliches Prozedere bei noch nicht frei gegebenen Wohnungen. Soll ich die Sicherung wieder anstellen, damit du den Inhalt genauer untersuchen kannst?«, fragte er etwas hämisch.

»Nein danke, das ist wohl eher ein Fall für die Pathologie«, sagte ich und musste dabei selber lachen. Das Tiefkühlfach getraute ich mich natürlich dann auch nicht zu öffnen. In meinen Notizblock notierte ich nur die Frage, ob elektronische Datenträger eingefroren werden können.

Der Inhalt der Schränke passte zum Erscheinungsbild der Küche. Hochwertige Töpfe und Pfannen. Alle ohne einen Kratzer oder Gebrauchsspuren. Die Lebensmittel kamen sicherlich nicht aus einem normalen Supermarkt. Diese Nudelsorten hatte ich noch nie gesehen. Auch einige Gewürze waren mir namentlich unbekannt. Trotzdem wurden sie alle von mir untersucht. Die Spülmaschine war natürlich leer. Auch unter dem Besteckkasten war nichts. Selbst die Dunstabzugshaube wurde von mir demontiert. Der letzte Beweis, dass in dieser Küche fast nie gekocht worden war, war der fast neue saubere Filtereinsatz. Sogar die Kochbücher habe ich durchblättert, falls dort ein Geheimversteck ausgeschnitten sein sollte. Als ich zum Ende das vegane Grillbuch weglegte, fiel mir auf, dass ich nur eine Notiz auf meinem Block stehen hatte. Gefrierschrank: EDV-Stick?

Als ich gerade in das Wohnzimmer zurückging, kam Jenny zur Haustür herein. In ihren Händen hielt sie einige Coffee-to-go-Becher und eine Tüte Brezeln vom Bäcker. Noch bevor ich sie fragen konnte, sagte sie: »Ja, Butterbrezeln.« Wären wir nur zu zweit gewesen, hätte ich sie vielleicht dafür kurz umarmt. So musste ein nettes »Danke« reichen. Während wir alle auf dem Balkon zusammen den Kaffee tranken, musste ich erfahren, dass auch die anderen bisher kein Glück gehabt hatten.

»So, ihr zwei, ich muss euch nun leider verlassen, da ich ins Büro muss, falls der Weber irgendwelche Anweisungen erlassen hat. Und dann treffe ich mich ja bald mit dem Geschichtsprofessor.«

»Ach Klaus, bitte vergesse das Tiefkühlfach nicht. Dazu kam ich leider nicht mehr.« Ohne seine Reaktion abzuwarten, ließ ich schnell die Tür hinter mir ins Schloss fallen.

Freitag, 17. April, 11.50 Uhr

Nachdem ich im Büro zum Glück keine Nachricht vom Weber entdeckt hatte, beantwortete ich noch ein paar Mails bevor ich mich auf dem Weg ins Mauganeschtle machte. Da dieses alte Tübinger Restaurant oben beim Schloss liegt, musste ich am Rande der Altstadt parken und fast zehn Minuten dorthin zu Fuß gehen. Trotz der Tatsache, dass ich vor der vereinbarten Zeit das Restaurant betrat, war Herr Jung bereits da. Obwohl ich ihn nicht kannte, war mir sofort klar, dass er der Herr in der Ecke mit dem halblangen grauen Haar sein musste. Er musterte mich durchdringlich. Auch ihm war wohl klar, dass ich sein Gesprächspartner von der Polizei bin.

»Herr Albert Jung, nehme ich an«, sagte ich und reichte ihm dabei die Hand.

»Ja, so ist es. Und Sie wurden mir als Herr Bergmann angekündigt.«

In einem solchen Moment, wenn sich zwei völlig unbekannte Personen zum ersten Mal treffen, soll es weniger als eine Sekunde dauern, bis die Personen wissen, ob sie sich sympathisch sind. In diesem Moment war es zum Glück zumindest von meiner Seite so, dass ich diesen älteren Herren unglaublich interessant fand. Und das nach zwei Sätzen.

»Herr Bergmann, nachdem ich vor wenigen Tagen in der Zeitung gelesen habe, dass eine örtliche Reporterin tot im Friedwald aufgefunden wurde, rechnete ich zeitnah mit Ihrer Kontaktaufnahme.« Noch bevor ich dazu etwas fragen konnte, fügte Herr Jung hinzu: »Vor Kurzem hatte ich ein längeres Gespräch mit Frau Kleinert. Aber das wissen Sie ja sicherlich bereits.« Nachdem ich dies höflicherweise bestätigte, bat ich ihn, mir genau über den Inhalt dieses Gespräches zu berichten.

»Ich nehme an, Frau Kleinert hat keine genauen Notizen über unser Gespräch angefertigt, oder Sie haben diese nicht vorliegen. Sonst würden Sie sicherlich nicht entsprechend fragen?«

»Ja, so ist es«, antwortete ich nur.

»Herr Bergmann, jetzt bestellen Sie sich zuerst einmal etwas zu trinken und dann werfen wir einen Blick in die Speisekarte. Als Tagesgericht gibt es Maultaschen mit Spargel.«

Ich beschloss, ihm die Gesprächsführung und den Takt zu überlassen. So erfuhr ich vermutlich alles, was ich wissen sollte und konnte mich in Geduld üben.

Nachdem wir dann beide das Tagesgericht bestellt hatten, prosteten wir uns mit trockenem Riesling zu. Danach fing er mit ruhiger Stimme an zu berichten: »Tübingen hat in den letzten hundert Jahren eine sehr bewegte politische Zeit hinter sich. Frau Kleinert war ja selbst in den späten 68er-Jahren hier in Tübingen als Studentin aktiv gewesen und kannte sich bestens aus. Was Frau Kleinert allerdings besonders interessierte, war die Zeit im Dritten Reich und die Rolle der Universität dabei.«

»Und Sie als pensionierter Geschichtsprofessor mit dem Spezialgebiet Neuere Geschichte waren dazu dann genau der richtige Ansprechpartner für sie?«, war meine Frage.

»So ist es«, fuhr er fort.

»Außerdem war sie genau interessiert an ehemaligen Nazigrößen aus Tübingen und deren Karriere im Nachkriegsdeutschland.«

»Aber sind diese Personen nicht schon längst tot?«, fragte ich nach.

»Kennen Sie Martin Sandberg?«, kam es von ihm zurück. Ich verneinte.

»Martin Sandberg studierte bis 1933 Jura in Tübingen. Danach schaffte er es zum SS-Sturmbandführer und wurde Befehlshaber des Einsatzkommandos Estland. Dort wurden unter seinem Befehl über fünftausend meist jüdische Balten ermordet. Ein echter Massenmörder also. Nach dem Krieg wurde er tatsächlich 1948 von einem Kriegsgericht zum Tode verurteilt. Im Jahr 1951 wurde das Urteil in lebenslänglich umgewandelt. Der Vater von Martin Sandberg war ein einflussreicher Mensch mit vielen Kontakten. Er bat den damaligen Bundespräsidenten Theodor Heuss, sich für seinen Sohn zu verwenden. Es wurde sogar der US-Botschafter kontaktiert. Als dann der württembergische Justizminister und der Landesbischof sich auch noch für ihn verwendeten, wurde er 1958 begnadigt. Zehn Jahre Gefängnis für fünftausend Morde. Um nun auf Ihre Frage zu kommen. Herr Sandberg machte dann als Justiziar in einer großen Firma Karriere und starb erst 2010 friedlich in einem Pflegeheim in Stuttgart.« Sprachlos machte ich mir Notizen.

»Außerdem berichtete ich Frau Kleinert von Hans Fleischhacker. Ja, was für ein Name. Aber es täuscht, er hat wohl nie selber Hand angelegt. Vermutlich waren das die Schlimmsten. Also dieser SS-Obersturmbandführer Fleischhacker war ein sogenannter Menschenkundler am Tübinger Rassenbiologischen Institut. Dort erforschte er die rassische Sonderstellung von Juden anhand von Handabdrücken. Dabei war er nachweislich auch im Konzentrationslager Auschwitz tätig. Nach dem Krieg wurde er für seine Arbeit nie zur Rechenschaft gezogen, obwohl er später in der Bundesrepublik in schriftlichen Veröffentlichungen Formulierungen wie ›Judenmaterial‹ verwendete.«

Nachdem er mir außerdem vom Nazi-Arzt August Hirt berichtete, merkte er mir meine Nachdenklichkeit an.

»Herr Bergmann, ich schlage vor, wir unterbrechen kurz das Thema, da vermutlich gleich das Essen kommt.«

Leicht mit dem Kopf nickend erwiderte ich zustimmend darauf: »Das ist eine gute Idee. Mir wird nun immer klarer, woher dieser sogenannte Väter-Söhne-Nachkriegskonflikt kommt. Die einen wollten nichts über den Krieg erzählen, hatten dazu ihre Geheimnisse und hatten zum Teil noch ihr altes Wertesystem im Kopf, und die anderen erhielten keine Antworten auf ihre Fragen dazu, dafür aber den Hinweis, dass die Haare zu lang sind.«

Das erste Mal in diesem Gespräch brachte ich Herr Jung zum Schmunzeln. Das war ja auch kein Wunder bei diesem Thema. Während wir die Maultaschen aßen, unterhielten wir uns unverbindlich über lokalpolitische Themen. Nachdem Herr Jung ohne mich zu fragen zwei Tassen Kaffee nach dem Essen bestellte, kam er sofort zurück zum Thema.

»Aber besonders interessiert hat sich Frau Kleinert für Professor Mallach.« Meinem leichten Kopfschütteln entnahm er, dass auch ich ihn nicht kannte. »Also, Professor Doktor Hans Joachim Mallach war in den Siebzigerjahren Leiter des Tübinger Institutes für Gerichtsmedizin.«

Da ich mich nun schlauer fühlte, sagte ich: »Und ich nehme an, auch er war eine feste Größe im damaligen Nazideutschland?«

»Ja auch das, aber seine Spuren reichten weiter in das Nachkriegsdeutschland«, war seine schnelle Antwort, während er ein Stück Zucker in die Kaffeetasse gleiten ließ.

»Mallach war im Dritten Reich bei der SS-Leibstandarte Adolf Hitler und bewachte zum Kriegsende die Reichskanzlei. Er war in der Nähe der ganz Großen und sicherlich kein normaler Soldat. Während sich in den letzten Tagen des Krieges nebenan Adolf Hitler und Goebbels im Führerbunker umbrachten, schaffte er es, unbeschadet unterzutauchen und nach dem Krieg zu studieren. Aber jetzt kommt das besonders Interessante für Frau Kleinert«, sagte er und nahm einen großen Schluck Kaffee.

»Herr Mallach war nicht nur weiterhin ein nationalkonservativer Mensch«, fuhr er fort, »nein, er war auch die Person, welche die RAF-Terroristen Baader, Ensslin und Raspe nach ihrem Tod obduzierte. Dass ausgerechnet er sich damals mit seiner rechten Vergangenheit gerichtsmedizinisch bestätigte, dass es sich um Selbstmord bei den dreien gehandelt hat, gefiel natürlich der linken Szene gar nicht. Nachdem Mallach 2001 gestorben war, kam auch noch heraus, dass er wohl für sich zusätzlich illegale Totenmasken von den drei Terroristen hergestellt hatte, da deren Leichnam zwei Tage bei ihm im Institut verweilten.«

Wortlos vergingen zwei Minuten, während ich mir etliche Notizen machte. »Herr Jung, ich hätte da noch eine letzte Frage. Wissen Sie, ob heutzutage in Tübingen geheime Bünde aktiv sind, wie etwa die Freimaurer, die Illuminaten oder Opus Dei?«

Lachend erwiderte er: »Nein, heutzutage geht es zwar auch um Macht, aber wichtige Logen, wie die Freimaurer, waren damals bei der Gründung von Amerika noch bedeutend. Heute geht es eher um Kontakte und berufliche und finanzielle Seilschaften. Die Weltpolitik machen die großen Konzerne. Und die katholischen Opus Dei werden Sie im evangelischen Tübingen eher nicht finden.«

Als ich das Gespräch gerade beenden wollte, fragte mich Herr Jung noch: »Glauben Sie, es gibt heute in Tübingen noch geheime extrem rechtskonservative Kreise?«

»Entsprechend Ihrer Fragestellung vermute ich, dass es hinter verschlossenen Türen diese Gruppierungen noch gibt.«
»Da täuschen Sie sich«, war seine schnelle Antwort.
»Die Türen stehen offen und man kann hineinschauen. Man muss nur genau hinschauen. Nationalkonservativ und rechtsliberal nennen sich die Gruppen. Sie sind besonders häufig bei den Rechts- und Wirtschaftswissenschaften anzutreffen. Dort treffen sie nicht nur entsprechend politisch eingestellte Erstsemester. Nein, auch einige Professoren äußern öffentlich ihre islam- und europakritischen Thesen.«
Sichtlich bewegt von all diesen Informationen gab ich ihm zum Abschied die Hand.
»Herr Jung, vielen Dank für dieses sehr informative Gespräch. Sollten wir noch Fragen haben, dürfen wir Sie sicherlich nochmals kontaktieren.«
Er nickte mir zu. So gab ich ihm wortlos meine Visitenkarte, steckte mein kleines Notizbuch mit den vielen neuen Notizen in die Jackentasche und verließ den Gasthof.

Freitag, 17. April, 18.13 Uhr

Auf der Heimfahrt merkte ich deutlich meine Müdigkeit. Ich musste, obwohl es bereits deutlich abgekühlt hatte, mit einem halb offenen Fenster auf der Fahrertür nach Hause fahren, damit mich die frische Luft wach hielt. Das war nun wahrlich keine normale Woche gewesen. Fünf Tage waren nun seit dem Mord vorüber und keine der vielen Spuren hat zu einem konkreten Ziel geführt. Die reine Kriminalstatistik sagte aus, dass mit jedem weiteren Tag die Wahrscheinlichkeit stieg, den Täter nicht zu finden.

Statt daheim todmüde auf das Sofa zu fallen, war heute einer der von mir gefürchteten Abende. Nein, nicht einer der Abende mit alten Freunden, mit denen man schon lange keine Gemeinsamkeiten mehr hatte, aber aus alter Verbundenheit oder sagen wir Pflichtbewusstsein einmal im halben Jahr einen Abend verbrachte. Spätestens wenn die Themen »der letzte Urlaub«, »die Kinder«, oder »weißt du noch, damals«, abgehakt waren, wurde es dünn mit interessanten Themen.

Nein, heute war der Horror: Elternabend. Mit den anderen Eltern verhält es sich wie mit Mitmietern in einem Mehrfamilienhaus. Fast nie ist jemand auf der eigenen Wellenlänge. Entweder die andere Familie war zu schlampig und nahm keine Rücksicht, oder sie sahen das Miteinander unter einem Dach als zu wenig geregelt an und waren einfach Spießer. Genauso war es beim Elternabend. Die einen Eltern waren die Ausgeburt der Waldorf-Hölle, oder die »Mein Kind tut so etwas nicht«-Freiheitsfraktion. Um es klar zu sagen, ich liebte meine beiden Kinder über alles, ich traue ihnen aber auch einiges zu.

Auf der anderen Seite gab es da die Business-Eltern. Sie kamen hektisch im Kostüm oder Anzug direkt aus dem Büro zum Elternabend und hatten eine Ausdrucksart bei Diskussionen, als wäre das Gespräch eine Telefonkonferenz mit den USA. Bei denen zählten nur die Lehrpläne und die Notendurchschnitte. Am besten als Excel-Tabelle.

Zu Hause begrüßte mich meine Frau mit dem üblichen Ritual an solchen Abenden. Zuerst gab es einen flüchtigen Kuss. Dann den Hinweis, dass ich etwas spät dran sei. Und dann kam die übliche rhetorische Frage: »Gehst du wie immer zu Timo und ich zu Johanna?«

Timo fällt alles im Leben etwas leichter. Nicht, dass er ein besonders fleißiger Schüler war. Nein, im Gegenteil, er ist eher stinkfaul, aber effizient. Ein Anhänger der Minimal-Maximal-These. Johanna dagegen tut sich eher etwas schwer. Nach meiner Einschätzung würde sie sich auf der Realschule sicherlich leichter tun. Aber meine Frau war der Meinung, Johanna müsse sich auf dem Gymnasium einfach durchbeißen. Da ich es selber auch erst auf dem zweiten Bildungsweg zum Kommissar gebracht hatte, war ich vielleicht etwas entspannter bei der Frage der ersten Schulbildung. So waren die Karten klar verteilt. Ich ging also zum Elternabend von Timo und meine Frau zum Hobby-Pädagogen-Austausch von Johanna. Vielleicht hätte ich mich doch einmal für den anderen Weg entscheiden sollen. Jedenfalls gingen mir an diesem Abend alle möglichen anderen Dinge durch den Kopf.

Was hatte mir da Herr Jung heute Nachmittag für furchtbare Dinge erzählt über die rechte Szene? Wussten die Menschen hier um mich herum über solche Dinge Bescheid? Ja, man konnte es vermutlich jederzeit nachlesen. Aber der normale Durchschnittsmensch wie auch ich, kümmerte sich lieber um die Nebenkostenabrechnung und den Notendurchschnitt seines Zöglings. Zumindest mussten meine Kinder kein Instrument unfreiwillig erlernen. So blieben mir weitere peinliche Termine der Jugendmusikschule erspart, an denen man mit anderen Eltern endlose Samstage bei irgendwelchen Stadtfesten oder Kulturveranstaltungen verbringen musste.

Ich war vor meiner Frau zu Hause. Sie weckte mich vermutlich eine Stunde später auf dem Sofa. Im Fernsehen lief eine Comedyshow und vor mir stand eine bereits warme halbe Flasche Bier. Benommen schwankte ich müde ins Bett.

Samstag, 18. April, 8.06 Uhr

Nachdem mein erstes Frühstück aus zwei Milchkaffee und der Samstagszeitung bestand, ging ich zuerst einmal ins Bad. Dort stellte ich fest, dass ich vermutlich bereits einen Acht-Tage-Bart im Gesicht hatte. Grau war definitiv die bestimmende Farbe des neuen Lebensabschnittes. Aber, wie mein Freund Andy vor Kurzem so treffend zu mir gesagt hatte: »Du siehst so alt aus, wie du bist.« Ein echter Freund. Und genau dieser Freund Andy holte mich heute um vierzehn Uhr zum Mountainbikefahren ab. Doch davor musste ich noch das übliche Samstag-Pflichtprogramm bewältigen: Bäcker, Supermarkt und im Garten und am Haus dies und das erledigen. Aber zum Glück klingelte dann definitiv um kurz vor vierzehn Uhr die Haustürklingel.

Andy kannte ich schon seit einigen Jahren. Wir hatten uns im örtlichen Fitnessklub des Sportvereines kennengelernt, den ich damals noch regelmäßig besuchte. Wir hatten uns gleich von Anfang an sehr gut verstanden und in der Sauna öfters mehr geredet, als die ebenfalls anwesende Frauen-Nordic-Walking-Gruppe.

Komm herein, ich muss mich noch kurz fertigmachen«, empfing ich Andy.

»Ist Nicole auch zu Hause?«, fragte er.

»Nein, sie ist bei der Nachbarin, etwas bereden wegen der gemeinsamen Gartenhecke und der Bepflanzung der Gemeinschaftsanlage an den Garagen.«

»Oh, so genau wollte ich es auch nicht wissen«, antwortete er daraufhin. »Wieso frägst du dann?«, sagte ich daraufhin verwundert.

»Na ich wollte nur wissen, ob wir vielleicht kurz ein kleines Starterbier trinken könnten. Und ich weiß doch, dass

Nicole, wie vermutlich die meisten Ehefrauen, es nicht verstehen, dass Männer vor der Radtour gerne ein Starterbier und danach ein Abschlussbier trinken«, war seine schmunzelnde Antwort.

»Doch Nicole hätte vielleicht schon Verständnis, wenn sie nicht genau wüsste, dass wir auch noch dazwischen auf einer Gartenterrasse eines Sportheimes ein oder zwei Pausenbier zu uns nehmen«, sagte ich lächelnd.

Ein paar Sekunden später prosteten wir uns mit zwei Flaschen Bier zu.

Als wir kurz darauf gemütlich nebeneinander Richtung Schönbuch rollten, fragte mich Andy: »Sag mal gibt es deine Radklamotten auch im aktuellen modischen Stil?«

Noch bevor ich etwas sagen konnte, meinte er: »Hey, Markus, Spaß. Ich weiß, ich arbeite beim Daimler, habe keine Kinder und…«

»Stopp«, unterbrach ich ihn, »nicht schon wieder diese Leier. Du weißt, ich lege darauf keinen so großen Wert und ein neues Rad gibt es bei mir auch nur alle fünfzehn Jahre. Sag mir lieber, wohin wir heute genau fahren?«

»Keine Angst, nicht nach Hohenentringen zum Friedwald. Obwohl ich weiß, dass du mir über deinen aktuellen Fall nichts sagen darfst, würde mich heute trotzdem interessieren, was morgen eh in der Zeitung steht.«

Andy war ein Fuchs. Er würde es vermutlich, die ganze Tour über versuchen. »Andy, höre bitte zu, morgen ist Sonntag. Und in der Sonntagszeitung wird über den Fall, den du meinst, sicherlich nichts stehen. Außer ein paar Spekulationen«, war meine trockene Antwort.

»Aber gestern in den Abendnachrichten in den Dritten kam ein Bericht, dass das LKA ermittelt und sogar ein Profiler eingeschaltet wurde«, entgegnete er.

Sofort brachte ich mein Rad zum Stehen. Andy merkte es sofort und drehte um. »Sorry Markus, ich wollte dich nicht nerven mit meiner Fragerei. Der Fall scheint dir sehr nahe zu gehen, richtig?«

»Andy!«, sagte ich, »ja, der Fall geht mir etwas nahe, und ich möchte, wenn überhaupt, freiwillig etwas davon erzählen und nicht schon nach zehn Minuten ausgefragt werden.«

Mit einem sichtbar schlechtem Gewissen, sagte er: »Sorry, das war blöd von mir. Komm, wir fahren weiter. Das erste Pausenbier geht auf mich. Ich erzähle dir von meiner Mountainbiketour diesen Mittwoch mit meiner Bike-Gruppe vom Daimler. Wir fuhren also am letzten Mittwoch gleich nach der Arbeit um sechzehn Uhr den HW 5 Höhenweg entlang des Schönbuchtraufes Richtung Tübingen. Als wir um halb sechs Uhr kurz vor dem Entringer Sportplatz den schmalen Pfad entlang der Weinterrassen hinunterfahren, stand er plötzlich vor uns. Es war schon etwas dunkel und die Sonne ging grad unter.«

Einige Sekunden vergingen und es war vermutlich kein Zufall, dass Andy ausgerechnet jetzt einen langen Schluck aus seiner Radflasche nahm.

»Nun sag schon Andy, wer stand vor euch. Deine Exfrau?«, fragte ich und musste laut lachen.

»Hey, wir hatten ausgemacht, keine Witze über die Ex«, sagte er und musste selber lachen.

»Nein im Ernst, es war der zuständige Revierförster. Ein typischer alter Förster wie aus einem Schwarz-Weiß-Film. Es gab natürlich für uns sofort den üblichen Vortrag über die blöde Zwei-Meter-Regel in den Wäldern von Baden-Württemberg, auf denen es verboten war, mit Mountainbikes zu fahren. Er sagte, wir bekommen nun alle ein Bußgeld und wir sollen ihm unsere Personalien sagen.«

»Und das habt ihr natürlich alle sofort getan?«, fragte ich mit einem ironischen Unterton.

»Von wegen, wir klärten ihn auf, dass er gar nicht befugt sei, von Personen Personalien aufzunehmen und er uns auch nicht festhalten dürfe. So sind wir einfach weitergefahren und er hat geschimpft wie ein Rohrspatz. Es ist doch wirklich ein Quatsch mit dieser Regel. Fast überall im Deutschland und in den Alpenländern darf man auch auf Pfaden Mountainbike fahren, nur nicht in Baden-Württemberg. Hier hat der Forst eine zu große Lobby. Aber selber reißen sie riesige Wunden in den Wald mit ihren neuen Vollerntermaschinen für eine effektivere Holzvermarktung«, erklärte mir Andy mit gereizter Stimme. »Ja, Andy, da hast du sicherlich recht. Aber du musst den Revierförster Fadler vielleicht auch etwas verstehen. Er ist nun über sechzig. Das bedeutet, er arbeitet bald vierzig Jahre im Wald. Damals gab es noch keine Mountainbikes, Nordic Walking und Laufgruppen oder andere Freizeitaktivitäten. Er ist halt noch vom alten Schlag.«

»Wie, du kennst diesen Förster namentlich und nimmst ihn auch noch in Schutz?«, fragte Andy verwundert.

»Ja und ja ist meine Antwort. Und um gleich deine nächste Frage zu beantworten. Berufsgeheimnis. Außerdem habe ich gelesen, dass politisch an dieser Zwei-Meter-Regel gearbeitet wird.«

Wortlos fuhren wir den Rest bis in den Schönbuch hinauf. Das war auch kein Fehler, da am Anfang des Jahres die persönliche Fitnesskurve doch sehr verbesserungswürdig erscheint und eine Unterhaltung an der Steigung somit nicht ratsam gewesen wäre.

Als er mir dann beim ersten Pausenbier von der Frau berichtete, die er vor zwei Wochen kennengelernt hatte, waren wir wieder die besten Freunde. Sie hatte ihm seine Kinokarte abgerissen. Wie hatte dieser Fuchs es nur geschafft, sie danach zu einem Bier einzuladen?

Sonntag, 19. April, 14.10 Uhr

Zu den wichtigen Ritualen unserer Ehe gehörte es, dass ich regelmäßig mit meiner Frau Nicole sonntags kleine Ausflüge oder Wanderungen unternahm. Dabei konnten wir uns in Ruhe über die zurückliegende Woche unterhalten, ohne dass die Kinder, unsere eigenen Eltern, Handys oder Nachbarn einen störten. Heute hatten wir unser Auto am Rande der Altstadt von Herrenberg geparkt und wanderten in den Naturpark Schönbuch zum Naturfreundehaus. Faszinierend dabei ist die Vorstellung, dass auf diesen nach Süden geneigten Waldhängen früher Weinbau betrieben wurde. Alte kleine Wengerterhäuser waren heute noch vereinzelt zu sehen. Die bekannte Reblaus machte dann dem Weinbau hier ein Ende. Wegen des schönen Wetters war das Naturfreundehaus und sein Biergarten randvoll. Angesichts der langen Schlange vor der Selbstbedienungstheke beschlossen wir, zurück nach Herrenberg zu gehen, um dort auf dem historischen Marktplatz etwas zu trinken.

Auf dem Rückweg gingen wir einen kleinen Abstecher zum Aussichtsturm der alten Ruine oberhalb von Herrenberg. Von dort hatte man einen faszinierenden Weitblick nach Osten entlang des Schönbuchtraufes bis zur Schwäbischen Alb. Im Süden konnte man weit ins Gäu blicken und im Westen die ersten Ausläufer des Schwarzwaldes sehen. Als mein Blick lange Richtung Tübingen zum Schloss

Hohenentringen gerichtet und ich dabei still in Gedanken versunken war, fragte mich meine Frau: »Denkst du an deinen Fall?«

»Ja leider«, war meine schnelle Antwort, die mich selber aus meinem Gedanken riss.

»Jetzt ist es dann eine Woche her, dass die Frau umkam. Und was haben wir bisher? Zwei anonyme Hinweise mit Spuren, die äußerst mysteriös sind. Sollen dies tatsächlich Bekennerhinweise gewesen sein? Viele Spuren, die in politische Richtungen deuten. Und dann auch noch der Weber, der uns auf die Provinzebene zurückbeordert und den Fall dann Stuttgart überlässt.«

Mit einem verständnisvollen Blick erwiderte Nicole: »Bei früheren Fällen erging es dir mit dem Weber schon öfters so. Bevor man einen ungelösten Fall in den Akten hat, schiebt man ihn lieber weiter nach oben und die Statistik sieht schon besser aus. Und, falls er gelöst wird, bringt man sich wieder in der Vordergrund.«

»Ja, Schatz«, erwiderte ich, »aber dieser Fall ist anders. Das Opfer war als Studentin vermutlich in der linken Szene unterwegs und recherchierte als lokal bekannte Journalistin in letzter Zeit an einigen brisanten Themen. Und das Komische ist, wir fanden nicht zu allen Recherchen ihre Aufzeichnungen. Einiges Datenmaterial ist einfach nicht aufzufinden.«

»Das Wesentliche ist oft Unwesentlich«, war ihre Antwort, indem sie mich selber zitierte. Wenn sie da mal nicht recht behalten sollte.

»Und dann war dann noch gestern dieses Gespräch mit einem pensionierten Geschichtsprofessor, mit dem das Opfer kürzlich noch ein längeres Gespräch hatte. Der erzählte mir so furchtbare Geschichten über Naziverbrecher, die den

Krieg teilweise unbeschadet überlebt haben. Da musste ich auch an deine Familie denken.«

Kurz schaute mich meine Frau etwas nachdenklich an, bevor sie zu mir sagte: »Du meinst meine Urgroßeltern, die nach dem Ersten Weltkrieg als Deutschstämmige das Elsass verlassen mussten?«

Ich nickte ihr nur zu.

»Ja, bis 1918 gehörte Elsass-Lothringen zum Deutschen Reich. Danach wurden meine Urgroßeltern von den Franzosen als Personen der Klasse D eingestuft. Also Personen, die aus Deutschland stammten. Sie wurden damals aus dem Elsass vertrieben und landeten im nahen Schwarzwald.«

»Ja, genau daran dachte ich. Der Professor erzählte mir auch die Geschichte eines Nazi-Arztes namens August Hirt. Er leitete in Straßburg nach 1940 ein NS-Institut für Anatomie. Er stellte eine Skelettsammlung der jüdischen Rasse zusammen. Dazu ließ er sich aus Auschwitz Skelette liefern. Er selber führte im Konzentrationslager Natzweiler, im Elsass, Menschenversuche mit Senfgas durch. 1945 wurde dann kurz vor dem Ende des Krieges die Straßburger Uni nach Tübingen verlegt. Kurz bevor die Franzosen mit ihren marokkanischen Hilfstruppen dann Tübingen eingenommen haben, hat dieser Feigling Selbstmord begangen.«

»Das war eine unglaublich harte Zeit. Unvorstellbar«, versuchte mich Nicole zu beruhigen, als sie sah, wie mich das Thema mitnahm.

»Was für mich auch unvorstellbar ist«, erwiderte ich und musste eine kleine Pause einlegen »dass viele dieser richtigen Naziverbrecher nach dem Krieg auch noch Karriere gemacht haben. Und so viele einfache Soldaten, die dem Ruf des großen Verführers folgen mussten, sind nicht nach Hause gekommen.«

Wir stiegen die wenigen Treppen des Turmes hinab und gingen entlang der alten Stadtmauer bergab in die Innenstadt. Einige Minuten liefen wir wortlos nebeneinander her.

Kurz darauf versuchte meine Frau galant das Thema zu wechseln.

»Heute ist ein ausgesprochen schöner sonniger Tag und morgen soll es sogar noch schöner und wärmer werden.«

Leicht schmunzelnd erwiderte ich: »Klar, morgen ist ja auch der 20. April. Da hatte er Geburtstag.«

»Wer er?«, fragte mich Nicole.

»Also mein Opa hat nicht viel über den Krieg erzählt. Typisch für diese Generation. Er war sogar in russischer Kriegsgefangenschaft. Kein Wort darüber. Nur jedes Jahr, am 20. April, erzählte er mir, dass heute Führers Geburtstag sei und die Sonne zumindest einmal scheinen wird. Er erzählte mir diese Geschichte vor über vierzig Jahren. Und seither achte ich automatisch darauf, ob ich will oder nicht. Diese Geschichte habe ich auch Freunden erzählt und sie achten seither alle darauf. Und die verdammte Sonne scheint immer, zumindest einmal an diesem leider nicht normalen Tag.«

Nicole sagte nichts dazu. Wir entschieden uns, ohne ein weiteres Wort darüber zu verlieren, wieder das Thema zu ändern. Am Marktplatz angekommen, setzten wir uns auf dem Marktplatz in ein Straßencafé, umrahmt von teilweise schiefen Fachwerkhäusern und unterhielten uns über unseren Freundeskreis und deren Besonderheiten.

Montag, 20. April, 10 Uhr

Die Teambesprechung war auf zehn Uhr angesetzt. Als Erster meldete sich überraschend Georg zu Wort.

»Am Schlüsselbund des Opfers wurden zwei zuerst nicht zuordenbare Schlüssel gefunden. Die Recherche zeigte, dass es sich dabei um ein Fahrradschloss und um einen Briefkastenschlüssel handelt. Genaue Nachforschungen haben ergeben, dass es sich dabei um einen einfachen handelsüblichen neueren Briefkasten aus Metall handeln müsste, der von außen an die Wand montiert wird. Erhältlich in jedem gut sortierten Baumarkt. Da Frau Kleinert allerdings ein anderes zentrales Briefkastensystem im Haus hat, ist dieser Schlüssel somit auffällig.«

Nach einer kurzen Pause sagte ich: »Kevin ich weiß, es ist eine blöde Aufgabe, aber du solltest bei allen relevanten Personen im Umfeld unseres Opfers kontrollieren, ob Frau Kleinert von jemandem einen Briefkastenschlüssel besitzt. Und solltet ihr vor Ort niemanden antreffen, könnt ihr ja schauen, ob der Postbote schon da war«, sagte ich mit einem kleinen Schmunzeln.

»Bist du dir sicher, dass dies der richtige Weg ist, und der Beweis dann vor Gericht zählen würde«, erwiderte Jenny verwundert.

»Jenny, falls ein Schlüssel passen würde, werden Kevin und Peter sicherlich nicht gleich die Kavallerie oder die GSG-9 anfordern. Wir werden dann in Ruhe überlegen und vielleicht ein zweites Mal offiziell hingehen«, war meine klare Antwort darauf.

Sie schaute mich nicht an und kritzelte etwas auf ihren Notizblock. Ich war mir sicher, dass sie kein schönes Wochenende gehabt hatte. Diese Launen kannte ich bei ihr.

Ich musste heute unbedingt versuchen, sie einmal darauf anzusprechen. Nachdem ich zwei Schluck heißen Kaffee aus meiner rot-weißen Tasse geschlürft hatte, ergriff ich das Wort und berichtete über mein Gespräch am letzten Freitag mit dem pensionierten Geschichtsprofessor Albert Jung. Obwohl ich versuchte, nur das Wesentliche des Gespräches zu berichten, benötigte ich bestimmt fünf Minuten dafür. Zuerst herrschte danach kurz eine Pause, da wohl keiner aus der Gruppe wusste, was er daraufhin sagen sollte. Als Erster hatte dann Jenny den Mut, die Stille zu durchbrechen. »Wir haben in der Schule ja viel über das Dritte Reich gelernt. Und auch im Fernsehen kommen ja immer noch regelmäßig im ZDF Berichte darüber. Aber es handelt sich dabei immer um die bekannten Geschichten. Diese Einzelgeschichten von Tätern und Opfern sind dann noch schaurig, wenn man sich damit im Detail befasst.«

Kevin holte hörbar so tief Luft, denn er wollte etwas hinzufügen.

»Alles schön und gut. Sorry, natürlich nicht gut, aber was bringen uns diese alten Geschichten in unserem aktuellen Fall? Das ist über siebzig Jahre her. Die Personen leben nun wirklich nicht mehr.«

In seiner gewohnt ruhigen Art antwortete ihm Georg: »Ja, da hast du sicherlich recht, auf den ersten Blick. Aber es gab schon Fälle, in denen Verbrechen verstorbener Naziverbrecher später nach ihrem Ableben aufgedeckt wurden. Und für die Familien war dies oft nicht nur peinlich, sondern für den Familiennamen und den Ruf der Angehörigen sehr unangenehm. Daher ist es als Motiv durchaus möglich, dass Nachkommen daran interessiert sind, dass alte Geschichten nicht ans Tageslicht kommen.«

»Genau so sehe ich es auch«, gab ich Georg recht und

fügte hinzu: »Deshalb werde ich über das Gespräch ein Protokoll anfertigen und es dem Fallanalytiker des LKA übergeben. Sollen die sich durch die vielen Namen quälen.«

Immer noch irgendwie schlecht gelaunt erwiderte Jenny darauf: »Soll das heißen, wir recherchieren nicht mehr in diese Richtung und konzentrieren uns auf das Kerngeschäft des privaten Umfeldes, wie etwa die Nachbarn zu vernehmen?«

Ich musste sie unbedingt fragen, was an ihrem Wochenende schiefgelaufen war. Mit einem leichten Lächeln antwortete ich ihr: »Nicht ganz, liebe Jenny. Den Bericht muss ich eh schreiben und weiterleiten. Wir behalten aber alle Namen in diesem Zusammenhang in unserer EDV. Und Georg wird dann sicherlich einen Datenabgleich erstellen, ob passende Namen oder Nachkommen noch in Deutschland oder sogar im Raum Tübingen leben. Natürlich nur, um dann im Rahmen unseres Kerngeschäftes deren Nachbarn zu befragen.«

Jenny verzog keine Miene. Somit verbot ich mir jeden weiteren Wortwitz.

»Okay, das mache ich, obwohl das vermutlich wie Lotto spielen ist. Auf jeden Fall werde ich noch in Ludwigsburg bei der Zentralstelle zur Aufklärung von Naziverbrechen anfragen, ob unser Opfer vielleicht dort recherchiert hat«, erklärte sich Georg bereit.

Nach einer kurzen Bestätigung durch mein Kopfnicken, fragte Peter in die Runde: »Was ist das für eine Zentralstelle? Gibt es diese Stelle überhaupt noch?«

Ich machte mir gar nicht die Mühe zu antworten, da ich wusste, dass sich Georg dazu gleich zu Wort melden würde.

»Die Zentralstelle zur Aufklärung von Naziverbrechen gibt es seit Ende der Fünfzigerjahre. Sie ist eine Sonderbehörde der Justiz. Viele Ermittlungen wurden durchgeführt und an die Staatsanwaltschaft übergeben. Tatsächlich arbeiteten in den Siebzigerjahren fast fünfzig Personen dort. Heute vielleicht noch zwei Handvoll, aber es werden immer noch Erfolge erzielt. Durch die Presse ging 2009 das Gerichtsverfahren gegen den ehemaligen Ukrainer John Demjanjuk, der aus den USA ausgeliefert wurde.«

»Ein Ukrainer als deutscher Naziverbrecher«, fragte Jenny verwundert.

Auch darauf wusste Georg eine Antwort. Sollte ich je in die Verlegenheit kommen, bei »Wer-wird-Millionär« teilnehmen zu müssen, wäre Georg mein Telefonjoker für Geschichte und Heimatkunde.

»Einige Ukrainer, die in Gefangenschaft gerieten, wurden dann als deutsche Hilfssoldaten oft bei heiklen Einsätzen eingesetzt. Besonders in den Konzentrationslagern wurden viele von diesen ukrainischen Soldaten abgeordnet. So auch im Fall von John Demjanjuk.«

»Nun fassen wir einmal den aktuellen Stand zusammen«, sagte ich mit energischer Stimme, »Georg, du erfasst die Daten des Gespräches mit dem Geschichtsprofessor Herr Jung und rufst in Ludwigsburg an. Peter, du schaust noch mal, ob wir irgendeine Person herausfiltern können aus der rechten Szene, die mit unserem Opfer in einem Zusammenhang steht. Kevin, du kümmerst dich bitte um den Briefkastenschlüssel. Und Jenny, du solltest ihrem Geliebten oder was auch immer er genau war, also ihrem Ex-Chef, Herrn Lüdtke, nochmals auf den Zahn fühlen. In diese Richtung haben wir vielleicht bisher zu wenig ermittelt. Aber verdammt noch mal, wo sind diese fehlenden Daten und worum geht es dabei?«

Alle sahen mich wortlos an.

»Und ich werde versuchen, uns gegenüber Weber den Rücken frei zu halten. Außerdem möchte ich nochmals den Obduktionsbericht durchleuchten. Jenny, sei so nett und vereinbare bitte einen Termin bei der Pathologie für mich«, war daraufhin mein Zusatz zu meiner geplanten Tätigkeit.

Warum hatte ich das Gefühl mich rechtfertigen zu müssen? Vermutlich, weil es Teil der modernen Mitarbeiterführung war. Nie im Leben hätte ich es vor zwanzig Jahren gewagt, meinem damaligen Vorgesetzten das Gefühl zu geben, dass ich mich fragte, was er eigentlich den ganzen Tag so macht und was sein Beitrag zu der Lösung des Falles war. Die Zeiten hatten sich einfach geändert. Man wollte als Vorgesetzter auch gerne mal Freund und Kumpel sein. Aber der Respekt leidet einfach darunter. Bei der Kindererziehung war es so ähnlich, dachte ich mir. Meine Eltern hatten es wirklich damals einfacher. Ihre unerbittlichen Befehle waren für sie einfache Fakten und duldeten keine Grundsatzdiskussion. Ob es die immer gleiche Suppe am Samstagmittag war oder das Urlaubsziel in den Sommerferien. Nie wurde man als Kind gefragt. Aber unsere Generation wollte es besser machen. Und was war der Dank dafür? Was ich und meine Frau gerne aßen, gab es nur noch, wenn die Kinder mal nicht zu Hause waren und die Urlaubsziele entsprachen auch nicht mehr meinen Vorstellungen. Vor den letzten Sommerferien träumte ich von einer tollen Ferienwohnung in einem Bergdorf in den Alpen. Unsere Kinder legten daraufhin Protest ein. Timo beklagte die vermutlich fehlende Netzanbindung für das Handy und den Laptop und Johanna mit ihren damals dreizehn weigerte, sich mitzugehen, wenn nicht Wärme und Wasser garantiert seien. Als ich mich bereits über Jugendfreizeiten für undankbare Sprösslinge erkundigte, erklärte mir meine Frau, dass sie unbedingt mit den Kindern nochmals in die Ferien gehen wolle. Es könnte ja das letzte Mal sein, bevor sie, fast erwachsen, nie wieder mit ihren Eltern in den Urlaub gehen würden. Und ob ich mit einer traurigen Ehefrau, die sich Sorgen machte, zwei Wochen in einem einsamen Bergdorf verbringen wollte? Fragen über Fragen.

Montag, 20. April, 13.57 Uhr

Als ich das Vorzimmer von Herr Weber betrat, lächelte mich seine Sekretärin Eva Sommer sofort an.

»Na, Eva, hattest du ein schönes Wochenende mit Adam.«

Ich glaubte, sie mochte es, wenn ich so blöde Witze machte. Zumindest lachte sie sofort leise auf.

»Ach, Markus, du weißt doch der Sündenfall bei meinem Mann und mir ist schon eine Weile her. Mein Sündenregister steht daher leider auf null.«

Ich musste ebenfalls sehr darüber lachen, obwohl ich nicht genau wusste, was sie mir damit sagen wollte. Mit einem Fingerzeig in Richtung der verschlossenen Tür vom Weber deutete sie mir an, dass ich eintreten konnte. Ich wusste genau, was mich erwartete. Alle relevanten Personen waren zu meiner Verwunderung bereits anwesend und hatten das Gespräch schon begonnen. Typisch für eine solche Behörde. Entweder man kam zu spät, je nach Führungsposition zwischen fünf und fünfzehn Minuten, oder man wartete, bis alle anwesend waren, und machte Small Talk. Als ich eintrat, war das Gespräch bereits im vollen Gange.

»Ah, Herr Bergmann, wir haben schon mal angefangen, den Fall grundsätzlich zu besprechen.«

So ein Quatsch, dachte ich mir, garantiert hatten sie sich alle bewusst für eine Vorbesprechung verabredet. Für wie blöd hielten die mich. Da saßen sie nun, mein Vorgesetzter Herr Weber, von dem ich mich weigerte, mir den Vornamen zu merken, Herr Supper, der Fallanalytiker vom LKA, und seine adrette Pressesprecherin, Frau Petersen. Außerdem wurde mir dann noch ein Herr Marquardt, ebenfalls vom LKA, vorgestellt, ohne dass mir dessen Funktion näher erklärt wurde. Da ich wusste, dass diese Veranstaltung hier eine Informationseinbahnstraße Richtung Stuttgart werden würde, fragte ich sofort ganz forsch: »So, was gibt es Neues, das sie mir berichten können.«

Webers Augen öffneten sich wie bei einem Chamäleon, Herr Supper schmunzelte überheblich, und dieser ominöse Herr Marquardt war kalt wie ein Eisblock.

»Herr Bergmann, üblicherweise erteilt die untergeordnete Dienststelle zuerst Bericht an die übergeordnete Behörde«, sagte Frau Petersen kühl.

»Ja, schon, ich dachte nur, da mein Bericht vielleicht länger sein wird als Ihrer, fangen Sie vielleicht an.«

Weber fuhr sofort dazwischen.

»Genug der Wenn-und-Aber-Fragen, fangen Sie bitte an, über die letzten Tage der Ermittlung zu berichten, Herr Bergmann. Und darf ich Sie an den letzten schriftlichen Bericht erinnern.«

Mit einer lässigen Handbewegung zog ich die von ihm erwähnten zwei Berichte aus einer Aktenhülle und legte sie vor Herrn Weber auf den Tisch, ohne ihn dabei anzusehen. Danach erzählte ich kurz über das Gespräch mit dem Geschichtsprofessor und verwies auf den Bericht. Danach berichtete ich kurz über unseren aktuellen Ermittlungsstand. Leider auch, dass wir rein gar nichts in der Wohnung des

Opfers gefunden hatten, außer einen nicht zuordbaren Briefkastenschlüssel und dem abgetauten Inhalt eines Gefrierschrankes.

Außerdem erwähnte ich, dass wir ihrem Ex-Geliebten und Ex-Chef Herrn Lüdtke tiefer auf den Zahn fühlen werden, und wir den Obduktionsbericht noch einmal durchleuchten werden. Nach einer kurzen Pause sagte der geheimnisvolle Herr Marquardt zu mir: »Also, Herr Bergmann, ich darf feststellen, dass Sie uns heute über geschichtliche Ereignisse unterrichtet haben, mehr war das Gespräch mit dem pensionierten Professor wohl nicht wert. Außerdem informierten Sie uns darüber, was Sie die nächsten Tage zu tun gedenken. Mich hätten aber viel mehr richtige Ermittlungsergebnisse interessiert. Immerhin arbeitet ihre gesamte Abteilung seit geraumer Zeit daran.«

Wenige Sekunden brauchte ich, um diese Unverschämtheit zu verdauen und zum verbalen Gegenschlag auszuholen.

»Herr Marquardt, wer auch immer Sie sind. Es scheint nicht mehr notwendig, sich wenigstens vorzustellen, also, obwohl ich über Ihre Funktion in diesem Fall hier bisher immer noch nicht aufgeklärt wurde, kann ich Ihnen versichern, wir arbeiten hier in der Provinz mit allen Mitarbeitern mit Hochdruck an diesem Fall. Und das jeder von uns mindestens acht Stunden am Tag.«

Ich wusste, gleich würde mir Weber das Wort abschneiden. Deshalb schob ich noch schnell einen Satz hinterher: »Aber ich bin mir sicher, dass Sie vom LKA bestimmt kurz vor der Lösung dieses Falles stehen und mich gleich darüber informieren werden.«

Das Gesicht von Herrn Marquardt zeigte keine Regung. Bestimmt war er von der Inneren. Egal, hätte ich meinem

Ärger gerade nicht Luft verschafft, wäre ich vermutlich innerlich explodiert.

»Bergmann, es reicht«, fuhr mich Weber an. Erschreckend unterkühlt sagte daraufhin Herr Marquardt zu mir: »Danke, Herr Bergmann, wir werden Sie dann über für Sie wichtige Ermittlungsergebnisse informieren, wenn entsprechende Daten vorliegen sollten. Wir bleiben in Kontakt.«

So das war alles, dachte ich mir. Ich hatte eh nicht mit einem wirklichen Informationsaustausch gerechnet und war froh, als der Weber mir mit einer Kopfbewegung andeutete, dass ich zu gehen hatte.

»Und noch eine kleine Sache, Herr Bergmann«, fügte Frau Petersen hinzu.

»Der Fall heißt ›Friedwald‹. Und nicht, wie von Ihrer Abteilung betitelt ›Soko Damenschuh‹. Also bitte geben Sie Ihren Berichten auch den entsprechend richtigen Namen.«

Ohne mich förmlich zu verabschieden, verließ ich den Raum. Missachtung war in diesem Fall meine Bestrafung. Dabei verschloss ich die Tür normal, ohne sie laut ins Schloss krachen zu lassen. Ich versuchte, mich emotional im Griff zu haben. Mitleidig sah mich Eva an. Vermutlich hatte sie heimlich zugehört. Ich schenkte ihr ein kurzes Lächeln und flüsterte ihr zu: »Wer mir in Erfahrung bringt, wer dieser Herr Marquardt ist, muss mit mir zu Mittag essen, auf meine Kosten.«

Ihre Lippen formten sich nur kurz spitz zu einem Kussmund.

Nach diesem Gespräch konnte ich nicht gleich in mein Büro zurückgehen. Hätte mich jemand aus meinem Team angesprochen, wie es gelaufen war, wäre ich vermutlich in die Luft gegangen. So besuchte ich meinen alten Dienstfreund

Roman. Meine Frau hat mich schon mehrfach gefragt, was genau ein Dienstfreund ist. Erstens lernte man einen solchen Dienstfreund grundsätzlich bei der Arbeit kennen. Bei uns natürlich im Dienst. Im Unterschied zu einem Geschäftsfreund.

Roman war der Leiter der Abteilung Sitte. Mit ihm verband mich eine besondere Vertrautheit. Warum auch immer. Und trotzdem unternahmen wir nie etwas außerhalb des Büros miteinander. Schon oft wollten wir mal ein Bier nach dem Dienst trinken gehen. Aber dazu ist es nie gekommen.

Ich hatte Glück, Roman saß alleine in seinem Büro und war vertieft in eine Akte.

»Na Roman, was machen die Sittenstrolche in der Region?«
Er lachte, als er mich sah.

»Ach, Markus, du weißt doch, viele, die wir von der Sitte nicht erwischen, landen dann früher oder später bei euch in der Mordkommission. Und das ist der Grund, warum ihr überhaupt wenig zu tun habt.«

Nach einem übertriebenen Lachen von mir, schloss ich die Tür und sprach ihn auf mein Gespräch gerade beim Weber an. Er hörte sich meine Erzählung in Ruhe an und unterbrach mich nicht.

»Hm, die Mechanismen greifen wieder.«

Verwundert sah ich ihn an. So fuhr er fort mit seiner Interpretation.

»Markus, du bist halt, wie du bist. Aber wärst du nicht so, hättest du es bestimmt auch nicht zum Leiter der Mordkommission geschafft. Und dein Verhältnis zum Weber wird sich nie ändern. Du musst einfach versuchen, die Zeit bis zu seinem nächsten Karrieresprung zu überstehen. Er wird einmal gehen, du bleibst. Natürlich kannst du dich auch beruflich verändern, wenn du es nicht mehr aushältst.«

Ich antwortete ihm daraufhin nicht. Ich hörte ihm nur zu.

»Und glaube mir, so schlimm ist er nicht. Mein letzter Chef in Freiburg war die Hölle. Ein Kontrollfreak, der sich in jedes Detail eingemischt hat. Dein Chef lässt euch doch normalerweise aus mangelndem Interesse in Ruhe. Jetzt kommt halt die Politik in Spiel. Glaub mir, wenn der Fall abgeschlossen ist, kommt wieder Ruhe in den Karton. Dann geht Weber die halbe Woche wieder auf Fortbildung und zur Kontaktpflege ins Ministerium.«

Es tat so gut, den Rat von Roman einzuholen.

»Und zu diesem Herrn Marquardt, wenn er überhaupt so heißt, möchte ich nur sagen, dass es diese Personen schon immer gegeben hat und es sie auch immer geben wird. Die Schattenmänner der Politik. Sie tauchen auf, wenn es brennt, ziehen ihre Strippen im Hintergrund und verschwinden wieder, als wären sie nie da gewesen.«

»Du meinst, er ist nur dazu da, um zu schauen, ob der Fall vielleicht eine politische Brisanz erfährt?«, fragte ich.

Roman sagte nichts mehr darauf. Er nickte nur kurz. Nachdem wir danach vereinbarten, nun doch endlich einmal ein Bier trinken zu gehen, ließ ich ihn weiterarbeiten und ging.

Als ich in mein Büro kam, waren anscheinend alle unterwegs. Daher setzte ich mich an meinen Schreibtisch und warf einen Blick auf meinen Bildschirm. Sofort sah ich die neue Mail von Eva im Posteingang.

»Bitte lösche mich gleich.«

Natürlich öffnete ich sie sofort: »Hallo du. Also Herr M. ist angeblich vom Innenministerium. Das habe ich aufgeschnappt, als die Tür offenstand. Genaueres weiß ich nicht. Bitte lösche. Sofort. Deine E.«

Ich ließ diese Information auf mich wirken und dachte dabei an Roman. Dann löschte ich die Mail. Und natürlich sofort auch die gelöschten Mails. Unwohl war mir trotzdem dabei. Sollte Herr Marquardt wirklich der sein, für den ich ihn hielt, würde er mir misstrauen und Mittel und Wege finden, meinen PC vermutlich direkt anzapfen zu können. Hoffentlich hatte ich Eva damit nicht in Schwierigkeiten gebracht. Da fiel mir auf, dass Eva kurz darauf eine zweite Mail hinterher geschickt hatte. Pasta, stand im Titel. »Hallo Chefermittler, es würde mich freuen, wenn Sie ihre Wettschulden wie versprochen einlösen könnten, sobald sie den bösen Buben gefasst haben. Pasta als Mittagstisch beim Italiener oben in Lustnau, mit einem Blick über den Neckar. Keine Angst, ich bringe auch keinen Apfel mit. Deine Eva.«

Oha, dachte ich mir. Wie komme ich denn aus der Sache wieder raus. Am besten gar nicht. Klar, Essen gehen in der Mittagspause mit einer Kollegin ist nicht schlimm. Wenn da nicht diese Andeutungen wären. Und dann auch noch dieser Italiener. Weit weg von der Innenstadt und möglichen Kollegen. Egal, ich würde dazu stehen müssen und meiner Frau es so erklären, dass ich über Eva mein Problem mit dem Weber in den Griff bekommen kann. Das wäre zumindest fast die halbe Wahrheit. Immer noch unter dem Eindruck einer eingebildeten Kontrolle durch Herr Marquardt, schrieb ich Eva zurück.

»Liebe Eva, danke für die Info. Aber Herr Marquardt interessiert mich nicht. Ich mache meinen Job und hoffe, dass wir vielleicht den Schuldigen finden. Für ein freundschaftliches Mittagessen stehe ich dennoch gerne zur Verfügung. Gruß Markus.«

Sicherlich wird sich Eva über den sachlichen Text wundern. Ich würde es ihr aber im persönlichen Gespräch erklären.

Und klar ist auch, bestimmt werden wir nun nicht mehr nach Lustnau zu diesem Italiener fahren. Mit Wanzen in der Tischblume, Herrn Marquardt am Kopfhörer und einem falschen Ober.

Über meine Paranoia musste ich selber etwas lachen. Aber besser, etwas vorsichtiger zu sein, als dann unangenehm überrascht zu werden mit Bildern von einem romantischen Essen mit der direkten Mitarbeiterin meines Vorgesetzten.

Um mich auf andere Gedanken zu bringen, las ich meine anderen Mails durch. Tatsächlich schrieb mir Doktor Lausterer von der Pathologie. Er teilte mir mit, dass eine Kollegin aus meiner Abteilung, er meinte dabei vermutlich Jenny, nochmals wegen des Obduktionsberichts nachgefragt habe. Er stehe für Rückragen dazu gerne zur Verfügung. Sofort griff ich zum Telefonhörer, um einen Termin zu vereinbaren. Zu meiner Verwunderung konnte ich gleich zu ihm kommen.

Montag, 20. April, 16.15 Uhr

Doktor Lausterer von der Pathologie war ein kleiner untersetzter Mann mit einem klaren durchdringenden Blick. Obwohl optisch klein und nicht körperlich dominant, hatte er sofort ein einnehmendes, sehr präsentes Wesen. Mit festem Händegriff begrüßte er mich.

»Herr Bergmann, es wundert mich, dass Sie mich nicht schon früher konsultiert haben.«

Mein fragender Blick erübrigte eine Nachfrage.

»Das Opfer ist zwar eindeutig an einem Genickbruch gestorben. Dies hat an dem Sturz gelegen.«

»Sie sagen es«, sagte ich, »und da nachweislich eine andere Person beteiligt gewesen sein muss, ermitteln wir in einem Mordfall. Den Damenschuh hat ja schließlich nicht ein Nachtwanderer mitgenommen.«

»Alles richtig, Herr Bergmann, aber da bleibt noch die Frage des Einstiches an der Schulter.«

»In ihrem rechten Schulterblatt wurde eine Einstichstelle festgestellt. Es war nicht die Todesursache, da sie nur einen Zentimeter tief war. Es könnte sein, dass der Täter oder sagen wir, ihr Verfolger, das Opfer mit dem spitzen Gegenstand bedrohte und sie zur Flucht und somit zum Sturz veranlasste«, erzählte ich meinen Kenntnisstand.

»Ja, der Einstich war vom Unfalltag. Der Gegenstand wurde meines Wissens allerdings nicht gefunden. Er muss spitz sein, aber nicht wie eine Nadel, eher zwei bis drei Millimeter dick«, sagte Doktor Lausterer.

Im Raum herrschte plötzlich eine eigenartige Stille, da wir vermutlich beide überlegten, um was für einen Gegenstand es sich dabei handeln könnte.

»Wir können also davon ausgehen, dass unser Opfer verfolgt, bei einem Angriff mit einem spitzen Gegenstand verletzt wurde und dabei stolperte und verunglückte. Ja, wäre das mit dem Einstich nicht, hätte man die Sache vielleicht als Unfall ansehen können, und die beteiligte Person hätte es melden können. Aber so hat die Person das Opfer einfach liegen lassen und hat den Schuh mitgenommen«, versuchte ich nochmals die Sachlage zusammenzufassen.

Daraufhin sagte Doktor Lausterer: »Als mich Ihre Kollegin heute Nachmittag angerufen hat, ließ ich mir den Fall und meinen Bericht nochmals durch den Kopf gehen. Dabei stellte ich mir die Frage, was genau für ein Gegenstand aus Metall dies wohl war. Deshalb habe ich mir die Rückstellprobe vom Einstich nochmals genauer angeschaut und lasse gerade das volle Analysespektrum darüber laufen. Morgen kann ich Ihnen vielleicht etwas Genaueres dazu sagen.«

Vermutlich mit großen Augen sagte ich nur: »Danke.«

»Und da ist ja noch der Schuh und der hundert Jahre alte Knochen vom Olgahain. Ich habe mir von der Spurensicherung beide Dinge kommen lassen. Diese werde ich mir auch genauer anschauen.«

Auf dem Rückweg ins Büro fragte ich mich, ob wir wirklich weiterkommen in diesem Fall. Würde der Weber vielleicht meinen Kopf fordern, wenn wir keine Ergebnisse lieferten? Meine Truppe und ich mussten jetzt wirklich Vollgas geben. Im Büro erwartete mich Jenny bereits.

»Markus, hast du kurz Zeit? Ich möchte dir von meinem Gespräch mit Herrn Lüdtke berichten.«

»Klar«, war meine Antwort, »lass uns doch kurz Kaffee holen.«

Nach fünf Minuten setzten wir uns in das Besprechungseck meines Büros mit dem kleinen Tisch.

»Also, Herr Lüdtke erwies sich heute wieder als sehr wortgewandt und überlegte jeden Satz ganz genau«, fing sie an zu berichten.

»Vor meinem Besuch habe ich sein Alibi überprüft. Er war tatsächlich am Tatabend in Karlsruhe bei seiner Tochter und der Taufe seines Enkelkindes. Sie haben bis abends gefeiert. In einer gehobenen Gastronomie. Ich habe das vor Ort durch unsere Kollegen in Karlsruhe überprüfen lassen. Er war dort. Außerdem bestätigt sein Handyortungsprofil, dass er, oder zumindest sein Handy, immer dort war und nicht für zwei bis drei Stunden Karlsruhe verlassen hat. Diese Zeit hätte er benötigt, um die Strecke nach Tübingen und zurück zu schaffen.«

Jenny nahm einen Schluck Kaffee und fuhr fort mit ihrem Bericht.

»Er gestand mir, dass er nach dem Tod seiner Frau überlegte, die Zelte hier in Tübingen abzubrechen und mit Frau Kleinert in den Süden nach Spanien auszuwandern. Dies wollte er allerdings bei unserem ersten Gespräch nicht zugeben, weil er dachte, das hätte nichts mit ihrem Tod zu tun.«

Obwohl ich ihn nicht leiden konnte, hatte ich nun doch etwas Mitleid.

»Er hat innerhalb von einem Jahr beide Frauen verloren, die ihm wichtig waren. Ein harter Schicksalsschlag.«

Nach einer kurzen Pause fragte ich Jenny: »Wusste er nun etwas über ihre aktuellen Recherchen?«

Ihr Kopf bewegte sich leicht von rechts nach links.

»Nein, er versicherte mir glaubhaft, nichts Genaues über ihren letzten großen Enthüllungsbericht zu wissen. Sie wollte ihn damit nicht belasten.«

»Hm, und was macht er nun?«, fragte ich.

»Genau das fragte ich ihn auch. Er überlegt nun, das Haus zu verkaufen und nach Karlsruhe zu seiner Tochter zu ziehen. Er sagt, ihn erinnere hier zu vieles an sein altes Leben. Er machte wirklich einen sehr traurigen Eindruck.« »Oder er war in diese geheimnisvollen Recherchen verstrickt und möchte nun nicht noch tiefer mit hineingezogen werden?«

»Markus, das meinst du nicht wirklich ernst. Nun vertraue mir und meinem Gespür auch einmal. Oder möchtest du den Weber um eine Hausdurchsuchung bei ihm ersuchen?«

Obwohl ich dies spontan für gar keine so schlechte Idee hielt, behielt ich diesen Gedanken für mich.

»Danke, Jenny, das hast du gut gemacht«, sagte ich zu ihr und legte kurz meine Hand auf ihre rechte Schulter. Als sie mich dabei anschaute, fragte ich sie: »Täuscht mich mein Gefühl, oder bist du heute nicht so gut gelaunt? Hattest du kein schönes Wochenende?«

Ihr Gesichtsausdruck verfinsterte sich etwas.

»Tut mir leid, Markus, aber ich möchte darüber nicht sprechen. Du musst dir aber keine Sorgen machen. Meine kleinen privaten Ungereimtheiten sollen dich in deiner familiären Glückseligkeit nicht stören.«

Sie lächelte, als sie diese ironischen Worte mit einem gewissen Unterton aussprach. Daher beschloss ich, die Sache auf sich beruhen zu lassen. Wir unterhielten uns noch etwas über den Fall und umarmten uns flüchtig zum Abschied.

Montag, 20. April, 19.34 Uhr

Eigentlich hätte ich heute Abend gar nicht mit meiner Frau und unseren Freunden essen gehen können. Aber der Fall konnte sich ja vielleicht noch Wochen hinziehen oder wurde vielleicht gar nie gelöst. Nein, daran mochte ich gar nicht denken. Aber ich brauchte etwas Abwechslung, um morgen wieder einen klaren Kopf zu haben. Die schönste Bildung ist die Einbildung. So bildete ich mir ein, der Abend war notwendig, um einen kühlen Kopf zu behalten und den Fall zu klären.

Also gingen meine Frau und ich zum Abendessen nach Rottenburg zu unserem Lieblingsitaliener in der Innenstadt. Dort sollten wir ein befreundetes Ehepaar treffen. Seit über zehn Jahren verabredeten wir uns regelmäßig mit diesen Freunden zum Essen oder im Sommer auch zum Grillen. Früher, als die Kinder noch kleiner waren, gingen wir auch öfters zusammen in den Urlaub und haben uns im Allgäu an einem kleinen See ein schönes Haus gemietet. Damals waren wir noch drei Paare und hatten eine tolle Zeit. Nun aber gingen wir nur noch zu viert abends etwas essen. Das dritte Paar hatte sich vor einem Jahr scheiden lassen.

Wir warteten beim Italiener auf unsere Freunde. Wir waren immer die Ersten. Das lag wohl daran, dass wir immer pünktlich waren. Ich durfte es aber nicht erwähnen. Nicole hasste es, wenn ich in ihren Augen den Pedanten spielte. Dabei spielte ich ihn gar nicht. In Dingen wie Pünktlichkeit war ich kleinlich. Aber wie war es bei guten Freunden? Ihnen zuliebe musste man auch nachgiebig sein.

Klaus und Claudia standen uns wirklich nahe. Er arbeitete beim Daimler-Benz in Sindelfingen und sie war Stationsschwester im Krankenhaus in Rottenburg. Ihre Tochter lag vom Alter her genau zwischen unseren beiden Kindern. Früher hatten unsere Kinder sich sehr gut verstanden. Im Laufe der Jahre und vor allem der Pubertät hatten sie den Kontakt zueinander leider verloren.

Ausgerechnet heute stellten sie einen neuen Negativrekord mit über zwanzig Minuten Verspätung auf. Dabei ärgerte ich mich am meisten über mich selber. Anstatt die Zeit zu nutzen, um mich in Ruhe mit Nicole zu unterhalten, war ich nur sauer über diese Respektlosigkeit und überlegte, welche Dinge ich dieser Zeit noch hätte machen können. Aber zum Glück holte mich Nicole dann von dieser schlechten Phase wieder zurück. Sie frägt mich dann oft Dinge, bei denen ich wirklich nachdenken musste.

Als die zwei Bummler dann ums Eck bogen, sah ich Robert sofort an, dass auch er genervt war. Denn auch er hasste es, unpünktlich zu sein. Claudia war überaus gut gelaunt und begrüßte uns laut und lachend. Robert sagte nur leise zu mir: »Den neuen Fahrplan der Deutschen Bahn haben bestimmt Frauen erstellt.«

Ich musste laut lachen und mein Frust war sofort vergessen. Es wurde doch noch ein netter Abend. Aber ich konnte mich einfach nicht richtig auf die Gespräche konzentrieren. Mit meinen Gedanken war ich öfters woanders. Um ehrlich zu sein, im Friedwald. Dieser Fall machte mir zu schaffen. Ein Unfall, welcher dann doch zu einem Mordfall wurde. War die Lösung einfach und lag dort im Wald auf einem Silbertablett, oder hatten wir bereits in ein politisches Wespennest gestochen?

Ich musste mich konzentrieren. Robert erzählte von der neusten Umstrukturierung beim Daimler und Claudia vom Personalengpass im Sozialwesen. Denen beiden fiel meine geistige Abwesenheit gar nicht auf. Ich streute ab und an eine Verständnisfrage in ihre Berichte ein, oder fügte ein Hm oder Ah ein. Aber meine Frau schaute mich dabei immer genau an.

Auf der Heimfahrt sagte sie zu mir: »Schatz der aktuelle Fall beschäftigt dich sehr, oder?«

»Ja, doch. Entschuldigung wegen heute Abend aber...«
Sie unterbrach mich sofort.

»Pst. Du brauchst nichts sagen. Es ist alles gut so. Ich danke dir, dass du heute überhaupt mitgegangen bist. Ich rechne es dir hoch an.«

Ich sagte nichts dazu. Ich legte nur meine rechte Hand auf ihren linken Oberschenkel, während ich fuhr und sie legte sofort ihre linke Hand auf meine. Als wir zu Hause ankamen, sagte Nicole zu mir: »Ach so, unsere Kleine schläft heute bei ihrer Freundin Anja. Morgen ist doch Lehrerkonferenz und sie hat frei.« Da ja Timo für zwei Tage in Nürnberg auf einer politischen Klassenfahrt war, wurde mir bewusst, dass wir heute alleine zu Hause waren. Als dann Nicole mit einer Flasche Rotwein und zwei Gläsern aus der Küche kam, während ich mich auf dem Sofa ausstreckte, war mir klar, dass heute noch etwas mit uns passieren würde.

Dienstag, 21. April, 7.32 Uhr

Heute war einer der Tage, an denen man sich morgens in die Arbeit quälte. Wenig Schlaf, etwas zu viel Alkohol und das Bewusstsein, was für einen Berg an Aufgaben man bewältigen musste. Um mich mental zu motivieren, legte ich auf dem Weg ins Büro eine CD mit Boogy-Rock in die Autoanlage. »Good time for Rock 'n' Roll«, sangen Rose Tattoo.

Im Büro schaute ich sofort im PC nach einer Nachricht von Doktor Lausterer. Tatsächlich, da war sie. Gesendet um 20.55 Uhr gestern Abend. Er hatte wirklich bis abends daran gearbeitet. Dafür musste ich mich unbedingt demnächst einmal erkenntlich zeigen, dachte ich mir. Ich druckte mir den Bericht aus. Das Ergänzungsgutachten aus der Pathologie. Der Einstich stammte von einem großen Nagel, wie er auf dem Bau verwendet wurde. Es wurden in der Einstichwunde geringe Reste einer speziellen Legierung festgestellt. Diese Legierung wurde nicht bei einfachen Nägeln aus dem Bauhof verwendet. Den Rest der chemischen Analytik dazu überflog ich.

Als ich begann, den nächsten Absatz zu lesen, musste ich zuerst lachen. »Beim vorliegenden rechten Damenschuh der Größe neununddreißig handelt es sich um ein italienisches Model der Marke Belmondo. Der Schuh ist ungefähr ein Jahr alt und durchschnittlich abgenutzt.«

Da konnte doch der Täter gleich mit erhobenen Händen hinter dem Baum hervortreten, wenn die Polizei dieses Wissen hatte, dachte ich mir.

Die Erkenntnisse zu den Knochen kannten wir bereits. Wegen des im Knochen enthaltenen radioaktiven Kohlenstoffisotops C14 kann das Alter relativ genau bestimmt werden, da die Halbwertszeit sehr hoch ist. Sie waren ungefähr hundert Jahre alt und waren die letzten fünfzehn bis zwanzig Jahre vergraben. Neu war nur, dass das Geschlecht der Knochen nun ermittelt werden konnte. Es war männlich. Bisher hatte ich nicht wirklich etwas Neues gelesen. Nun kam ich zum letzten Kapitel des Berichtes. Dieser nannte sich: »Die chemische Reinigung des Schuhes und des Knochens.« Leicht gelangweilt las ich weiter, dass dem alten Knochen und dem Schuh erhebliche Spuren von TRI anhafteten. Bevor ich mir Gedanken machen konnte, was genau TRI ist, kam im Bericht sofort die Erläuterung:

»Trichlorethylen. Auch einfach Tri genannt. Nachdem man die neurotoxischen und karzinogenen Wirkungen erkannt hatte, wurde die Verbreitung seit den 1970er-Jahren stark eingeschränkt. Es wurde in der Asphaltindustrie als Lösemittel für Bitumen verwendet. Trichlorethylen war eines der gebräuchlichsten Reinigungs- und Entfettungsmittel. Bei diesem Mittel bestehen allerdings in der Anwendung viele Gesundheitsgefährdungen wie etwa die Gefahr der Schädigung von Leber und Niere, Schwindel, Kopfschmerzen oder andere Hirnfunktionsstörungen. Eine Krebs erzeugende Wirkung wird vermutet.«

Dieser Stoff war also stark fettlösend. Deshalb wurden vermutlich an den beiden Beweisstücken Schuh und Knochen auch keine Fingerabdrücke gefunden.

Sofort war mein Geist hellwach. Woher kam dieser Stoff?

Wo konnte man ihn sich beschaffen? War er heutzutage noch im Einsatz? Gab es den Stoff schon vor fünfzig Jahren? Vor hundert Jahren?

Dienstag, 21. April, 9 Uhr

Vor der Teambesprechung hatte ich bereits zwei Milchkaffee und eine Butterbrezel aus der Kantine zu mir genommen. Sofort fiel mir auf, dass Kevin nicht da war. Es konnte mir auch niemand sagen, wo er war. So fingen wir ohne ihn an.

Ich berichtete als Erstes vom Bericht von Doktor Lausterer aus der Pathologie. Georg erklärte sich bereit, nach der Anwendung und der aktuellen Beschaffungsmöglichkeit von Tri zu recherchieren. Georg verfügte dazu über beste Kontakte zur Umweltpolizei und der Gewerbeaufsicht.

Jenny berichtete über das vermutliche Alibi von Herr Lüdtke und, dass er geplant hatte, nach dem Tod seiner Frau mit Frau Kleinert nach Spanien auszuwandern.

»Das spricht tatsächlich für die These, dass sie ihren letzten großen Enthüllungsbericht herausbringen wollte. Aber wo ist das verdammte Ding?«, fuhr es plötzlich aus Peter heraus.

Jenny sah ihn etwas erschrocken an.

»Herr Lüdtke versicherte abermals glaubhaft, von relevanten Recherchen gewusst zu haben, allerdings nicht von einem großen Enthüllungsthema«, fügte Jenny sofort hinzu.

»Glaubhaft«, erwiderte Peter mit einem ironischen Unterton.

»Hast du dir einmal überlegt, dass er in der Geschichte mit drinhängen könnte, und es nicht wollte, dass sie die Enthüllung herausbrachte?«

Bevor Jenny darauf antworten konnte, unterbrach ich das Gespräch.

»Stopp, Peter hat zwar recht, er bleibt weiter verdächtigt. Aber wegen seines Alibis müsste er schon einen Auftragskiller angeheuert haben.«

Plötzlich war es kurz still im Raum. Was hatte ich da gesagt? Auf diese Idee waren wir bisher noch gar nicht gekommen.

Mit einem plötzlichen Lachen auf den Lippen sagte dann Jenny: »Mensch, jetzt hatten wir bisher auf unserer Liste möglicher Täter den alten Freundeskreis, königstreue Royalisten, Altnazis, Neunazis, Grundstücksspekulanten, eine Rockergruppe welche zurzeit nicht mehr aktiv ist, vielleicht sogar die Nachrichtendienstfreunde vom Weber aus Stuttgart und jetzt auch noch einen Mafia-Killer ihres Geliebten.«

Wir alle sahen uns amüsiert an.

»Ja, Jenny, ein bunter Strauß an Verdächtigen. So eine große Auswahl hatten wir noch in keinem Fall«, sagte ich. Da musste sogar Georg laut lachen.

Im nächsten Moment kam Kevin zur Tür herein. Ich sah ihn sofort direkt an. »Sorry, ich habe verpennt. Oh, es herrscht ja schon gute Stimmung hier«, waren seine vermutlich unüberlegten Worte.

»Was«, brüllte ich in den Raum. Die gute Stimmung war sofort wieder auf dem Niveau eines Zahnarztbesuches. Noch bevor er etwas erwidern konnte, legte ich gleich nach: »Kevin, bei diesem Fall geht es um viel. Auch um den Fortbestand unserer Abteilung in dieser Zusammensetzung und Größe. Und du verpennst? Vielleicht solltest du dir überlegen, ob du wirklich der Aufgabe gewachsen bist oder nicht besser Parksünder aufschreiben solltest.«

Ja, das war jetzt vielleicht etwas hart gewesen. Ich atmete tief durch, zählte langsam auf drei. »Okay, Kevin ich war gerade vielleicht etwas hart zu dir. Aber ab jetzt gibst du hier wie wir alle deinen vollen Einsatz!« Plötzlich salutierte er vor mir und sagte in einem militärischen Ton: »Jawohl Chef.« Eigentlich schon fast wieder unverschämt.

»Also, Georg nun bist du dran, was haben deine Recherchen ergeben?«

»Ich habe alle Daten aus deinem Gespräch mit dem Geschichtsprofessor und ihren vorliegenden Recherchedaten verglichen. Dabei ist mir leider nichts Besonderes aufgefallen. Nach Ludwigsburg zu der Zentralstelle zur Aufklärung von Naziverbrechen hatte sie keinen Kontakt aufgenommen. Zumindest nicht unter ihrem Namen.«

»Danke«, erwiderte ich, und blickte nun zu Peter. Dieser fing sofort an zu berichten.

»Sorry, Markus, ich mach es kurz, ich habe alle bekannten und unbekannten Namen der rechten Szene durch den Rechner gejagt. Aber keine auffälligen direkten Verbindungen zu unserem Opfer, außer ihre eigenen vorliegenden Recherchen.«

»Danke Peter, vielleicht wiederholst du dieses Prozedere nochmals mit der linken Szene«, war meine Bitte an ihn. Seine Antwort war ein sichtbares Kopfnicken.

Nun schaute ich Kevin an, der sich Notizen in seinen Block notierte.

»Kevin«, sprach ich ihn an.

»Ja, bin ich dran? Also, der Briefkastenschlüssel passt leider nirgends. Ich habe nochmals in der Redaktion nachgefragt und bei ihren Freunden vom Tatabend. Auch nochmals bei ihren Nachbarn. Dort habe ich allerdings erfahren, dass heute Abend noch das Ehepaar Schmidt aus dem ersten

Geschoss im Haus aus ihrem dreiwöchigen USA-Urlaub zurückkommen soll. Dieses Ehepaar hatte wohl im Haus das engste freundschaftliche Verhältnis zu Frau Kleinert. Ich werde morgen früh gleich zu ihnen gehen, da ich vermute, dass sie nach einer so langen Reise bestimmt daheim sein werden.«

So saßen wir nun da. Viele Spuren, aber kein wirklich konkreter Verdacht. Den einzigen Verdacht, den ich hatte, konnte ich der Gruppe allerdings nicht offenbaren. Der Verdacht, dass wir den Fall vielleicht nicht lösen werden. Aber das konnte ich nicht sagen. Ich musste Zuversicht ausstrahlen.

»So, wie verfahren wir nun weiter«, sagte ich und klatschte dabei laut in die Hände, damit sich alle auf den Punkt konzentrierten. Ich musste sie nun versuchen, zu motivieren.

»Ich will ehrlich zu euch sein. Es sieht nicht gut aus bisher. Aber ich bin überzeugt, die Lösung liegt vor uns. Es gibt zu viele Spuren. Wir müssen jetzt nur unserem Instinkt und unserem geschulten Wissen folgen. Wir können das.«

Alle schauten mich mit großen Augen an. Und da ich nicht wusste, was ich nun machen sollte, haute ich fest mit der Faust auf den Tisch, dass alle erschraken.

»So und jetzt los. Wir alle geben jetzt Vollgas. Ich möchte dem Weber die Lösung laut auf den Tisch knallen. Und dann werde ich beim Italiener Pasta und Weizenbier für alle ausgeben.«

Und da ich so richtig in Fahrt war, ordnete ich gleich an: »Kevin, wir zwei fahren morgen zu den Nachbarn des Opfers. Georg, du recherchierst weiter an den elektronischen Daten. Rechts und links in Tübingen. Folge deinem Instinkt. Wem hat sie zu sehr auf die Füße getreten? Jenny und Kevin, ihr zwei nehmt euch inzwischen nochmals den

Freundeskreis vor. Stellt alles auf den Kopf. Fragt nochmals alle genau über den Tatabend aus. Peter, du nimmst dir die Tageszeitung vor. Der neue Chefredakteur Wollmann, die Kollegen und natürlich unsere geheime Informantin Silke Schneider vom Tübinger Tagblatt. Durchleuchte sie alle. Gebt alle Vollgas, wir schaffen das!« Selten war ich mit einer Ansprache in einer kritischen Situation mehr zufrieden. Hoffentlich hatte sie auch etwas bewirkt.

Dienstag, 21. April, 10.35 Uhr

Als ich wieder an meinem Schreibtisch saß und versuchte, meine Gedanken zu sortieren, wurde mir ein Telefongespräch durchgestellt.

»Hallo, hier spricht der Revierförster Herr Fadler. Ich hoffe Sie erinnern sich noch an mich?«, sagte eine zögerliche Stimme.

»Natürlich erinnere ich mich an Sie, Herr Fadler. Wie kann ich Ihnen helfen«, war meine Antwort.

»Also ich habe hier eine Beobachtung gemacht, und wollte Ihnen dies mitteilen.«

Meine direkte Frage zu dieser Beobachtung wurde allerdings ausweichend beantwortet. Er wollte sich persönlich mit mir am Friedwald treffen, um dies zu berichten. Daher meldete ich mich für eine Stunde ab, und setzte mich in meinen Wagen, um direkt in den Schönbuch zu fahren. Nach den bisherigen Erkenntnissen und Gesprächen heute, brauchte ich auch etwas Zeit, um meine Gedanken zu sortieren. Das ging am besten bei einer Autofahrt mit einem Song von AC/DC aus dem Jahr 1976.

Herr Fadler stand bereits auf dem Parkplatz vor dem Schloss Hohenentringen und wartete auf mich. Er machte mir einen sehr nachdenklichen Eindruck und begrüßte mich wortlos mit einem festen Händedruck. Das letzte Mal war mir gar nicht aufgefallen, dass seine rechte Hand aus kleinen aber dicken und festen Fingern bestand. Diese Finger hatten eine fast schon ledrige und dicke Haut, die übersät war mit Hornhaut, kleinen verheilten Schnitten und schwarzen Haaren.

»Grüß Gott, Herr Bergmann, wollen wir ein Stück Richtung Friedwald gehen?«, fragte er mich.

Nach einigen Schritten fragte ich ihn: »So, Herr Fadler, was haben Sie denn nun genau beobachtet?«

Bevor er mir antwortete, schnäuzte er sich zuerst die Nase in ein großes Taschentuch, das er danach zusammenfaltete und in seine Cordhose steckte.

»Also, ich bin ja hier der Revierförster seit fast dreißig Jahren. Da ich zu allen Tages-, Nacht- und Jahreszeiten hier draußen bin, kenne ich die Personenkreise, die sich hier aufhalten. Die Jogger früh am Morgen oder die Liebespaare in der Nacht. Aber gestern Abend um kurz nach 21 Uhr, als ich noch eine letzte Runde drehte, konnte ich vom gegenüberliegenden Hügel hinter dem Sportplatz oben im Friedwald mehrere Lichter erkennen. Die eine oder andere Taschenlampe hier nachts zu sehen, ist nichts Ungewöhnliches. Da gehen schon einmal nach Einbruch der Dunkelheit Angehörige zu ihren Hinterbliebenen. Aber ich sah mehrere Lichtquellen, die ich dann mit meinem Fernglas als Fackeln identifizierte. Daher ging ich hinunter zu meinem Wagen und fuhr hinauf. Dort angekommen, sah ich sechs bis acht schwarz angezogene Gestalten vom zentralen Platz am Kreuz in den Wald rennen. Es waren bestimmt jüngere

Personen. Das konnte man daran erkennen, wie schnell und geschmeidig sie im Unterholz verschwanden.«

In der Zwischenzeit waren wir auf dem Trauerplatz mit dem großen Holzkreuz, von welchem man einen herrlichen Blick tief in die Landschaft des Gäus hatte, angekommen. Am östlichen Horizont sah man die lange Kante des schwäbischen Albtraufs. Westlich konnte man hinter Herrenberg bereits den Nordschwarzwald erahnen.

»Haben Sie eine Ahnung, was diese Personen hier vorhatten?«, fragte ich ihn. »Ja, vermutlich den Teufel anbeten«, war seine schnelle Antwort, die mich doch sehr überraschte.

»Auf dem Boden lagen nicht nur die Reste von mehreren Fackeln, auch einige schwarze Kerzen und zwei Flaschen mit hochprozentigem Alkohol. Ich habe alles hier in diese Tüte getan«, sagte er. Er ging zu einem Baum und kam mit einer Plastiktüte zurück, die er mir entgegenstreckte. Ich warf einen Blick hinein. Darin sah ich genau die beschriebenen Beweismittel einer jugendlichen Party.

»Herr Fadler, glauben Sie, dies war eine okkulte Zusammenkunft, da schwarze Kerzen verwendet wurden?«, fragte ich.

»Dies zu bewerten, überlasse ich Ihnen«, war seine Antwort. Daraufhin ging er ein paar Schritte und setzte sich auf eine Parkbank. Ich setzte mich ebenfalls auf die Bank.

»Es war gut, dass Sie uns geholt haben. Aber das nächste Mal bitte ich Sie, keine Beweisstücke anzufassen und dann auch noch in eine gebrauchte Einkaufstüte zu stecken.«

»Ja, da haben Sie recht, ich wollte nur nicht, dass morgens Trauernde hier herkommen und der ganze Müll hier herumliegt. Aber jetzt zu den Personen, die ich gesehen habe. Wäre es nicht möglich, dass die Frau vor diesen Personen geflüchtet ist?«, fragte er.

»Theoretisch möglich, aber warum haben dann diese Personen den Schuh mitgenommen. Und selbst wenn es so gewesen sein sollte. Ist es dann nicht mehr als gefährlich, Tage später hier wieder aufzutauchen, wenn doch aus der Presse zu entnehmen war, dass die Polizei auf Hochtouren ermittelt.«

»Ja ist es denn so?«, fragte er mit einem gewissen Unterton.

Um es zu beweisen, griff ich nach meinem Handy und rief Georg an. Zum Glück erreichte ich ihn auch gleich.

»Hallo Georg. Ich bin grad im Schönbuch. Der Förster, Herr Fadler, hat gestern Abend hier am Friedwald Personen beobachtet, die vielleicht eine okkulte Party gefeiert haben. Könntest du bitte einmal recherchieren, ob entsprechende Aktivitäten in unserer Datenbank gespeichert sind. Ich bin dann demnächst wieder im Büro, um mit Nachdruck an diesem Fall zu arbeiten.«

Ich hatte das Gefühl, Herr Fadler hatte mir gar nicht zugehört und meine Anspielung registriert, da er gedankenverloren zum Horizont schaute.

»Herr Bergmann, darf ich Sie etwas fragen«, sagte er mit gedämpfter Stimme. Ich nickte ihm zu.

»Kann es sein, dass rechtsradikale Kräfte an diesem Tod schuld sind? Ich hielt es für nicht mehr möglich, dass Nazis in Deutschland wieder an Kraft gewinnen und ihr Unwesen treiben.«

Über diese politische Äußerung war ich doch sehr verwundert.

»Mein Kollege aus dem Nachbarrevier am Olgahain hat mir von den Funden und den Schmierereien berichtet. Es stand ja nichts Genaues in der Zeitung. Herr Bergmann, dies beunruhigt mich doch sehr. Dass so etwas noch einmal möglich ist.«

Bevor ich antwortete, holte ich tief Luft.

»Ja, und es ist besser, wenn dieses kleine aber schlimme Detail auch bis auf Weiteres unser Geheimnis bleibt. Bitte, Herr Fadler, wenn dies an die Öffentlichkeit gelangen sollte, werden wir überhäuft von unnützen Hinweisen und politischen Stellungnahmen.«

Er schaute mir tief in die Augen und nickte mir zu. An meiner Körperhaltung erkannte er wohl, dass ich gehen wollte.

»Herr Bergmann, bevor Sie gehen, möchte ich Ihnen kurz erzählen, warum ich so sensibel auf dieses Thema reagiere.«

»Gerne, Herr Fadler, ich nehme mir noch fünf Minuten Zeit für Sie.«

»Herr Bergmann, ich bin etwas älter als Sie. Jahrgang 1951. Also kurz vor der Rente. Das Dritte Reich habe ich nicht mehr direkt kennengelernt. Aber leider indirekt. In meine Familie war ich das jüngste Kind. Wir lebten früher auf der Schwäbischen Alb in einem kleinen Dorf. Ich hatte zwei Brüder und eine Schwester. Mein größter Bruder war fünfzehn Jahre älter als ich. Als er 1945 zehn Jahre alt war, gehörte er schon der Hitlerjugend an. Meine Mutter musste meine Schwester als dreijähriges Baby versorgen und mein Vater war an der Ostfront. Von Süden rückten die Franzosen mit ihren marokkanischen Truppen an und von Norden die Amerikaner. Da ist es passiert.«

Er unterbrach kurz seine Erzählung. Ich nahm diesen leicht feuchten Schimmer in seinen Augen war. Er putzte sich die Nase und räusperte sich, um dann mit gefasster Stimme weiter zu erzählen.

»Warum auch immer, ich weiß es nicht genau, mein Bruder war ja erst zehn Jahre alt. Er wollte mit zwei anderen jungen Buben der Hitlerjugend den anrückenden Amerikanern mit

Panzerfäusten entgegengehen. Da stellte sich ein alter Bauer aus dem Dorf den drei jungen Rotzlöffeln in den Weg. Er hat sie zurecht zusammengeschissen, nach Hause geschickt und die Waffen in den Dorflöschteich geworfen. Sein Pech war, dass eines der Kinder diese Situation dem zuständigen SS-General für den Gau meldete. Damit war sein Schicksal besiegelt.«

»War Ihr Bruder dieser Informant?«

»Ja, aber es wurde versucht, das nach dem Krieg geheim zu halten. Aber es machte trotzdem die Runde und wir mussten wegziehen. Mein Vater hat tatsächlich die Kriegsgefangenschaft überlebt. Er kam aber mit nur einem Bein zurück. Er erzählte nie über den Krieg und die Gefangenschaft. Wenn ich denke, was ich täglich im Fernsehen sehe. Menschen, die zum Psychiater gehen, weil ihr Hund mit zwölf Jahren gestorben ist. Und mein Vater ... Er erlebte bestimmt Mord und Totschlag, redete aber nie darüber. Nur ab und an trank er eine Flasche Schnaps an einem Abend leer und war dann sehr komisch gestimmt. Ich verstand das nie. Später wurde mir klar, warum.«

Dieses Mal benötigte er zwei Räusperer, bevor er weitererzählte.

»Auf jeden Fall wollte der zuständige SS-General der Heimatfront ein Exempel statuieren. Es gab ein örtliches Standgerichtsverfahren. Der Bauer wurde zum Tode verurteilt. Den Richterspruch sollten der Bürgermeister und der örtliche Ortsgruppenleiter unterschreiben. Diese beiden Personen weigerten sich allerdings. Die Sinnlosigkeit war doch offensichtlich. Aber der SS-General ließ alle drei wegen Wehrkraftzersetzung erhängen. Die Hitlerjugend musste behilflich sein, die drei Personen am 10. April, also zehn Tage vor Führers Geburtstag, an der Friedhofslinde im Dorf zu erhängen. Es wurde unter Strafe gestellt, die Toten vom Baum zu holen. Mein Bruder war dabei. Der verdammte SS-General überlebte natürlich den Krieg.

1958 kam es in Ansbach zum entscheidenden Prozess gegen diesen SS-Mann. Er wurde freigesprochen, da er nur im Namen des damals geltenden Rechtes gesprochen und entschieden hatte. Aber mein Bruder konnte diese Geschichte nie vergessen. Wir waren plötzlich gebrandmarkt und mussten wegziehen. Mein Vater hat sich den Kragen abgesoffen. Mein Bruder konnte mit der Schuld nicht leben, als er begann als Erwachsener frei zu denken. Er wanderte 1960 nach Amerika aus. Dort verunglückte er 1967 bei einem Autounfall. Ja, diese Geschichte liegt wie ein dunkler Schleier über unserer Familie. Danke, Herr Bergmann, dass Sie sich die Zeit dafür genommen haben.«

»Herr Fadler, ich danke Ihnen für Ihre Offenheit. Ihre Geschichte wird unser Geheimnis bleiben. Über die weiteren Ermittlungsergebnisse werde ich Sie auf dem Laufenden halten. Rufen Sie mich an, wenn Ihnen noch etwas einfällt.«

Wir gaben uns einen langen festen Händedruck, den ich noch später im Auto spürte. Nachdenklich ging ich ungewöhnlich langsam zu meinem Auto zurück und dachte mir, dass, falls dieser Fall jemals gelöst werden sollte, ich erst einmal eine Woche Urlaub brauchte.

Da ich erst um kurz vor halb eins ins Büro zurückkam, waren alle bereits zum Mittagessen aufgebrochen oder befanden sich im Außendienst. Alleine in die Kantine gehen wollte ich nicht. Daher entschloss ich mich, noch kurz einen Blick in meinen E-Mail-Eingang zu werfen. Dabei fiel mir sofort die Mail von Eva auf. 11.31 Uhr, heute: Er hatte wieder Besuch vom Mr. M. Es wurde sehr laut gesprochen. Er wird dich heute kontaktieren. Gruß deine E. PS. Vergesse das Essen nicht.

Sofort löschte ich die Mail und gleich das Gelöschte ebenfalls, obwohl ich wusste, dass dies im Zweifelsfall völlig egal war. Wenn Mr. M. der war, wofür ich ihn hielt, wusste er sogar, was ich zu Abend esse anhand des Einkaufszettels meiner Frau oder der EC-Kartenbelastung im Supermarkt. Seine privaten Daten oder sein persönliches Einkaufsverhalten für sich zu behalten, war ja ohnehin total außer Mode gekommen. Wie sich doch die Zeiten geändert hatten. Als in den Achtzigerjahren die Volkszählung durchgeführt werden sollte, haben viele Menschen diese trotz der Androhung einer Strafe boykottiert. Und heute? Für ein paar Rabattpunkte auf seiner Konsumregistrierungskarte gaben die Leute preis, dass sie in der Woche drei Flaschen Rotwein trinken. Und dann wundern sich diese Menschen, dass eine Versicherung plötzlich doch kein Interesse an einer Lebensversicherung mit ihnen hatte.

Um Eva zu danken, kopierte ich kurz im Internet ein Bild einer leckeren Pasta und schickte ihr dieses ohne Kommentar. Dann schrieb ich dem Weber kurz eine Mail über die Erkenntnisse der letzten vierundzwanzig Stunden, um den vermutlich bevorstehenden Aufprall vielleicht etwas abpuffern zu können. Danach ging ich kurz zum nächsten Bäcker um die Ecke. Während ich dort einen belegten Wecken aß, blätterte ich die Tageszeitung durch. Dabei stieß ich zufällig auf einen Leitartikel vom Chefredakteur Wollmann über das Thema »Parkverbot in der Tübinger Innenstadt«. Dieser Herr Wollmann war mir nicht sehr sympathisch. Sein Schreibstil gefiel mir ebenso wenig. Hochnäsig und herablassend.

Zurück im Büro las ich nochmals meine Mail durch, die ich vorhin schnell an den Weber geschickt hatte. Die zwei

Rechtschreibfehler ärgerten mich. Als ich gerade nachdachte, was ich nun als Nächstes tun sollte, klingelte das Telefon. An der Nummer erkannte ich, dass es Eva war.

»Hier spricht der attraktive Herr Bergmann«, meldete ich mich, in der Hoffnung das nicht der Weber selber von Evas Telefon aus anrief.

»Hier spricht das Vorzimmer Ihres Vorgesetzten. Er möchte Sie sofort sprechen. Also bewegen Sie bitte Ihren nun auch schon bald fünfzigjährigen Po hier herauf.«

Ich hörte sie lächeln, als sie das Wort Po aussprach.

»Jawohl, meine Herrin und Gebieterin, ich eile«, antwortete ich und legte sofort auf. Zuerst ging ich allerdings noch in die Toilette und befeuchtete mein Gesicht mit kaltem Wasser. Nachdem ich noch meine Haare zurechtgestrichen hatte, ging es frisch gerichtet in die Schlacht.

Als ich das Vorzimmer von Weber betrat, stand Eva gerade am Schrank und suchte vermutlich eine Akte. Sie hatte mir den Rücken zugedreht, blickte aber kurz über ihre Schulter zu mir.

»Er wartet auf dich, geh gleich hinein. Und viel Glück.«

Wobei sie die letzten drei Worte etwas leiser formulierte. Während ich in Richtung Webers Büro weiterging, blickte ich noch kurz auf den Po von Eva. Ob sie wohl regelmäßig Sport trieb. Sie war selber schuld, da sie mich ja vorhin auf die Po-Geschichte angesprochen hatte, versuchte ich den Gedanken vor mir selber zu rechtfertigen.

Ich klopfte kurz und trat ein. Herr Weber telefonierte, zeigte aber mit einer Handbewegung, dass ich mich setzen solle. Nach ein paar »Ja, ja«, und einem »sicherlich das machen wir so«, legte er auf.

»Herr Bergmann, ich habe Ihre Mail von heute gelesen. Ich möchte ehrlich sein zu Ihnen. Herr Marquardt war heute bei mir. Er, hm, wie soll ich es sagen«, er zögerte kurz. Überraschenderweise machte er einen zurückhaltenden Eindruck auf mich. Und freundlich. Ob er etwas wollte von mir?

»Auf jeden Fall ist es Stuttgart oder vielleicht sogar Berlin gar nicht recht, dass wir in der rechten Szene nach einem möglichen Mörder suchen.«

Sofort berichtigte ich ihn: »Aber das macht doch Stuttgart. Wir recherchieren doch nur im privaten Tübinger Umfeld.«

»Bergmann, hören Sie auf, ich kenne Sie. Sie halten trotzdem nach rechts und links die Augen offen. Das würde ich auch machen, wenn ich Sie wäre. Das schätze ich übrigens auch inoffiziell an Ihnen.«

Jetzt wurde er mir langsam unheimlich. Mein siebter Sinn war hellwach.

»Auf jeden Fall ist der Staat ja gerade etwas in der Kritik seit dem NSU-Polizistenmord und den Vorgehensweisen mit den Ermittlungen in der rechten Szene. Die Überwachung des Geheimdienstes durch das Parlament wird momentan auch neu diskutiert. Und dann gibt es noch die eingeschleusten V-Männer, die geschützt werden müssen. Deshalb wäre es Herrn Marquardt sehr recht, wenn wir tatsächlich nur im normalen Tübinger Umfeld suchen und am besten den Täter dort auch finden würden.«

»Gut, ich habe Sie verstanden, Herr Weber. Wollen wir also hoffen, dass uns nicht zufällig ein Täter ins Netz geht, der die Tat gar nicht begangen haben darf.«

»Sehr gut, Herr Bergmann. Wir haben uns verstanden. Und bitte, wenn möglich, täglich ein kurzer Bericht an mich. Auch ich werde wiederum täglich gefragt. Falls sie allerdings auf etwas sehr Heikles stoßen sollten, besprechen wir das vielleicht persönlich an einem neutralen Ort. Keine Mail in einem solchen Fall bitte, wir verstehen uns.«

Bevor ich ging, streckte er mir sogar die Hand zum Abschied hin. Diesen Händedruck musste ich wohl oder übel erwidern. Alles andere wäre unhöflich gewesen. Über seine Freundlichkeit war ich sehr überrascht. Er hatte wohl begriffen, dass er mich brauchte, um nach oben hin gut dazustehen und keinen großen Fehler zu machen.

Eva saß wieder an ihrem Schreibtisch, als ich Webers Bürotür schloss.

»Auf Wiedersehen, Herr Bergmann«, sagte Eva auffällig laut und krümmte ihren Zeigefinger in ihre Richtung, um anzudeuten, ich solle zu ihr herkommen. Als ich vor ihrem Schreibtisch stand, kam sie zu mir und flüsterte mir ins Ohr.

»Es gibt beim Innenministerium keinen Herrn Marquardt. Also, sei vorsichtig.« Für diese Information bekam sie einen vorsichtigen Wangenkuss von mir. Schnell verließ ich ihr Büro, bevor uns der Weber noch überraschte bei diesem Informationsaustausch. Ich war mir sicher, dass sie mir beim Gehen auf den Po schaute.

Dienstag, 21. April, 14.21 Uhr

Den Nachmittag verbrachte ich zuerst mit Peter, der mir Informationen zur Tübinger Tageszeitung vorlegte. Unsere Kontaktperson Silke Schneider hatte sich die Tage krankgemeldet. Ich beauftragte Peter, sie daheim einmal anzurufen. Danach ging ich mit Georg alle vorliegenden Informationen zu okkulten Aktivitäten in der Region in den letzten fünf Jahren durch. Wir fanden keine auffälligen Ergebnisse. Es war weiterhin ein Stochern im Nebel. Nachdenklich saß ich am Schreibtisch, als mich Jenny anrief.

»Hallo, Markus, du wirst es nicht glauben mit wem ich grade einen Kaffee trinken war? Mit Hannes Kern, dem Orthopäden aus Freiburg. Ich hatte ihn telefonisch am Handy um einen Termin gebeten, um den Abend im Schloss Hohenentringen nochmals detailliert zu besprechen. Er war zufällig in Stuttgart bei einer Veranstaltung einer Pharmafirma. So trafen wir uns spontan in einem Café am Schlossplatz.«

»Na, das hat dir tatsächlich den weiten Weg nach Freiburg erspart«, fügte ich hinzu.«

»Er war sehr charmant. Fast schon zu charmant«, sagte sie mit einem besonderen Ton, den ich nicht genauer bestimmen konnte. Sie schien einen Schluck zu trinken, bevor sie weiter berichtete.

»Er erzählte mir von ihren Gesprächen am Tatabend. Natürlich ging es dabei auch um alte Beziehungen von früher. Er legte aber besonders Wert darauf, dass aus diesem Freundeskreis niemand miteinander eine Beziehung hatte. Als ich ihn auf das Thema Politik ansprach, gab er zu, dass alle politisch aktiv gewesen waren. Natürlich waren alle Aktivitäten nur legale. Ich glaube aber, er versuchte abzulenken mit Geschichten über Nicaragua-Kaffee, Jutetragetaschen und Pershing-Demos. Als ich ihm erklärte, dass mich illegale Aktionen von damals nicht interessierten, sondern nur der Tatabend, schenkte er mir nur ein kurzes Lächeln. Daher notierte ich mir seine genauen Erinnerungen über den Ablauf des Abends und entließ ihn zur sicherlich objektiven Infoveranstaltung eines Pharmaproduzenten.«

»Danke, Jenny, seine Erinnerungen decken sich mit den Erzählungen der anderen Freunde. Warum wundert mich das nicht? Danke bis später«, sagte ich und legte auf.

Als wir uns um achtzehn Uhr zur Teambesprechung trafen, machten alle einen müden Eindruck. Ich stellte zuerst einmal eine Kanne Kaffee auf den Tisch. Leider berichtete Georg, dass er keine gravierend auffälligen Ergebnisse zu präsentieren hatte. Auch in Tübingen formierte sich die politisch neue Rechte und traf hier auf das vorhandene linke Spektrum. Nur die üblichen Scharmützel an Infoständen oder in gemieteten Nebenräumen in Gasthäusern in der näheren Provinz.

Als nächstes berichtete Jenny zuerst kurz vom Treffen mit Hannes Kern. Danach erzählte sie, dass sie Katrin Lehno noch telefonisch interviewt hatte. Sie hatte heute Nachmittag keinen Unterricht gehabt und korrigierte Deutscharbeiten zu Hause in Reutlingen. Ihre Angaben zum Ablauf des Abends deckten sich mit dem Bericht von Hannes Klein. Ebenfalls zurückhaltend wurde die Frage zu früheren politischen Aktivitäten der Gruppe beantwortet. Natürlich wollte sich niemand nachträglich belasten.

Durch seine aufrechte Position am Tisch brachte sich nun Kevin in Stellung. »Also mit Herrn Joachim Trost sprach ich heute in seiner Mittagspause auf dem Bauhof der Gemeinde in Entringen. Da seine Kollegen alle ebenfalls anwesend waren und im Vesperraum vor ihren Tupperschüsseln oder ihren Metzgertüten saßen, entschieden wir uns, eine Runde am Ortsrand spazieren zu gehen. Auch seine Erzählungen des Abends decken sich mit den bisherigen Berichten. Außerdem war immer ein Teil der ebenfalls anwesenden großen Frauengruppe vor dem Ausgang zum Rauchen versammelt. Somit konnte bestätigt werden, dass Frau Kleinert das Gasthaus tatsächlich früher als die anderen verlassen hat. Die Gruppe verließ dann zusammen über eine Stunde später das Gasthaus. Zu diesem Zeitpunkt war Frau Kleinert vermutlich bereits tot.«

»Ich nehme an, auch er wich der Frage nach früheren gemeinsamen politischen Aktionen aus?«, stellte ich eine Zwischenfrage.

»Also, er sprach von sich aus das Thema an. Aber nur um es dann gekonnt auch herunterzuspielen. Alles nur studentische Aktionen, in einer damals üblichen Form, wie er es umschrieb. Er erzählte von Sitzblockaden und Flugblatt-Aktionen.«

»Wie ist Herr Trost beruflich auf dem Bauhof der Gemeinde gelandet?«, fragte ich nach.

Kevin blätterte kurz in seinen Unterlagen und berichtete dann: »Unsere Nachforschungen zum Anfang der Ermittlungen ergaben, dass er ein Politikstudium abgebrochen hat. Nach drei Jahren mit Nebenjobs und WG-Leben machte er eine Ausbildung zum Zimmermann. In seiner Gesellenzeit arbeitete er teilweise im europäischen Ausland. Danach versuchte er sich als Berufsschullehrer, was er nach drei Jahren abbrach. Anschließend wechselte er zum Bauhof der Gemeinde Ammerbuch und hat es dort zum stellvertretenden Leiter gebracht.«

Ich holte tief Luft und sagte in einem ironischen Ton in die Runde: »Dann bleibt noch einer übrig aus der ehemaligen revolutionären Studentenzelle, Herr Hans Peter Schaller.«

Sofort ergriff Kevin das Wort.

»Er ist heute Mitarbeiter in einem wissenschaftlichen Verlag in Tübingen. Er hat zwei Kinder aus zweiter Ehe und fiel in seiner Studentenzeit durch kleine radikale Aktionen auf. Diese brachten ihm damals ein paar Tage U-Haft und eine Bewährungsstrafe von einem Jahr ein. Grund war die Beschädigung eines Polizeiautos bei einer Demo. Seither ist er nicht mehr auffällig. Er führt nun ein unauffälliges Leben und engagiert sich in der Schule seiner Kinder und in einer

Bürgerinitiative für Flüchtlinge. Ich habe heute mit ihm telefoniert. Die gleichen Antworten und Beschreibungen zum Tatabend, wie bei den anderen. Nur zum Schluss bin ich über etwas Auffälliges gestolpert, als ich ihn fragte, ob sich die Gruppe regelmäßig treffen würde. Dazu sagte er, es sei die Idee von Frau Kleinert und Herrn Trost gewesen. Dabei ist mir eingefallen, dass Herr Trost im ersten Gespräch angegeben hatte, es sei die Idee von Frau Kleinert gewesen. Tatsächlich hatte er ja den Tisch für den Abend reserviert.«

»Gut bemerkt«, lobte ich ihn und fuhr fort.

»Jenny, dazu müssen wir vielleicht nochmals genauer nachfragen, machst du das bitte. Die Person, die Frau Kleinert in den Wald folgte, hat sie vermutlich vor dem Schloss abgepasst. Wir müssen aber sichergehen, dass diese Person vielleicht nicht doch davor auch in der Gaststätte war und Frau Kleinert beobachtete. Das wäre der Fall, wenn sie die Person nicht kannte. Wir müssen also alle Zeugenaussagen nochmals genau begutachten. Zur Not müssen alle anderen bekannten Personen erneut verhört werden.«

Ein leicht hörbares Raunen ging durch die Gruppe.

»Kommt schon«, versuchte ich das Team unbeholfen zu motivieren, »Kriminalarbeit ist nun mal oft nur trockene Recherche.«

Ich klatschte laut zweimal in die Hände uns sagte zum Abschied: »Okay, wir treffen uns morgen um elf Uhr wieder. Davor gehen Kevin und ich zu den Nachbarn, die im Urlaub waren. Kevin, Abfahrt um acht Uhr hier im Büro. Sei bitte pünktlich.« Ein lautes »Jawohl«, war seine Antwort.

Auf der Fahrt nach Hause merkte ich, wie meine Augenlider schwer wurden. Obwohl es draußen bereits frisch war, öffnete ich etwas das Seitenfenster, damit die Frischluft mich wach hielt. Ich war sogar zu erschöpft, um mir zu überlegen, welche Musik-CD ich aus dem Handschuhfach heraussuchen sollte. So zappte ich mich durch das Radioprogramm. Nach fünf Minuten machte ich das Radio aus. Laut fluchte ich vor mich hin: »Für so einen Schrott zahle ich auch noch Gemagebühr.« Aus Verzweiflung begann ich, ein Lied von Jonny Cash zu summen.

Zu Hause angekommen war das Haus leer. Ein Zettel meiner Frau auf dem Küchentisch erinnerte mich daran, dass sie heute nach dem Yoga noch etwas mit ihrer Gruppe trinken gehe. Bestimmt eine Runde Saftschorle oder grünen Tee für alle, dachte ich mir und grinste dabei. Außerdem informierte sie mich auf diesem Zettel, dass unsere Tochter bei ihrer Freundin Sabrina war und dort zu Abend aß. Den Sohnemann erwähnte sie nicht. Vermutlich, weil sie nicht wusste, wo er war und was er gerade so machte. Im Unterschied zu meiner Frau beunruhigte mich das allerdings nicht.

Als PS teilte sie mir mit, dass auf dem Herd noch die Reste des Mittagessens zu finden waren und ich mir diese ja warm machen könne. Ein kurzer Blick unter den Topfdeckel reichte, um ihn gleich wieder zu schließen und mir eine Tiefkühlpizza zu holen. Ohne den Ofen vorzuheizen, schob ich die Thunfischpizza gleich in den Ofen. Normalerweise würde ich die Pizza noch mit frischen Zwiebeln und extra Käse verfeinern. Aber heute Abend war nur das Notprogramm angesagt. Fünfzehn Minuten später saß ich mit meiner Industrie-Pizza und einer Flasche Bier vor dem Fernseher und sah mir einen Bericht über einen Käsebauern im Allgäu auf Bayern 3 an. Ich war zu faul zum Umschalten und fand nach einer Weile sogar Gefallen an diesem Bericht. Vielleicht hätte ich eher Käsebauer in den Alpen werden sollen, als Verbrechen aufzuklären. Oder zumindest

Verbrechensverhinderer wäre besser gewesen, als nur hinterher den Dreck aufzuräumen. Als meine Frau um 21.45 Uhr nach Hause kam, wunderte sie sich zuerst, dass im Fernsehen ein Bericht vom CSU-Parteitag lief. Am nächsten Morgen erfuhr ich, dass meine Tochter vergeblich versucht hatte, mich auf dem Sofa zu wecken.

Mittwoch, 22. April, 7.55 Uhr

Kevin war heute zum Glück pünktlich. Er hatte wohl verstanden, dass er momentan meine Geduld nicht auf die Probe stellen durfte. Als er mein Büro betrat, griff ich gerade zum Telefonhörer.

»Guten Morgen, Kevin, bitte setz dich noch kurz, ich versuche uns telefonisch bei den Nachbarn anzumelden. Auch um zu schauen, ob sie überhaupt zu Hause sind.«

»Klar«, war seine kurze Antwort.

Ich erschrak etwas, als nach nur einem Klingelton das Telefon sofort abgenommen wurde.

»Helmut Schmidt«, sagte eine energische Stimme.

»Entschuldigen Sie die frühe Störung, Herr Schmidt. Mein Name ist Markus Bergmann von der Kriminaldirektion Tübingen. Wie Sie sicherlich schon mitbekommen haben, ist Ihre Nachbarin, Frau Kleinert, vor einigen Tagen zu Tode gekommen.« Bevor ich weiter die Sachlage ausführen konnte, unterbrach mich Herr Schmidt.

»Ja, sehr tragisch. Tragisch«, wiederholte er sich.

»Da die Umstände ihres Todes noch nicht abschließend geklärt werden konnten, müssen wir alle ihr nahestehenden Personen befragen. Da sie ja gerade aus dem Urlaub zurückkamen, würden wir Sie und Ihre Frau gerne zeitnah zu Frau Kleinert befragen, wenn es möglich ist.«

»Natürlich, gerne«, war seine Antwort. Nachdem ich tief Luft geholt hatte, fragte ich daraufhin: »Herr Schmidt, wäre es möglich, dies gleich zu tun. Sie wären uns damit sehr behilflich.«

Nach einem kurzen »Moment einmal«, hörte ich, wie er seine Hand auf den Hörer legte und seine Frau befragte. Ich konnte jedes Wort mithören und tat trotzdem freudig überrascht, als er mir dann anbot, doch in fünfundvierzig Minuten vorbeizukommen.

Nachdem ich den Hörer wieder aufgelegt hatte, sagte ich zu Kevin. »Okay, sie erwarten uns um drei viertel Neun. Du könntest uns noch kurz zwei Kaffee machen, da wir noch etwas Zeit haben. Morgens brauchen wir zu ihnen nicht mehr als dreißig Minuten.«

Etwas verunsichert antwortete Kevin: »Okay, du meinst doch um 8.45 Uhr oder?«

Da wurde es mir wieder klar. Ein Nichtschwabe versteht selbst nach vielen Jahren hier im schwäbischen Exil nicht die Zeitbeschreibungen Viertel und Dreiviertel.

»Ja Kevin, in fünfundvierzig Minuten bei der Familie Schmidt. Und jetzt mach mol gschwind langsam und bringsch ons zwoi Kaffee.« Wir beide mussten daraufhin lachen.

Nachdem der Verkehr doch stärker als gedacht war, parkten wir erst um fünf Minuten nach Dreiviertel vor dem Haus. Ich hasste Unpünktlichkeit. Am meisten meine eigene. Herr Schmidt begrüßte uns freundlich an der Haustür. Sie bewohnten die rechte mittlere Wohnung des Sechsfamilienhauses. Er führte uns auf den großen Südostbalkon, auf dem seine Frau bereits mit einem gerichteten Kaffeetisch auf uns wartete. Helmut Schmidt und seine Frau Katherina stufte ich sofort in die Kategorie rüstige Rentner ein. Sie hatten beide eine sportliche Figur und ihre Haut war natürlich gebräunt. An der Wand der Wohnung nahm ich sofort Fotografien aus verschiedenen Ländern wahr. Nationalparks in Amerika und Tempelanlagen aus Asien waren zu erkennen. Nein, ich werde in meine Wohnung niemals ein Bild vom Mobile-Home-Campingplatz in Südfrankreich hängen.

Wir bejahten die Frage nach einem Kaffee und setzten uns auf den Balkon. Die Morgensonne schien mir tief ins Gesicht. Dieser Platz schien mir nicht sehr geeignet, da neugierige Nachbarn uns dabei belauschen könnten. Da vermutlich keine neuen Erkenntnisse bei diesem Gespräch herauskommen würden, akzeptierte ich den gemütlichen Liegestuhl und gab mir einen extra Schuss Bio-Milch in den Kaffee.

»Für diese frühe Störung möchte ich mich entschuldigen. Aber Sie waren die letzten Personen auf unserer Liste der Menschen, die Frau Kleinert nahe standen. Und bedingt durch Ihren Urlaub, wäre es uns sehr recht nun diesen Ermittlungsabschnitt abzuschließen«, begann ich das Gespräch.

»Für uns ist der Tod von Frau Kleinert wirklich ein Schock. Wir erfuhren gestern Abend nach unserer Ankunft aus den USA von unseren Nachbarn davon. Wir waren einige Wochen mit dem Rad auf der Route 66 unterwegs von Zentral-USA nach Los Angeles.«

Erst jetzt nahm ich wahr, dass er eine Dreiviertel-Hose anhatte. Darunter waren wahrlich muskulöse Radlerwaden zu sehen. Er hatte meinen Blick bemerkt.

»Ihre Nachbarn erwähnten, dass Sie ein besonders gutes, nachbarschaftliches Miteinander mit Frau Kleinert pflegten«, war meine Frage, ohne das Wort Verhältnis zu verwenden. Dieses Wort schien mir für andere Beziehungssituationen geeigneter zu sein. Zu meiner Überraschung ergriff daraufhin plötzlich Frau Schmidt das Wort.

»Ja, Petra, also Frau Kleinert, wohnte mit uns zusammen am längsten hier im Haus.« Kurz musste sich Frau Schmidt sammeln, bevor sie ruhig weiter erzählte.

»Wir waren sicherlich nicht beste Freunde, aber ich würde sagen, gute Freunde. Aber sagen Sie bitte, wie ist sie denn ums Leben gekommen? Unsere Nachbarn erzählten uns, dass in der Zeitung stand, sie wurde im Schönbuch tot und entkleidet aufgefunden. War es etwa ein Sexualdelikt? Um Gottes willen!«

Nun brach Frau Schmidt doch noch in Tränen aus. Nachdem Herr Schmidt sie wieder beruhigen konnte, ergriff Kevin das Wort.

»Aus ermittlungstaktischen Gründen dürfen wir Ihnen leider momentan keine Einzelheiten berichten. Wir können Ihnen nur sagen, Sie dürfen nicht alles glauben, was in der Zeitung steht.«

Verärgert dachte ich darüber nach, wer wohl der Presse das mit dem fehlenden Damenschuh erzählt hatte. Und die machten eine Person daraus, die halb nackt im Wald liegt. Herr Schmidt sah mich an und schien meine Verärgerung zu bemerken. Vermutlich hatte ich wieder diese Falte auf meiner Stirn. So fuhr ich mit meiner flachen Hand über meine Stirn und streifte mir mein Haar nach hinten. Mit gefasster Stimme sagte ich dann:

»Uns würden folgende Dinge interessieren. Wissen Sie an welcher, sagen wir brisanten Geschichte Frau Kleinert vielleicht gerade gearbeitet hat?«

Das Ehepaar Schmidt schaute sich kurz an, bevor uns Herr Schmidt antwortete.

»Früher hatten wir oft Gartenfeste im Sommer oder man

hat sich im Haus gegenseitig zu einem Geburtstagsfest eingeladen in der Hausgemeinschaft. Damals konnte man mit Petra auch gut kontrovers diskutieren. Bis vor zwei oder drei Jahren erzählte sie uns öfter von ihren aktuellen Recherchen. In den letzten Jahren aber nicht mehr. Um auf Ihre Frage zu antworten, leider nein.« Kevin ergriff nun wieder das Wort.

»Wussten Sie von der Beziehung von Frau Kleinert zu ihrem ehemaligen Chef?«

Wieder trafen sich ihre Blicke, bevor Frau Schmidt antwortete.

»Wir haben mit ihr nie direkt darüber gesprochen. Aber über die Jahre kam er öfter zu Besuch. Früher vielleicht zweimal im Monat. Er blieb dann auch über Nacht. In einem so kleinen Haus bekommt man das halt mit. Petra bezeichnete ihn immer als Freund. Natürlich dachten wir schon, dass dahinter mehr stecken müsste.«

»Ist er in letzter Zeit öfter oder seltener zu Besuch gekommen?«, fragte Kevin geschickt nach.

Wieder gab Frau Schmidt dazu die Antwort.

»Tatsächlich ist er im letzten Jahr etwas öfter da gewesen. Überraschenderweise auch tagsüber. Das war früher nicht der Fall. Ich möchte aber nicht, dass Sie mich für neugierig halten. Aber man bekommt es nun einmal ab und an automatisch mit.«

Nun trafen sich die Blicke von Kevin und mir. Ohne etwas zu sagen, dachten wir beide an das letzte Jahr, in dem Herr Lüdtke nun Witwer ist. Herr Schmidt räusperte sich und ergriff das Wort.

»Bedingt durch unseren Urlaub und die Vorbereitungen dazu, haben wir Petra, wie auch ihren Bekannten tatsächlich dieses Jahr bisher kaum gesehen.«

»Wir danken Ihnen trotzdem für ihre Aussage«, gab ich als Antwort, bevor ich weiter fragte: »Dürfen wir Sie als Letztes fragen, ob Ihnen sonst irgendetwas aufgefallen ist? Unbekannte Personen, die sich im Hause aufgehalten haben oder sich vielleicht nach Frau Kleinert erkundigten? Vielleicht untypische Dinge oder Geschehnisse?«

Herr und Frau Schmidt unterhielten sich daraufhin über verschiedene kleine Geschehnisse im Haus in letzter Zeit und kamen dann zusammen mit uns zu der Erkenntnis, dass diese wohl nichts mit dem Tod von Frau Kleinert zu tun hatten. Enttäuscht tranken Kevin und ich unsere Kaffeetassen leer und verabschiedeten uns freundlich. Als uns Herr Schmidt zur Tür begleitete, rief uns Frau Schmidt noch nach: »Da fällt mir doch noch etwas ein. Ich weiß nicht, ob es tatsächlich auffällig ist. Aber, Helmut, erinnerst du dich an den Handwerker, ich glaube, es war ein Schreiner, der letztes Jahr in ihrem Keller etwas montierte. Es muss so im Herbst gewesen sein. Das mag ja nichts Besonderes sein. Aber ich war damals im Keller, um Wäsche aufzuhängen. Da sah ich Petra mit ihm in ihren Keller gehen. Auf meine normale Frage, ob sie ihren Keller umbauen möchte, reagierte sie damals auffällig ausweichend. Ihre Antwort im Bezug auf ein angebliches Regal war auch nicht die Wahrheit. Das spürte ich. Außerdem fragte sie früher immer Helmut, wenn es um solche handwerklichen Dinge ging. Als ich kurz danach das Haus verließ, bemerkte ich den Transporter des Handwerkers. Ich kann mich nur erinnern, dass es sich dabei um einen Holzfachbetrieb handelte. An den Namen kann ich mich nicht mehr erinnern. Nur, dass er aus Nürtingen kam. Damals dachte ich mir, warum kommt der wegen einem Regal extra aus Nürtingen. Tut mir leid, das ist mir nur gerade noch so eingefallen. Vermutlich...«

Ich ließ Frau Schmidt nicht weiter ausreden.

»Kevin, hast du den Schlüsselbund von Frau Kleinert dabei?«

Er griff in seine Aktentasche und zog kurz darauf einen Schlüsselbund hervor. Triumphierend ließ er ihn vor meiner Nase hin und her schwenken. Ja, ich durfte nicht vergessen, ihn später dafür zu loben, dass er daran gedacht hatte, ihn mitzunehmen. Wann wurde ich das letzte Mal für etwas gelobt? In der Grundschule gab es immer diese bunten Aufkleber in die Klassenarbeitshefte, wenn man eine gute Arbeit geschrieben hatte. Viele Kleber hatte ich in meiner Schulzeit allerdings nicht gesammelt.

Ich nahm den Schlüsselbund und zeigte ihn Herrn Schmidt, der noch neben mir stand.

»Können Sie mir sagen, welches der Kellerschlüssel ist?«

Herr Schmidt zeigte sofort auf einen Schlüssel, der einen runden Griff hatte und mit einem kreisrunden blauen Plastikband umrundet war.

»Dies ist der Kellerschlüssel«, sagte Herr Schmidt. Ich überlegte, zuerst alleine mit Kevin in den Keller zu gehen. Dann allerdings fragte ich die Familie Schmidt: »Dürfte ich Sie bitten, mit uns zusammen in den Keller zu gehen. Sie wären uns vielleicht eine Hilfe dabei, festzustellen, was sich verändert hat, oder was der Handwerker montiert haben könnte.«

Nachdem sich das Ehepaar Schmidt feste Schuhe angezogen hatte, standen wir kurz danach vor dem Keller von Frau Kleinert. Die Kellertür ließ sich mit dem blau gekennzeichneten Schlüssel sofort öffnen. Ich bat Herr und Frau Schmidt einzutreten.

»Ich möchte Sie bitten, in die Mitte des Raumes zu stehen und sich in Ruhe umzuschauen. Wurde etwas verändert oder hinzugefügt. Lassen Sie sich Zeit.«

Kevin zog mich zurück zur Kellertür und sagte leise zu mir.

»Unsere Kollegen von der Spusi haben den Kellerraum zwei Mal genau untersucht und nichts gefunden.«

»Richtig«, war meine Antwort, »aber haben sie gewusst, nach was sie suchen mussten? Bestimmt nicht nach einer Schreinerarbeit.«

Ich stellte mich ebenfalls in die Mitte des viereckigen Raumes und schaute mich um. Wand für Wand. Regal für Regal. Keiner sprach ein Wort. Alle schauten konzentriert umher. Nur das leise Surren der Neonröhre war zu hören. Es war ein völlig normaler Keller. Vor einer Wand stand ein Damenrad. Vor zwei Wänden standen große Regale, die mit den üblichen Kellerutensilien gefüllt waren. Die Regale sahen älter aus und waren in einer einfachen Herstellungsart erstellt worden.

»Die Regale scheinen eher aus dem Baumarkt zu sein. Sie sehen nicht aus wie die Einzelanfertigung eines Schreiners«, bemerkte auch Kevin. Plötzlich zeigte Herr Schmidt auf das Damenrad und sagte: »Das letzte Mal war ich im Sommer kurz hier in diesem Kellerraum. Ich hatte Petra geholfen, einen schweren Karton hier herein zu tragen. Und ich könnte schwören, dass die Wand hinter dem Rad eine normale Betonwand war. Und nun ist sie holzvertäfelt.«

Alle vier starrten wir die Wand an. Tatsächlich schien es sich dabei um neueres, dunkles Holz zu handeln. Wegen des künstlichen Lichts der Neonlampe war das nicht aufgefallen. Ich holte instinktiv meine Einweghandschuhe aus der Jackentasche und zog sie an. Danach stellte ich das Rad in die andere Ecke des Raumes. Zusammen mit Kevin, der ebenfalls Handschuhe angezogen hatte, tasteten wir die Holzwand ab. Mit Reißzwecken war ein Poster von La

Gomera dort befestigt. Hinter dem Poster war ebenfalls nur die Holzwand zu sehen. Plötzlich meldete sich Herr Schmidt zu Wort, der zusammen mit seiner Frau immer noch in der Mitte des Kellerraumes stand.

»Herr Bergmann, von weiter weg ist sichtbar, dass die Holzwand aus drei Teilen zu bestehen scheint.«

Tatsächlich war die Holzwand an zwei Stellen vertikal durchtrennt. Zuerst versuchten wir, die einzelnen gleich großen Elemente zu verschieben. Ohne Erfolg. Als ich allerdings etwas fester gegen die rechte Seite des mittleren Elementes drückte, gab es nach.

Nachdem ein Klick-Geräusch zu hören war, ließ ich die Wand wieder los. Der Schnappmechanismus öffnete die Wand wie die Tür eines Schrankes. Vorsichtig öffneten wir das Wandelement. Dahinter war die alte Kellerwand zu sehen. Und an dieser Wand war er zu sehen. Der handelsübliche flache Briefkasten. Die neue Holzwand schien dreißig Zentimeter nach vorne versetzt worden zu sein, um dahinter diesen Briefkasten zu verstecken. Vorsichtig versuchte ich, den Briefkasten zu öffnen. Er war allerdings verschlossen. Da hörte ich hinter mir einen Schlüsselbund klimpern. Als ich mich umdrehte, stand Kevin vor mir und hielt den Schlüsselbund von Frau Kleinert in den Händen. Natürlich hätte ich die Familie Schmidt bitten sollen, den Raum zu verlassen. Die Anspannung war allerdings so groß, dass ich es vergaß. Ich öffnete vorsichtig die Klappe des Briefkastens, die sich nach links öffnete. Für Sekunden vergaß ich zu atmen. Kevin sagte nur leise: »Alter, ist das geil.«

Nachdem ich mich wieder gefasst hatte, bedankte ich mich herzlich bei der Familie Schmidt und bat sie, wieder in ihre Wohnung zu gehen. Als sie die Kellertür hinter sich zugezogen hatten, stellten sich Kevin und ich nochmals in

Ruhe vor den rechteckigen Briefkasten. In der linken Hälfte des Briefkastens waren einige schriftliche Unterlagen in einer Plastiktüte abgelegt worden. Rechts in einer kleineren, ebenfalls durchsichtigen Plastiktüte waren drei Datenträger-Sticks zu sehen.

»Kevin, ich hoffe für uns, dieser Fund führt uns direkt zum Täter und nicht in den Verhörraum des Bundesnachrichtendienstes.«

Mit großen Augen sah mich Kevin an und fragte mit verunsicherter Stimme: »Dann rufen wir am besten gleich den Weber an, damit er die Leute aus Stuttgart oder Berlin hierherschickt.«

Mit einem breiten Grinsen antwortete ich ihm: »Aber Kevin, stell dir vor, hierbei handelt es sich nur um sehr private Unterlagen. Liebesbriefe und Nacktfotos von sich und ihrem Ex-Chef. Da würden wir doch wie die Blöden dastehen. Wir haben die Aufgabe, nur in Tübingen im privaten Umfeld zu ermitteln. Nichts anderes machen wir hier. Also tüten wir die Sachen hier schön ein, werten sie heute schnell aus und berichten dann brav dem Weber. Den Dienstweg einhalten, nennt man das.« »Oder jemanden mit den eigenen Waffen schlagen, würde ich sagen«, war die Antwort von Kevin. Ihm war gerade sichtlich nicht wohl in dieser Situation.

Nachdem wir den Inhalt des Briefkastens vorsichtig verpackt hatten, verschlossen wir den Kellerraum und gingen zu unserem Dienstwagen. Von dort verständigte ich die Spurensicherung, damit sie den Kellerraum nochmals genau untersuchten und alle Spuren sicherten. Danach informierten wir unser gesamtes Team mit der Order, alles stehen und liegen zu lassen und sich in dreißig Minuten in unserem Besprechungsraum einzufinden.

Auf dem Weg in das Büro wurde ich von zwei stationären Blitzanlagen geblitzt. Natürlich konnte ich die Messungen hinterher als dringende Dienstfahrt mit Zeit in Verzug geradebügeln. Ich kannte den Leiter des Tübinger Ordnungsamtes gut. Seit meine Kollegen einmal seinen Sohn nachts kontrolliert hatten, und er nur Dinge für den Eigengebrauch von zwei Personen dabei hatte, schuldete er mir hundert kleine Blitzgefallen. Wobei es sicherlich besser gewesen wäre, sein Sohn hätte ein paar Sozialstunden abgeleistet. Aber für das anstehende Jura-Studium machte sich das nicht gut.

Als Kevin und ich das Büro betraten, warteten schon alle vom Team auf uns. »Mensch, Markus, du machst es aber echt spannend. Wieso sagst du am Handy nicht, was ihr zwei entdeckt habt?«, fragte mich Jenny.

Alle im Raum sahen mich mit erwartungsvollen Augen an. Ich bat Kevin, zu berichten, was wir entdeckt hatten, da ich zu aufgeregt war und nicht wollte, dass es das Team bemerkte.

Nachdem Kevin an dem Punkt mit dem Inhalt des Briefkastens angelangt war, hielt ich die beiden Tüten in die Höhe. Ein leichtes Raunen ging durch den Raum. Die beiden Tüten mit den Beweismitteln legte ich nun in die Mitte des Besprechungsraumes. Nachdem ich dann auf den Tisch klopfte, ergriff ich das Wort.

»So, es ist jetzt 11.04 Uhr. Wir werden jetzt die Türen zu unserer Abteilung abschließen und diese nicht verlassen, bevor wir nicht wissen, warum Frau Kleinert diesen Aufwand getrieben hat, diese Informationen so aufwendig zu verstecken. Wir werden jetzt kleine Arbeitsgruppen bilden. Ich möchte, dass ihr den Schreiner ausfindig macht und telefonisch befragt, was ihm zu diesem Auftrag gesagt wurde. Kevin, könntest du das machen, du hast ja seine Arbeit gesehen. Dann durchforscht die eine Gruppe den schriftlichen Teil, die andere die Datenträger. Bitte verschafft euch erst einmal einen groben Überblick. Um 12.30 Uhr treffen wir uns wieder hier und klären das Weitere. Ich bestelle Pizza für alle. So, Klaus teil du bitte die beiden Gruppen ein. Ich gehe erst einmal in mein Büro und kläre ein paar Dinge.«

Vermutlich war es in dieser angespannten Situation richtig, wenn Klaus die Koordination übernahm. Ihn brachte nichts so schnell aus der Ruhe.

Als ich wieder alleine an meinem Schreibtisch saß, rief ich erst einmal unsere Teamsekretärin Sabine an und bat sie, für 12.45 Uhr verschiedene Pizzen zu bestellen. Danach überlegte ich mir in Ruhe, ob ich den Weber anrufen sollte. Nach zwei Minuten entschied ich mich, es nicht zu tun. Zuerst musste ich wissen, was genau wir gefunden hatten. Ich verließ das Büro wieder und versuchte bei der Auswertung der Daten behilflich zu sein.

Mittwoch, 22. April, 12.32 Uhr

Als sich alle um den großen Tisch des Besprechungsraumes gesetzt hatten, ergriff Kevin als Erster das Wort.

»Um es kurz zu machen, ich habe den Schreiner tatsächlich ausfindig gemacht. Er wollte es zuerst nicht zugeben. Aber ich habe mir telefonisch von Frau Schmidt nochmals das Auto genau beschreiben lassen. Er hat die Arbeit schwarz gemacht. Frau Kleinert wollte unbedingt, dass es für diese Arbeit keine Rechnung gab. Ich versprach ihm, dem

Finanzamt nichts davon zu melden. Auf jeden Fall sollte nach ihrer Aussage dieser geheime Briefkasten der Hausgemeinschaft dazu dienen, ihre Zweitschlüssel zu deponieren, falls sich jemand ausschließt, behauptete sie ihm gegenüber. Frau Kleinert hat ihm deshalb für diese Arbeit auch tausend Euro auf die Hand gegeben. Er klang für mich glaubhaft, was der Mann erzählte.«

Jenny hob die Hand, um sich zu Wort zu melden. Nachdem ich ihr zunickte, fing sie an zu berichten.

»Peter und ich haben die schriftlichen Unterlagen grob gesichtet. Dabei handelte es sich teilweise um alte Zeitungsberichte über Aktivitäten des Umfeldes der RAF in Tübingen. Außerdem viele Bilder und deren Negative aus der Studentenzeit unseres Opfers in Tübingen. Und wenn ich mich nicht irre und einigen handschriftlichen Notizen dazu glauben kann, sind auf den Bildern auch die Personen zu sehen, welche sich am Tatabend im Schloss Hohenentringen versammelt haben. Theoretisch alles nicht so schlimm. Aber warum versteckt Frau Kleinert diese Unterlagen und Bilder hinter einer Wand?«

»Darauf werde ich wohl die Antwort geben können«, sagte Klaus.

Alle schauten ihn an.

»Die erste Auswertung der drei Datensticks hat ergeben, dass es sich dabei um Datenträger der Marke…«

»Stopp«, unterbrach ich ihn, »sei mir nicht böse Klaus, aber kurz in wenigen Sätzen. Was für Daten befinden sich genau darauf? Einzelheiten bitte später im Bericht.«

Klaus sah mich etwas vorwurfsvoll an, gab mir dann aber doch überraschend schnell die erwünschte Antwort.

»Auf einem Datenspeicher sind ebenfalls alte Daten und Berichte aus der RAF-Zeit der Siebziger- und Achtzigerjahre in Tübingen. Auf den anderen beiden ist der fertige Entwurf eines Buches vorhanden.«

Wir schauten uns alle etwas überrascht an.

»Und in diesem Buch geht es um die Studentenzeit von Frau Kleinert und die Zeit danach in Tübingen«, fügte Klaus hinzu.

»Was«, rief Peter in den Raum, »und dafür bringt man eine Person um?«

Mit einem lauten »Hm«, begann Klaus weiter ruhig zu berichten.

»Ich hatte ja nur eine starke Stunde Zeit, um das fertige Buch quer zu lesen. Aber was ich bisher herausfiltern konnte, war, das unsere Jugendfreunde vom Tatabend damals wohl mehr als nur Flugblattverteiler für die linke Idee waren. Es scheint, als habe sich unser Personenkreis damals auch an illegalen Aktionen beteiligt. Sie haben wohl auch RAF-Terroristen unterstützt und diesen ein scheinbar legales Umfeld besorgt.«

Im Raum war es total still. Klaus schien es zu genießen, dass ihm alle an den Lippen klebten.

»Wenn ich es richtig deute, sollte dieses Buch eine Art Aufarbeitung mit der damaligen Zeit für Frau Kleinert sein.«

Mit einem lauten Lacher meldete sich Jenny zu Wort.

»Ja, aber auf Kosten der anderen Mitkämpfer, welche noch alle in Lohn und Brot ein Teil der Gesellschaft sind und sich ein solches Outing vermutlich nicht leisten konnten.«

»Klar«, rief ich laut in den Raum, »Frau Kleinert wollte sich mit ihrem Lover, der nun frei war, nach Spanien aufs Altenteil zurückziehen. Und davor machte sie ihre Lebensbeichte und gleichzeitig vermutlich einen Bestseller. Leider auf Kosten ihrer früheren Freunde.«

Wir erschraken, als Jenny mit der Faust fest auf den Tisch haute.

»Jetzt zählen wir mal eins und eins zusammen, was wohl Frau Kleinert ihren alten Freunden an diesem Abend zu beichten hatte. Das ist vermutlich auch der Grund, warum sie früher ging und die anderen noch fast eine Stunde dortblieben.«

Im Raum war es plötzlich ruhig. Alle dachten nach. Ich entschloss mich, diese schöpferische Pause zu beenden.

»Okay, wir werden hier ja vermutlich nicht einen Mord haben, der wie im Mord im Orientexpress am Ende von allen Personen begangen wurde. Außerdem war der Personenkreis ja die ganze Zeit im Gastraum. Dafür gibt es einige Zeugen.«

Jenny unterbrach mich.

»Aber die Zeugenaussagen beziehen sich immer nur im Ganzen auf die Gruppe. Es könnte sein, dass eine einzelne Person kurz weg war und Frau Kleinert verfolgte, als sie ging. Ja ich weiß, am Eingang stand immer ein Teil der großen Frauengruppe beim Rauchen und sagte aus, dass niemand der Gruppe das Schloss verlassen hatte.«

In der Zwischenzeit war ich aufgestanden und schaute aus dem Fenster. Meine Hände hatte ich auf dem Rücken verschränkt. Vermutlich sah ich aus wie ein Feldherr vor der entscheidenden Schlacht. Hoffentlich wird es nicht unser Waterloo werden, dachte ich. Trotzdem entschloss ich mich zu folgendem finalen Schachzug.

»So, wir werden nun Folgendes machen. Klaus, Peter und Kevin, ihr teilt euch das Buch auf und lest es grob in den nächsten drei Stunden in einem Höllentempo durch. Markiert euch die wichtigsten Daten und Aussagen. Jenny und ich werden alle von unserem besonderen Freundeskreis kontaktieren. Wir werden ihnen sagen, dass wir den Täter vermutlich überführt haben. Wir werden sagen, dass wir es ihnen persönlich mitteilen möchten, bevor es morgen in der Zeitung steht. Außerdem müssen wir noch einige wichtige Detailfragen zum Tatabend klären. Es werden alle kommen. Und wir werden den Finger tief in die Wunde legen.«

Ich klopfte Jenny auf die Schulter und forderte sie ohne Worte auf, mir in mein Büro zu folgen. Sofort merkte ich, dass eine hektische Betriebsamkeit im Raum einsetzte. Ich liebte solche Situationen, auch wenn ich Angst hatte, vielleicht dieses Mal eine falsche Entscheidung getroffen zu haben.

Mittwoch, 22. April, 15.36 Uhr

Jenny und ich hatten es tatsächlich geschafft, alle vier Personen telefonisch zu erreichen und davon zu überzeugen sich mit uns abends um zwanzig Uhr in Tübingen zu treffen. Sogar Dr. Hannes Kern machte sich aus Freiburg auf den langen Weg. Joachim Trost ließ angeblich seine Sportstunde ausfallen und Hans Peter Schaller sicherte uns zu, einen ehrenamtlichen Termin für uns zu verschieben. Frau Katrin Lehno sagte sofort zu. Nur die Wahl des Treffpunktes schien bei allen vieren nicht auf eine spürbare Zustimmung zu stoßen. Es war der kleine Nebenraum der Gaststätte im Schloss Hohenentringen im Schönbuch. Nach elf Tagen trafen sich die Freunde also wieder dort. Ob sie wollten oder nicht.

Ich schickte Jenny zu den anderen, um nachschauen zu lassen, ob es neue Erkenntnisse gab. Bei meinem Dienstfreund Roman hatte ich für heute Abend bereits vier seiner

Leute angefordert. In der Abteilung Sitte war man spezialisiert auf Observation. Außerdem wollte ich kein Risiko eingehen. Für einen möglichen Notfall mussten wir personell in der Überzahl sein. Auf Roman war Verlass. Er sicherte mir sofort ein Team mit Fahrzeug zu. Ohne davor Formulare ausfüllen, oder sich mit vorgesetzten Bedenkenträgern herumschlagen zu müssen. Ein Anruf, und die Kavallerie wurde in Bewegung gesetzt.

Ob ich wollte oder nicht, musste ich nun Weber über den aktuellen Sachstand und unsere Aktion heute informieren. Ich wählte seine interne Nummer. Nachdem das Telefon dreimal geklingelt hatte, hörte ich, wie der Anruf umgeschaltet wurde.

»Na, da schau an, du getraust dich nicht, direkt bei mir anzurufen. So gehst du den Umweg über unseren Chef«, meldete sich Eva mit einem süffisanten Ton am Telefon.

»Oh, hast du meine Nummer erkannt, schön. Warum soll ich mich nicht trauen, bei dir direkt anzurufen?«

»Vielleicht, weil du versprochen hast, mit mir Mittagessen zu gehen. Aber du hast dich nicht mehr gemeldet«, klang sie tatsächlich etwas vorwurfsvoll.

»Aber, liebste Eva«, versuchte ich sie zu besänftigen, »natürlich habe ich dich nicht vergessen. Aber ich muss wirklich erst diesen aktuellen Fall abschließen. Der Weber macht mir echt Druck und wartet nur auf einen Fehler von mir. Versprochen, danach gehen wir etwas essen.«

»Ach, Markus, wir wissen doch beide, dass… Egal, du wolltest Herrn Weber sprechen. Der ist nicht da. Für zwei Tage mit dem Regierungspräsidium bei einer Klausurtagung auf der Schwäbischen Alb. Und er sagte ausdrücklich, er möchte nicht gestört werden. Mit einer Ausnahme. Herr Marquardt aus Stuttgart ruft an.«

Ich jubelte innerlich und ärgerte mich gleichzeitig. Sagte er mir nicht, ich solle ihn dringend auf dem Laufenden halten und taucht dann gleichzeitig zwei Tage unter, ohne mir davon etwas zu sagen.

»Also Eva, das sind aber«, ich unterbrach meinen Satz, »interessante Nachrichten. Falls er sich bei dir melden sollte, kannst du ihm ja berichten, dass wir die vier Freunde des Opfers heute Abend aus gegebenem Anlass nochmals alle zusammen verhören.«

»Auch diesen Wunsch werde ich dir wieder einmal erfüllen«, sagte sie darauf und legte grußlos den Hörer auf. Unbedingt musste ich mit ihr Essen gehen. Wenn die persönliche Sekretärin des eigenen Vorgesetzten auf einen sauer ist, kann das zu Problemen führen.

Da alle intensiv an ihren Schreibtischen arbeiteten, ging ich in den leeren Besprechungsraum, und stellte mich vor die Fallwand. Dort hatten wir alle bisher wichtigen Fakten, Spuren und Personen des Falles befestigt und entsprechend miteinander mit Strichen verbunden. Ich stellte mich davor und steckte meine Hände in die Hosentaschen. Markus, was siehst du, fragte ich mich. Oder noch besser, was siehst du nicht? Da sind die vier alten Freunde. Zuerst unverdächtig, nun anscheinend alle mit einem starken Motiv. Aber wohl mit einem passablen Alibi. Wir mussten uns das Schloss und seine Ausgänge nochmals genauer anschauen. Außerdem müssen wir unbedingt die einzelnen Aussagen zum Tatabend nochmals genau miteinander vergleichen.

Auf der anderen Seite waren da die vielen Hinweise, die in eine politische Richtung deuteten. Diese waren allerdings bewusst platziert gesetzt worden und könnten auch dazu dienen, von dem wahren Grund abzulenken. Der aufgefundene Damenschuh, der alte Oberschenkelknochen und der Einstich am Opfer mit dem nagelähnlichen Gegenstand. Und dieses auffällige Verhalten von den Geheimniskrämern aus Stuttgart. Hatte der Fall vielleicht doch einen politischen Hintergrund und wir erfuhren nur nicht davon? Da war noch ihr Ex-Geliebter, der plötzlich zum verwitweten Lebenspartner für den Lebensabend aufgestiegen war. Und nun dieser angebliche Entwurf eines Buches, das ihre Lebensbeichte widerspiegeln sollte. Immer wieder kamen mir diese Geschichten der letzten Tage über ehemalige Nazi-Größen in den Sinn. Und wenn es dann doch nur ein Verrückter war, der sich außerhalb dieser ganzen Bausteine bewegte und uns mit den ausgelegten Spuren nur an der Nase herumführen wollte. Als plötzlich Jenny zur Tür hereinkam, erschrak ich Gedanken versunken.

»Markus ich glaube, du kannst kommen. Wir haben den Inhalt des Buches herausgefiltert. Es wird dich freuen.«

Mittwoch, 22. April, 19.37 Uhr

Mit den vier Kollegen von der Sitte trafen wir uns auf einem kleinen Waldparkplatz am Ortsausgang von Hageloch. Zu meiner positiven Überraschung kamen sie in einem unauffälligen alten VW-Bus. Dieser unscheinbare Camping-VW-Bus, mit einem Aufkleber der Naturfreunde auf der Heckklappe, hatte es allerdings in sich. Statt Chemietoilette und Ausziehbett verfügte er über ein echtes 007-Equipment, außerdem mehrere Bildschirme und eine mobile Kommandozentrale. In den Regalen standen Richtmikrofone, Nachtsichtgeräte, Minikameras und viele Dinge, die sich ein Mensch wünschte, der seinen untreuen Partner der Untreue überführen möchte.

Wir entschieden uns, den Bus so zu platzieren, dass man einen guten Blick vom Parkplatz zum Schlosseingang hatte. Zusätzlich wurde eine hochauflösende Kamera am Eingang der Toiletten mit Blick auf den Flur platziert. So konnten wir kontrollieren, ob unsere Verdächtigen tatsächlich auf die Toilette gingen, oder sich im Haus weiter bewegten. Eine andere Kamera mit Nachtsichtfunktion wollten wir am Kiosk des Biergartens installieren, um den Waldweg nach Entringen abzudecken. Mit einem Richtmikrofon überwachten wir den Eingangsbereich, um mögliche Gespräche von Rauchern oder Nichtrauchern abzuhören.

Da die vier Hauptpersonen unser Team von den vorherigen Verhören bereits kannten, oder zumindest gesehen hatten, entschlossen wir uns, dass nur Jenny und ich das Gespräch führen sollten. Drei Jungs von der Sitte sollten sich als Gäste im Gastraum platzieren. Sie würden Karten spielen und einen möglichst alltäglichen Eindruck vermitteln. Der vierte von ihnen, er hieß Rene und war eine groß gewachsene muskulöse Person, sollte mit Kevin im VW-Bus verbleiben und die Aktion überwachen und leiten. Peter hatte leider die Aufgabe, sich im Unterholz hinter dem Schloss im Wald mit einem Knopf im Ohr bereitzuhalten. Es überraschte mich etwas, dass er diese Aufgabe ohne Murren akzeptierte. Da Georg dem Freundeskreis bisher unbekannt war, postierte ich ihn als Zeitungsleser mit Schlachtplatte an der Tür zum Gastraum. Jenny sollte mit einem Laptop das Gespräch mit den verdächtigen Personen offiziell protokollieren. Sie stand im permanenten Kontakt mit unserer VW-Bus-Zentrale.

Hannes Kern betrat bereits um 19.40 Uhr den Gastraum. Da er die weiteste Anfahrt hatte, musste er vermutlich ziemlich früh losgefahren sein. Zumindest sollten wir diesen Eindruck haben. Wir waren uns im Klaren, dass sich die vier bereits zuvor getroffen hatten, um sich zu besprechen. Die vier hatten zumindest ein gemeinsames Geheimnis, ihre Vergangenheit. Jenny und ich saßen noch im VW-Bus und wollten warten, bis die vier alle anwesend waren. Die Kartenspieler hatten bereits heimlich ein Mikro im Nebenraum angebracht. Die anderen drei kamen alle mit einem Abstand von wenigen Minuten um kurz vor acht Uhr an. Sie spielten ihre Ankunft sehr unauffällig. Fast schon zu unauffällig.

Es fiel mir schwer, Unpünktlichkeit zu spielen, denn Jenny und ich kamen erst um zehn Minuten nach acht Uhr in den Gastraum, um die Spannung bei unseren Gästen zu erhöhen. Sie waren allerdings so clever, sich in der Zwischenzeit nicht auffällig zu unterhalten. Auch ihre Trauer war glaubhaft.

Als wir den Gastraum betraten, sah ich im Augenwinkel, dass Georg seine Schlachtplatte bereits gegessen hatte. Neben seinem leeren Teller stand ein ebenfalls leeres Schnapsglas. Eines musste man ihm lassen, er spielte seine Tarnung perfekt. Als wir den Nebenraum betraten, nickten wir uns alle zur Begrüßung nur zu. Jenny und ich setzten uns an das andere Ende des Tisches. Bevor ich begann, das Wort an die anwesenden Personen zu richten, holte ich nochmals tief Luft.

»Guten Abend, ich darf mich ausdrücklich bei Ihnen bedanken, dass Sie sich so kurzfristig Zeit für uns genommen haben. Ich darf Ihnen hier nochmals meine Kollegin, Frau Jenny Fas, vorstellen. Sie wird unser Gespräch heute Abend protokollieren.« Hannes meldete sich daraufhin sofort leicht verärgert zu Wort.

»Herr Bergmann, ich hoffe, Ihre Gründe sind wichtig genug, uns hier so kurzfristig zu versammeln. Wie Sie wissen, lebe ich in Freiburg und muss morgen um acht Uhr in der Früh wieder in meiner Praxis sein.«

Noch bevor ich antworten konnte, fügte Joachim Trost mit angespannter Stimme hinzu:

»Ja, und dann diese geheimnisvolle Ankündigung, dass Sie den Täter überführt hätten und Sie es uns hier und heute exklusiv zuerst mitteilen möchten. Das kommt uns doch schon sehr merkwürdig vor.«

»Uns?«, wiederholte ich das einzelne Wort als Frage.

»Herr Bergmann, der mysteriöse Tod unserer alten Freundin geht uns allen sehr nahe. Wir helfen Ihnen sicherlich sehr gerne bei Ihren Ermittlungen und hoffen, dass Sie die Umstände des Todes von Petra klären können. Aber bitte, stellen Sie nun konkret Ihre Fragen oder sagen uns, was Sie berichten wollten«, meldete sich Katrin Lehno zu Wort.

Ihren Worten entnahm ich, dass sie eine weitere emotionale Diskussion unterbinden wollte. »Ich gebe Katrin recht, bitte fangen Sie an«, fügte Hans Peter Schaller hinzu.

Die Ungeduld im Raum war spürbar. Daher beschloss ich, diese, wenn möglich noch etwas zu strapazieren. Es passte ganz gut, dass die Bedienung in diesem Moment den Nebenraum betrat und sich nach den Getränkewünschen erkundigte. Jenny und ich bestellten jeweils Kaffee und Wasser. Die perfekte Verhörkombination.

»Als Erstes möchte ich noch mal zum Abend des Todes von Frau Kleinert zurückkehren«, begann ich das Gespräch von Neuem.

»Uns interessiert der Zeitraum, nachdem Frau Kleinert Sie verließ, bis zu dem Zeitpunkt, als Sie zusammen gegangen sind. Wann waren Sie als Gruppe zusammen oder wann verließen einzelne Personen die Gruppe für einen bestimmten Zeitraum.«

Die erste Antwort auf meine Frage erhielt ich sofort von Katrin Lehno.

»Ich habe das Gefühl, Sie verdächtigen uns alle, vielleicht etwas mit dem Tod von Petra zu tun zu haben. Was soll die Frage? Hannes und ich waren in der Zeit zweimal eine Rauchen vor dem Schloss. Dabei sahen uns aber bestimmt die Frauen aus der großen Gruppe. Hans Peter sah ich dabei einmal, als er vom WC kam und Joachim hat sich wohl mit dem Wirt unterhalten. Immerhin hat er früher hier als Student gejobbt.«

»Das tut doch nichts zur Sache, ob ich hier mal gearbeitet habe. Ich möchte jetzt sofort wissen, warum Sie uns diese Fragen stellen«, meldete sich Joachim Trost zu Wort.

Auffällig lange rührte ich in der Kaffeetasse herum, die mir gerade serviert worden war. Hörbar legte ich den Löffel auf den Unterteller.

»Vielleicht, weil ich Ihnen helfen möchte«, log ich eiskalt und fügte hinzu, »es gibt Beweismittel, dass Sie vier ein Motiv hatten. Sollten sie allerdings lückenlos darstellen können, dass Sie in dem erwähnten Zeitraum das Schloss und seinen Vorplatz nicht verlassen haben, würde es jeden Einzelnen von Ihnen entlasten.«

»Was für ein Motiv? Das würde mich nun doch interessieren«, fragte mich Hannes Kern nervös.

Natürlich wollte ich diesen Punkt noch etwas herauszögern, aber es war wohl nun an der Zeit. Nachdem ich einen Schluck Wasser getrunken hatte, schaute ich kurz allen in der Runde in die Augen, bevor ich zu berichten begann.

»Wir wissen, dass Sie alle zusammen mit Frau Kleinert früher im Unterstützerumfeld der Roten-Armee-Fraktion in Tübingen aktiv waren.«

Man hätte in dem Moment ein Salzkorn auf den Holzdielenboden fallen hören können.

»Frau Kleinert wollte beruflich aufhören und mit ihrem Lebenspartner, Herrn Lüdtke, im Ausland den Ruhestand genießen. Aber davor wollte sie wohl ihre Lebensbeichte in Form eines Buches ablegen. Wir denken, dass Sie alle vermutlich nicht aktiv an schweren Straftaten beteiligt waren. Aber Sie unterstützten gesuchte Personen der RAF in den Achtzigerjahren. Damals kam es bei einem bewaffneten Überfall in Tübingen zu einem Schusswaffengebrauch. Der mutmaßliche Terrorist wurde später bei einem anderen Raubüberfall festgenommen. Frau Kleinert schreibt in ihrem Buch, wie Sie alle im Unterstützerumfeld tätig waren und diverse gesuchte Personen unterstützten und deckten.«

Da keine Fragen an mich gerichtet wurden, fuhr ich in meinem Bericht fort.

»Frau Kleinert hat sich juristisch beraten lassen. Keinem von Ihnen drohten strafrechtliche Konsequenzen. Ihre Taten sind längst verjährt. Allerdings drohten Ihnen natürlich persönliche und berufliche Auswirkungen, wenn nun überall zu lesen sein würde, dass Sie als staatsfeindliche Personen unterwegs waren. Natürlich hatte Frau Kleinert Ihre Namen geändert. Aber wer Sie von früher kannte, konnte leicht ermitteln, wer die erwähnten Personen sind. Deshalb wäre es nur eine Frage der Zeit gewesen, bis ihre Namen in Tübingen die Runde gemacht hätten. Zu diesem Zeitpunkt hätte Frau Kleinert vermutlich bereits am Pool ihrer Finca gelegen, wohlversorgt von den Tantiemen ihres Buches.«

»Halt, das reicht«, brüllte Hans Peter Schaller, und schlug mit der Faust so stark auf den Tisch, dass sein Bierglas beinahe umfiel.

»Okay, lasst uns alle die Ruhe bewahren«, versuchte Hannes Kern mit ruhiger Stimme die Situation zu entspannen. Dabei klang er wie ein Arzt, der einem mit sanfter aber ernster Stimme versuchte, ein schlechtes Untersuchungsergebnis mitzuteilen.

»Sie wissen also von dem Buch«, sprach mich Katrin Lehno direkt an.

»Katrin, hör auf, bist du verrückt«, schrie sie Joachim Trost daraufhin an.

»Joachim hast du nicht zugehört? Sie wissen von dem Buch. Lieber muss ich mich nun meiner Vergangenheit stellen, als hier in ein Mordermittlungsverfahren hineingezogen zu werden«, schrie sie zurück.

Hannes Kern stand auf und ging langsam zur Tür des Nebenraumes, die einen Spalt offenstand, und zog sie zu. Im Gastraum wurden nun vermutlich die Spielkarten aus der Hand gelegt. Danach setzte sich Hannes Kern wieder an seinen Platz und begann zu erzählen.

»Gut, Sie wissen nun von dem Buch. Petra hatte uns erzählt, sie habe es an einem sicheren Ort versteckt, bis sie es dem Verlag übergeben wollte. Deshalb haben wir Ihnen nichts davon erzählt. Wir dachten, es hat bestimmt nichts mit ihrem Tod zu tun und wir wollten unser Leben…«, er zögerte kurz, »…also, wir wollten unser Leben einfach normal weiterführen. Wir hatten nicht das Bedürfnis wie Petra, alles offen zu legen. So hofften wir, dass der Buchentwurf vielleicht in seinem Versteck unentdeckt bleiben würde.«

»Dann erzählen Sie mir doch bitte, wie der Abend genau abgelaufen ist«, sprach ich bewusst Hannes Kern an, während Joachim Trost etwas resigniert den Kopf in seine Hände stützte. »Ja, Petra hat uns tatsächlich an diesem Abend zusammengerufen, um uns ihre Pläne für ihr Buch zu beichten.

Sie ließ sich trotz intensiver Gespräche an diesem Abend nicht davon abbringen. Sie hatte es fast fertig geschrieben. Es war ihr egal, dass wir alle Angst davor hatten, was danach kommen würde. Sie spielte es herunter, obwohl uns allen bewusst war, dass wir durch dieses Buch früher oder später alle unsere Aufdeckung vor uns hatten. Unsere Namen sollten verändert werden. Aber dieses Buch würde zumindest hier in Tübingen einschlagen wie eine Bombe. Dann würde bestimmt jemand versuchen, herauszufinden, wer die anderen Personen waren und heute sind.«

Hannes Kern musste erst einmal einen großen Schluck Wasser trinken.

Nachdem es kurz ruhig am Tisch gewesen war, ergriff plötzlich Katrin Lehno das Wort.

»Sie müssen uns glauben, dass wir nichts mit ihrem Tod zu tun haben. Wir waren sehr böse auf Petra in dem Moment. Sie ging deshalb auch vor uns. Wir blieben noch, um über die Situation zu sprechen.«

»Das glaube ich Ihnen auch, aber wir müssen für die verbleibende Zeit sicherstellen, dass ihr nicht doch jemand von Ihnen gefolgt ist, um ihr …«

Ich beendete den Satz bewusst nicht. Wieder ergriff Katrin Lehno das Wort.

»Nachdem Petra gegangen war, diskutierten wir natürlich erst einmal sehr intensiv. Zuerst waren Joachim und ich allerdings eine rauchen vor dem Schloss. Das können die Frauen von der großen Gruppe bestimmt bestätigen. Joachim und Hannes gingen auf die Toilette. Später trafen wir uns wieder und redeten weiter.«

Sofort fügte Hannes Kern hinzu.

»Ja, ich war auf der Toilette. Dort habe ich mich bestimmt zehn Minuten in der Kabine eingeschlossen. Ich musste überlegen. Als ich zurückkam, musste ich etwas warten, bis ihr alle wieder im Nebenzimmer wart.«

»Was soll das heißen? Auch ich stand unten im Hausgang und musste nachdenken. Fangen wir jetzt an uns gegenseitig zu beschuldigen?«, schrie ihn Joachim erbost an.

Während Jenny fleißig irgendetwas in ihren Laptop tippte, war mir bewusst, dass ich die vier genau da hatte, wo ich sie haben wollte.

»Okay, Herr Trost und Herr Kern. Hat Sie jemand gesehen, als Sie vom Nachdenken zurück ins Nebenzimmer gingen?«

»Was«, fragte Hannes Kern mit spürbar erregter Stimme.

»Ich sage es hiermit nochmals, ich habe das Haus in der besagten Zeit nicht verlassen. Wenn Sie einem von uns ein Mitverschulden am Tod von Frau Klein nachweisen wollen, müssen Sie uns schon konkretere Beweise vorlegen.«

Tatsächlich brachte mich Herr Kern das erste Mal etwas in die Defensive. So entschloss ich mich, nun eine kleine Unterbrechung vorzuschlagen.

»Am besten, wir machen nun eine kleine Pause. Von der Lage der Indizien her, haben Sie alle ein sehr starkes Motiv. Ich möchte Ihnen nun etwas Zeit zum Nachdenken geben. In fünfzehn Minuten treffen wir uns wieder hier. Dann werde ich meine restlichen Beweise offenlegen. Daher rate ich Ihnen, nun reinen Tisch zu machen. Und denken Sie daran, die DNA kann keiner überlisten.«

Ich wandte mich danach Jenny zu, um ihr etwas ins Ohr zu flüstern.

»Wie sieht es aus?«, fragte ich sie leise.

Ich sah, wie sie in den Bildschirm tippte: Achtung alle auf ihre Positionen. Als ich wieder hochsah, hatten alle vier bereits den Raum verlassen. Unsere drei Kartenspieler hatten wieder ihre Karten in der Hand und schienen sich entspannt zu unterhalten. Georg saß nicht mehr am Platz. Wie ich später erfuhr, hatte Kevin ihn bei meiner Pausenankündigung über den Knopf im Ohr sofort in die Toilette beordert. Jenny und ich verblieben im Nebenraum und sahen auf den Bildschirm. Die Meldung, dass alle vier sich etwas abseits des Schlosses unterhielten, verwunderte mich nicht. Das Richtmikrofon konnte erfassen, dass sich alle vier einig waren, nichts mit dem Tod von Petra Kleinert zu tun zu haben. Uneins waren sie, ob sie nun alles eingestehen oder doch lieber abwarten sollten. Es könnte ja sein, die Polizei blufft nur und das Buch wäre gar nicht so schlimm. Sie hatten es ja nicht gesehen. Sie beschlossen, erst einmal die Beweise abzuwarten.

»Mist, jetzt sind wir am Zug«, sagte ich zu Jenny.

»Ja, wir haben sie in die Enge getrieben. Vielleicht war das mit der Pause doch keine so gute Idee gewesen«, war ihre Antwort, die ich unkommentiert ließ.

Mittwoch, 22. April, 21.05 Uhr

Katrin Lehno betrat als Erste wieder den vorderen Gastraum. Sie blieb aber stehen, um auf ihre alten Freunde zu warten und schaute so lange die alten Wandmalereien an. Über den Bildschirm lief die Meldung, dass die drei Männer noch gemeinsam auf die Toilette gegangen waren. Kurz danach verließ Georg die Toilette, schaute sich kurz um und zeigte in die Kamera den Daumen nach unten. Klar, die drei waren so clever, sich nicht vor anderen über das Thema zu unterhalten. Zwei Minuten später betraten auch Hannes Kern und Hans Peter Schaller den Vorraum der Gaststätte. Georg konnte hören, wie Katrin Lehno sich nach Joachim Trost erkundigte. Sie bekam zur Antwort, dass er gleich nachkommen wollte. In der Zwischenzeit hatte sich der Gastraum gut gefüllt. Das Publikum bestand aus kleinen Gruppen von Studenten und Paaren ohne Kinder und einer größeren Seniorengruppe, die sich lautstark unterhielt. Die drei betraten wortlos den Nebenraum und setzten sich auf ihre vorherigen Plätze. Sollten sie nun nicht auspacken, hatte ich mir vorgenommen, zu behaupten, DNA-Material zu besitzen und alle zur Erhebung eines genetischen Fingerabdruckes mitzunehmen. Egal, was das Gespräch nun erbringen würde, wäre es sicherlich sinnvoll ihre DNA zu registrieren und alle sterilen Fundstücke und Beweismittel sicherheitshalber damit zu vergleichen.

»Wir warten noch kurz, bis Herr Trost hier ist, bevor wir weitermachen«, richtete ich das Wort an die Gruppe. Neben mir fing Jenny plötzlich an, hektisch in ihren Laptop zu tippen. Mit einem kurzen Augenkontakt und einer knappen Kopfbewegung forderte Sie mich auf, auf den Bildschirm zu schauen. Dort las ich die kurzen Meldungen – Joachim Trost hat das WC verlassen – er war kurz im Hausgang zu sehen – den Gastraum hat er nicht betreten – vor dem Schloss ist er aber nicht zu sehen – zwei vom Kartenspielerteam gehen auf die Toilette und schauen nach.

»Ja, Jenny, so kannst du das schreiben«, sagte ich um unsere Tätigkeit am Laptop zu rechtfertigen.

Kurz danach erschien folgende Meldung auf dem Bildschirm: Achtung, Joachim Trost ist verschwunden. Vorschlag: Treffpunkt vor der Toilette. Bitte Bestätigung, Einsatzleitung.

»Ja, Jenny, bestätige bitte den Vorschlag«, ließ ich unsere Maskerade fallen.

»Ich möchte Sie bitten, den Raum nicht zu verlassen. Ihr Freund, Herr Trost, hat sich entschieden, an unserem gemeinsamen Gespräch nicht mehr weiter teilzunehmen. Ein guter Kollege von uns wird Ihnen inzwischen Gesellschaft leisten.«

Jenny und ich gingen zur Tür des Nebenraumes und öffneten diese. Die Kartenspieler verließen gerade den Gastraum. Georg rief ich zu mir und bat ihn, die drei Freunde im Auge zu behalten.

»Die drei verlassen nicht den Raum! Setz dich hinter den Laptop und verfolge so das Geschehen«, flüsterte ich ihm ins Ohr.

Vor der Männertoilette stand bereits Kevin, um mir direkt zu berichten.

»Aus dem Schloss ist er nicht gegangen. Wir hätten ihn vom Bus aus gesehen. Hoch in den Gastraum über die große Wendeltreppe ist er auch nicht gegangen. So kann er nur eine der beiden Türen hier benutzt haben.«

Die erste massive Tür war verschlossen, die zweite ließ sich öffnen. Knarrend drückten wir die alte Holztür auf. Dahinter war nur ein dunkler, unbeleuchteter Raum. Meine Hand tastete sich an der Wand neben der Tür entlang. Ich fand einen alten, runden Lichtschalter mit einem Drehknopf, der beim Einrasten ein Klicken von sich gab. Vor uns erschien im Licht der typische Abstellraum eines Gasthofes voller Getränkekisten, Regale und Kartonagen. Der Raum hatte noch zwei weitere unverschlossene Türen. In meinem Kopf pochte es. Ich musste jetzt voll konzentriert sein und gleichzeitig meinen Instinkten folgen.

»Okay, wir gehen folgendermaßen vor«, sagte ich in leisem Ton zu der Gruppe, »Kevin, gib Peter über Funk Bescheid, er soll hinten im Wald aufpassen und hole unseren dritten Kollegen aus dem Gastraum. Georg kann die drei Freunde alleine in Schach halten. Auf dem Rückweg bringst du mir den Wirt, eine Bedienung oder den Koch mit. Egal wen, aber die Person muss sich hier in diesem alten Kellergewölbe auskennen.«

Die beiden anwesenden Jungs von der Sitte bekamen von mir den Auftrag hinter der linken Tür weiterzusuchen. Dazu zogen sie sicherheitshalber ihre Dienstwaffen. Jenny und ich nahmen uns die rechte Tür vor. Davor fiel mir ein, den Funk in meiner Jacke anzuschalten und mir den Knopf ins Ohr zu stecken. Sofort hörte ich, wie Kevin über Funk Peter vorwarnte.

Diese Tür ließ sich nur mit Druck öffnen. Dahinter zeichnete sich ein langer, dunkler Gang ab. Entlang der rechten Wand waren viele alte Holzkisten gestapelt. Einen Lichtschalter suchten wir dieses Mal vergeblich. Hinter mir hörte ich, wie Jenny ihre Waffe aus dem Halfter nahm und entsicherte. Fast gleichzeitig knipste ich meine kleine Halogentaschenlampe an, die ich immer in der Tasche hatte. Nach ungefähr fünf bis sechs Metern endete der Gang an einer alten Holztür. Sofort sahen wir anhand der Spinnweben, dass diese Tür schon lange nicht mehr geöffnet worden war. Nachdem ich mich mit einem kurzen vergeblichen Rütteln an der Türklinge davon überzeugt hatte, dass sich die Tür nicht öffnen ließ, gingen wir schnell wieder in den vorderen Raum zurück. Da ich dabei den Strahl der Taschenlampe nach vorne in den Lauf von Jenny richtete, stieß ich mit meinem linken Schienbein an die Ecke einer Kiste, die auf dem Boden stand.

»Verdammt noch mal«, fluchte ich laut.

»Was ist los?«, schrie mich Jenny an, und hielt dabei ihre Dienstwaffe vor sich bereit.

»Alles klar. Habe mir nur das Schienbein angeschlagen.«

»Ach so, ich dachte schon«, war ihr kurzer Kommentar.

Sie hatte keine Ahnung, wie weh das tat. Ich musste auf die Zähne beißen. Als wir wieder im ersten Raum angelangt waren, kam uns Kevin entgegen.

»Markus, ich habe den Kollegen von oben vor das Schloss geschickt, um die Hangseite abzudecken. Darf ich dir vorstellen, das ist Herr Brenner, der Koch. Der Pächter des Hauses ist heute nicht da.

»Herr Brenner, Sie brauchen keine Angst zu haben. Eine verdächtige Person scheint in Ihren Keller hier geflüchtet zu sein. Bitte sagen Sie uns, wohin die linke Tür hier führt und ob es dort irgendwelche Ausgänge gibt.«

»Ich. Äh, ja ist der Mann denn gefährlich?«, war daraufhin seine Frage. Mein strenger Blick genügte, um ihm klar zu machen, dass er keine Antwort auf seine Frage erwarten konnte. Also fing er sofort an zu erklären.

»Der Gang dahinter teilt sich in den linken großen Lagerraum mit zwei kleineren Nebenräumen. Dieser Bereich hat einen Zugang, der in den Biergarten an der Schlossmauer führt. Dieser Zugang ist aber üblicherweise abgeschlossen. Der rechte hintere Raum führt zu einem alten Gewölbekeller. Davor gibt es eine alte Tür nach draußen in den Wald. Die ist aber immer abgeschlossen. Dieser rechte Raum und der Gewölbekeller werden allerdings von uns nicht genutzt, da es dort zu feucht ist. Alle Fenster hier im Untergeschoss haben feste Gitter gegen Einbruch. Es kann also auch niemand durch die Fenster nach außen flüchten.«

»Danke, bleiben Sie bitte hier stehen, falls wir Sie noch brauchen. Kevin, du bleibst auch hier und sicherst uns ab«, war meine klare Anweisung.

Über Funk meldeten sich unsere beiden Kollegen.

»Hinterer linker Raum, sicher. Tür in den Biergarten verschlossen. Wir durchsuchen nun die beiden Nebenräume.«

»Gut, wir nehmen uns jetzt den Gewölbekeller vor«, war meine Antwort, bevor auch ich sicherheitshalber meine Waffe zog.

In dem Raum, der zum Gewölbekeller führte, roch es modrig. Auch dieser Raum hatte kein funktionierendes Licht. Dass auch immer an den falschen Stellen Strom gespart wurde, ging mir durch den Kopf. Die Tür nach draußen war wie beschrieben abgeschlossen. Während Jenny mich mit vorgehaltener Waffe sicherte und gleichzeitig mit der Taschenlampe die Tür zum Gewölbekeller anstrahlte, versuchte ich ruckartig diese zu öffnen. Aber auch sie war fest abgeschlossen. Ein zweiter Blick ließ mich auch hier alte Spinnweben im runden Türbogen erkennen. Diese Tür war vermutlich seit Jahren nicht mehr geöffnet worden. Als Jenny ihre Waffe wieder senkte, erschraken wir plötzlich zu Tode. Hinter uns fiel ein Schuss.

Der Schuss kam aus dem Wald. Wie konnte das denn sein?

»Peter, bitte melden, was ist los«, brüllte ich in den Funk.

»Steh… eib… odr… i… ieße«, es knackte und rauschte nur im Funk. Mist hier unten im Keller hatte ich kaum Empfang. Zu viele dicke Mauern zwischen mir und dem VW-Bus. Was war dort los?

»Hier«, sagte Jenny und zeigte auf den Boden vor der alten Tür, die nach draußen führte. Wir hatten in der Dunkelheit nicht gesehen, dass die Tür erst kürzlich geöffnet worden sein musste. Im Staub und dem Dreck auf dem Boden waren frische kreisförmige Schleifspuren zu sehen. Aber sie war doch abgeschlossen. Woher sollte Trost einen Schlüssel haben? Die beiden jungen Kollegen aus dem anderen Raum kamen gerade in unseren Raum gerannt und erhielten sofort von mir eine Anordnung.

»Aufbrechen. Sofort.«

Als der durchtrainierte Körper des jungen Kollegen sich gegen das Türschloss rammte, krachte die Tür nach außen auf.

»Peter, alles klar bei dir? Wo bist du?«, rief ich gleich, als wir draußen waren. In einer Entfernung von über fünfzig Metern nahm ich das Licht einer Taschenlampe war. Erleichtert vernahm ich die Stimme von Peter.

»Hier bin ich. Ich habe ihn. Kommt her.«

Die panische Vorstellung, einen Kollegen bei einem Schusswechsel zu verlieren und das auch noch bei einem Einsatz, den ich leitete, hatte mir in den letzten Sekunden meine Kehle zugeschnürt. Wir taumelten alle mit wild wackelnden Taschenlampen den steilen Hang zwischen den vielen Bäumen hinunter. Da sahen wir Peter. Er kniete auf dem Boden. Nein er kniete auf Joachim Trost. Dieser lag auf dem Bauch und seine Hände waren auf dem Rücken mit Handschellen gefesselt. Peter schien stolz zu sein und steckte sich im Übermut die Taschenlampe zum Spaß mit dem Licht zuerst in den Mund. Seine Backen und sein Mund leuchteten rötlich und sein Gesicht sah aus wie eine Horrormaske.

»Peter, wer hat geschossen?«, fuhr ich ihn an. Dieser nahm die Taschenlampe aus dem Mund und musste kurz husten, bevor er mir antwortete.

»Ich sah und hörte, wie oben am Schloss diese alte Tür geöffnet wurde. Es kam eine Gestalt heraus und verschloss diese wieder. Gleichzeitig erfuhr ich über Funk, dass unser Gesuchter flüchtig ist. Er blieb überraschenderweise eine kurze Zeit hinter der Tür stehen. Vermutlich überlegte er, was er tun sollte. Ich wollte mich nicht bewegen und über

Funk eine Meldung geben, damit er mich nicht entdeckte. Kurz ging er links entlang der Schlossmauer in Richtung Biergarten, drehte aber dann gleich wieder um und lief schräg den Hang hinunter, genau in meine Richtung. Als er vor mir stand, forderte ich ihn mit gezogener Waffe auf, stehen zu bleiben und die Hände zu heben. Er aber versuchte, den steilen Hang hinunter zu flüchten. Da rief ich ihm zu, er solle stehen bleiben oder ich würde schießen. Als er weiterrannte, entschloss ich mich zu einem Warnschuss in die Luft und wiederholte danach meine Warnung. Ich sah dann nur noch, wie er stolperte und sich beim Hinfallen den Kopf an einem Baumstamm anstieß. Ich konnte ihn daher einfach fixieren. Aber keine Angst, es ist nur eine Platzwunde.«

Plötzlich meldete sich tatsächlich Joachim Trost zu Wort.

»Ja, verdammt, nur eine Platzwunde. Ich bin doch nur abgehauen, weil ich genau weiß, was jetzt kommt. Ihr schiebt nun mir den Tod von Petra in die Schuhe. Aber ich war es nicht. Es war ein Unfall.«

»So, ein Unfall«, erwiderte ich.

»Und warum haben Sie dann den Unfall nicht gleich gemeldet und stattdessen diese falschen Spuren gelegt? Herr Trost, Sie sind hiermit vorläufig festgenommen. Ihnen wird vorgeworfen, am Tod von Frau Petra Kleinert im angrenzenden Friedwald beteiligt gewesen zu sein. Alles, was Sie nun sagen, kann gegen Sie verwendet werden. Abführen.«

Georg erhielt noch die Anweisung, die drei Freunde aus dem Nebenzimmer zum VW-Bus zu führen. Auch sie wurden anschließend zum Verhör ins Präsidium gebracht.

Auf dem Weg ins Präsidium rief ich noch meine Frau auf ihrem Handy an, um ihr zu sagen, dass es bei mir heute vermutlich morgen früh wird. Sie schien schon zu schlafen. So sprach ich ihr auf die Mailbox. Da Jenny neben mir im Auto saß, war es mir peinlich dabei Kosenamen zu verwenden.

Im Präsidium wurden alle vier Freunde getrennt voneinander in verschiedene Verhörzimmer gebracht. Die drei Freunde von Herr Trost wiederholten ihre Aussagen. Sie gaben zu, dass er tatsächlich erst fünfzehn Minuten nach den anderen wieder in das Nebenzimmer gekommen war. Er gab damals an, noch einen alten Bekannten getroffen zu haben, den er aus Studentenzeiten hier in Hohenentringen kannte, da er hier als Aushilfe gekellnert hatte. Daher auch seine guten Ortskenntnisse über den geheimen alten Ausgang. Vermutlich wusste er auch, wo in diesem Raum immer noch der Schlüssel für die alte Tür hinterlegt war.

Als ich den Verhörraum von Herrn Trost betrat, bat er mich sofort, ob ihm nicht die Handschellen abgenommen werden könnten. Nach seiner Zusicherung, keinen Blödsinn zu machen, gab ich dem anwesenden Kollegen den Auftrag, diese ihm abzunehmen. Herr Trost tastete zuerst mit seinen Fingern den Verband seiner kleinen Platzwunde am Kopf ab.

Nachdem ich mich gesetzt hatte, begann ich gleich mit dem Verhör.

»Herr Trost, wenn Sie uns gleich von dem angeblichen Unfall berichtet hätten, wäre uns allen viel Ärger erspart geblieben. Dann berichten Sie mal von dem Abend.«

Nachdem er einen Schluck Wasser getrunken hatte, fing er mit überraschend gefasster Stimme an zu berichten.

»Den wesentlichen Hintergrund mit dem Buch über unsere gemeinsame politische Vergangenheit wissen Sie ja schon. Ohne zu wissen, was sie genau in ihrem Buchmanuskript geschrieben hatte, war es damals so, dass wir tatsächlich das RAF-Umfeld unterstützt haben. Einmal hatten Petra und ich sogar einen flüchtigen RAF-Geldräuber für vier Wochen versteckt. Petra sicherte uns zu, dass sie juristisch alles überprüft hatte und alle Aktionen in der Zwischenzeit verjährt seien. Falls also die Spuren aus ihrem Buch doch zu uns führen sollten, hätten wir juristisch nichts zu befürchten. Das war trotzdem total egoistisch von ihr. In der Realität wollte sie Tübingen mit ihrem neuen alten Freund verlassen und wir hätten im Alltagsleben damit leben müssen. Stellen Sie sich das einmal vor, privat und auch beruflich. Katrin als Lehrerin, Hannes als Arzt, und Hans Peter bei seinem Verlag. Und ich hätte mich auf dem Bauhof auch nie wieder blicken lassen können als RAF-Terroristen-Helfer. Damals war sie bei uns eine treibende Kraft in der Gruppe und nun wollte sie uns alle ans öffentliche Messer liefern.«

»War das der Grund, warum Sie Frau Kleinert umgebracht haben?«, versuchte ich etwas zu provozieren.

»Nein«, schrie er mich an, um dann wieder etwas gefasster weiter zu berichten. »Ja ich habe durch den hinteren Ausgang das Schloss verlassen. Der Schlüssel lag wie damals immer noch rechts am Fenster unter einem Topf. Petra war noch nicht weggefahren und stand vor ihrem Auto. Sie rauchte eine Zigarette und dachte wohl nach. Ich bat sie, mit mir persönlich noch ein paar Meter zu laufen, um uns zu unterhalten. Wir zwei standen uns damals nahe. Persönlich und auch politisch. So gingen wir den dunklen Weg entlang Richtung Friedwald. Ich dachte, ich könnte Petra von ihrem Plan mit dem Buch doch noch abbringen. Ich flehte sie an. Doch sie lachte mich aus und fragte mich, was aus dem Revolutionär von damals geworden sei. In meiner Jackentasche ballte sich meine Faust. Dabei spürte ich den Zimmermannsnagel, den ich noch von der Arbeit in der Jacke hatte. Plötzlich hielt ich ihr im Zorn den Nagel entgegen und drohte ihr symbolisch damit. Nie wollte ich sie damit verletzen. Da begann sie zu schreien, und plötzlich in den Wald zu rennen. Ich rannte ihr hinterher und schrie sie an, stehen zu bleiben. Als sie plötzlich direkt vor mir über etwas stolperte, fielen wir beide zusammen hin. Da ich den Nagel noch in der Hand hatte, verletzte ich sie dabei wohl an der Schulter. Plötzlich lag sie regungslos unter mir. Ich musste entsetzt feststellen, dass sie tot war. Vermutlich hatte sie sich beim Sturz an den Baum das Genick gebrochen. Es war wirklich ein Unfall.«

Herr Trost vergrub sein Gesicht in seinen beiden Händen.

»Ja, warum habe ich mich nicht gemeldet? Ich hatte Panik. Panik, dass man mir die Geschichte nicht glauben würde. Auch wegen dem Nagel. Panik, dass die Geschichte mit dem Buch unser Leben ruinieren würde. Da hatte ich plötzlich den Gedanken, dass es Petra vielleicht verdient hatte. Und wenn es tatsächlich stimmte, dass ihr Buchentwurf noch versteckt sei, wie sie es zuvor erzählte, hatten wir alle vielleicht die Chance, unser altes Leben weiterführen zu können. Daher beschloss ich, mich durch die Hintertür wieder in das Schloss zu schleichen. Vor mir auf dem Waldboden sah ich dann Petras Schuh liegen. Sie musste ihn verloren haben, als sie über die Baumwurzel fiel. Ich entschied spontan, den Schuh mitzunehmen, um eine falsche Spur zu legen. Ich versteckte den Schuh im Raum vor dem Gewölbekeller im Schloss und holte ihn einen Tag später dort ab. Die anderen drei wissen nichts davon.

Natürlich hatten wir nach dem Abend Kontakt und die anderen waren schon geschockt, aber schöpften auch Hoffnung, aus der Sache heil herauszukommen.«

Er hörte auf zu berichten und dachte nach. Seine Finger spielten dabei mit seinen Barthaaren an seinem Kinn.

Nachdem ich ihm kurz Zeit gelassen hatte, nachzudenken, sprach ich ihn wieder an.

»Herr Trost, erzählen Sie uns bitte noch, wie es danach weiterging. Wenn Sie jetzt alles berichten, kann es für den Richter entscheidend sein, wie er Ihr Strafmaß festlegt. Mord, Totschlag oder Unfall mit Todesfolge. Es liegt nun an Ihnen, Ihre Geschichte glaubhaft darzustellen.«

Trost schaute mich mit offenen Augen an. Er hatte die Sachlage schnell begriffen und erzählte weiter.

»Die Menschenknochen habe ich aus einem Grabaushub auf unserem Friedhof. Dort bin ich ja regelmäßig wegen meiner beruflichen Tätigkeit beim Bauhof. Üblicherweise werden dort Gräber nur für zwanzig oder fünfundzwanzig Jahre belegt. Danach werden die Grabflächen wieder neu genutzt. Da aber die Böden dort geologisch sehr dicht sind, gibt es in den Grabflächen gerne mal einen Grundwasserstau. Dadurch zersetzen sich die Leichname und auch die Särge oft nicht wie gewünscht, da die Luft und die Organismen im Boden fehlen. Und wenn dann nach vielen Jahren das entsprechende Grabfeld wieder ausgehoben wird, findet man plötzlich Leichenteile und Knochen vom Vorgänger.«

Da Herr Trost nun einen Schluck Wasser trank, nutzte ich die kurze Pause, um genau nachzufragen.

»Gut, Sie haben also unsere Knochen dort einfach entwendet, um die falsche Spur zu legen. Aber was wird üblicherweise mit solchen Überresten ...«, ich zögerte kurz, »... Menschenresten gemacht?«

»Ganz einfach, nichts«, war seine Antwort. Ich sah ihn verwundert an.

»Solche Überreste können sie offiziell nicht entsorgen. Sie haben da das personenbezogene Problem, da sie ja wissen, zu welcher Person sie gehören und dann noch tatsächlich das Entsorgungsproblem. Man müsste diese Dinge richtigerweise aussortieren und in einem Krematorium verbrennen. Das wäre ein hygienisches Problem wegen den pathogenen Keimen. Und wohin dann offiziell mit der Asche? Ein zweites Mal begraben? Alles sehr schwierig. So ist es im Betrieb vieler Friedhöfe ein offenes Geheimnis, diese Überreste einfach wieder in das offene Grab mit dem neuen Sarg und der Erde zu geben und zu hoffen, dass in weiteren fünfundzwanzig Jahren die Zersetzung ihre Aufgabe erfüllt.«

Da von mir keine weitere Verständnisfrage kam, da ich kurz sprachlos war, führte er mit leicht monotoner Stimme seine Erzählungen weiter.

»Ja, natürlich entnahm ich aus einem solchen Grabfeld den besagten Knochen. Den Schuh und den unbekannten Knochen reinigte ich heimlich auf unserem Bauhof. Von früher steht noch ein altes Fass mit einem heutzutage nicht mehr zulässigen Lösungsmittel herum. Damit wollte ich alle möglichen Spuren vernichten. Was soll ich sagen, der Rest war inszeniert zur Ablenkung. Der Standort am Olgahain und am Denkmal habe ich bewusst wegen seiner geschichtlichen Bedeutung herausgesucht. Auch mit den anonymen Telefonanrufen wollte ich Sie schnell auf eine falsche rechte Spur bringen. Es tut mir leid, aber ich wollte halt meinen Arsch retten. Es war ja keine Absicht. Ich versichere Ihnen aber, es war wirklich ein Unfall.«

Sein Blick senkte sich zu Boden, bevor er mit leiser Stimme sagte: »Ich bin müde, bitte bringen Sie mich nun in eine Zelle. Ich werde Ihnen morgen mein Geständnis unterschreiben. Bitte informieren Sie noch meine Frau. Sie soll mir einen Anwalt besorgen.«

Ohne eine Antwort von mir abzuwarten, stand er auf

und ging zur Tür. Ich ging zu ihm und legte ihm kurz meine Hand auf die Schulter.

»Versuchen Sie, etwas zu schlafen, Herr Trost.«

Mit einer Kopfbewegung signalisierte ich meinem Kollegen, ihn in die Zelle zu führen.

Um 1.55 Uhr sendete ich dem Weber noch eine kurze Mail. Wohl wissend, dass er noch beruflich auf der Schwäbischen Alb weilte. Ich setzte Eva auf den Verteiler. So konnte sie ja morgen früh entscheiden, ihm das Ergebnis des heutigen Abends zukommen zu lassen. Oder auch nicht.

Die Uhr in meinem Familienauto zeigte bereits 2.15 Uhr an, als ich aus der Tiefgarage des Präsidiums fuhr. Da ich gleichzeitig froh, müde und etwas melancholisch war, entschloss ich mich eine alte CD von Deep Purple zu hören. April, wunderschön. Vielleicht auch um den Geist der Zeit damals zu spüren in welchem die fünf Freunde überzeugt waren, das Richtige zu tun.

Donnerstag, 23. April, 10 Uhr

Bei der angesetzten Teambesprechung waren alle ermittelnden Personen der Soko Damenschuh zumindest körperlich anwesend. Man sah jedem Einzelnen die Müdigkeit an. Trotzdem waren alle glücklich. Kevin stellte eine Flasche Sekt auf den Tisch und sagte: »Das ist mein erster großer Fall und wir haben ihn gelöst. Wir, und nicht die Wichtigtuer aus Stuttgart. Ist das geil!«

Den Korken ließ er absichtlich bis zur Decke knallen. Natürlich ergoss sich der erste Sekt aus der Flasche über den Besprechungstisch, bevor er über die schnell bereitgestellten

Gläser verteilt wurde. Alle schauten mich an, da sie eine entsprechende Rede von mir erwarteten.

Da der erste Gedanke oft der beste ist, sagte ich spontan: »Wir trinken auf die Lösung unseres Falles. Darauf, dass wir ihn gelöst haben. Ich bin wirklich stolz auf euch, danke. Aber vergessen wir nicht die kleinen und großen tragischen Figuren und Opfer in diesem Fall. Wenn wir es verstehen, sie zu verstehen, werden wir eine besondere Erfahrung aus den vergangenen Tagen mitnehmen und …« Ich hatte nun doch meinen Faden verloren. »Prost, auf uns«, fiel mir dann nur noch ein.

Da der Weber nach Aussage von Eva immer noch nicht zu erreichen war, kontaktierte ich direkt den obersten Leiter der Polizeidirektion. Dieser strich sofort seinen nächsten Termin und lud mich zu einem Kaffee bei sich ein, damit ich ihm persönlich die Lösung des Falles schildern konnte. Auf fünfzehn Uhr wurde dann eine Pressekonferenz festgelegt. Der Dienststellenleiter wünschte, dass ich dabei rechts neben ihm zu sitzen hatte. Wie sehr wünschte ich mir, dass der Weber dies zufällig abends in den Nachrichten auf SWR 3 sehen würde. Mit niederen Beweggründen kannten wir Kriminaler uns nun einmal aus.

Jenny hatte mich gebeten, in der Mittagspause mit ihr einen Spaziergang entlang des Neckars zu unternehmen. Nachdem wir uns auf eine Parkbank gesetzt hatten, fragte sie mich: »Markus, kann es sein, dass du etwas nachdenklich bist, obwohl wir den Fall gelöst haben?«

»Weißt du Jenny, natürlich ist es ein Erfolg für uns, dass wir den Fall gelöst haben. Besonders, wenn ich an den Weber denke. Aber wir sind es auch immer den Opfern schuldig. Natürlich räumen wir immer erst hinterher auf. Aber jeder gelöste Fall verhindert vielleicht ein neues Verbrechen, wenn Täter wissen, dass wir da sind um sie zur Verantwortung zu ziehen.«

»Mensch Markus, hör auf, du sprichst hier nicht mit einer Polizistin im ersten Lehrjahr. Was bewegt dich wirklich?«

Ich lächelte sie an.

»Ja, du hast ja recht. Der ganze Fall mit allen Beteiligten geht mir halt durch den Kopf. Ich brauche da immer ein paar Tage. Und dieser Fall war ja wirklich ein Ritt durch die nahe Geschichte.«

»Aber kannst du diesen Freundeskreis verstehen, warum sie damals so radikal waren?«, fragte mich Jenny.

»Ja und nein«, war meine Antwort.

»Meine Generation hatte von dieser 68er-Zeit nicht mehr bewusst etwas mitbekommen. Aber man hatte ältere Bekannte, die erzählten einem etwas davon. Mit dem Zweiten Weltkrieg war es genauso. Mein Opa war zum Beispiel im Russland in der Kriegsgefangenschaft. Er erzählte aber nie etwas davon. Vermutlich ein Verdrängungsmechanismus. Aber meine Oma erzählte mir als kleines Kind einmal davon. Daran denke ich heute noch. Aber das ist privat«, ich musste trocken schlucken, bevor ich weiter erzählte.

»Weißt du, Jenny, man kann die Menschen in ihrem Tun besser verstehen, wenn man dabei die Gesellschaft der jeweiligen Zeit genau betrachtet. Unsere vier Freunde wurden in ihrer Jugend, in ihrer persönlichen Zeit des Tatendrangs in die späte 68er-Zeit hinein geboren. Diese Generation wuchs mit Eltern auf, die im Dritten Reich groß geworden sind und auch in dieser Zeit Verantwortung getragen haben und teilweise das System unterstützten. Nach dem Krieg wollten viele von ihnen dann nichts mehr davon wissen und orientierten sich nur noch am Wirtschaftswunder. Und einen neuen alten Feind hatte man ja auch parat, den Russen. Und auch gegen dem Vietnamkrieg entstand dann dieser große Generationskonflikt.« Jenny nahm einen Schluck aus ihrem Coffee-to-go-Becher.

»Markus, hattest du auch Konflikte mit deinen Eltern?«, über die Antwort musste ich nicht lange nachdenken.

»Natürlich, aber nicht so extreme. Meine Eltern waren ja beide Kinder am Ende des Zweiten Weltkrieges. Mein Vater arbeitete in der Fabrik und war immer strammer SPD-Wähler, aber meine damaligen Besuche im Jugendhaus fand er alles andere als gut. Und meine erste Teilnahme an einer Friedensdemo mit diesen Langhaarigen, wie er gerne sagte, kommentierte er nachdrücklich mit dem Hinweis, dass ich immer noch meine Füße unter seinen Tisch streckte und ich mich deshalb dementsprechend zu verhalten habe. Aber der Tisch gehörte ja auch meiner Mutter. Die vermittelte dann immer in solchen Konflikten. Und als ich mich dann für eine Polizeikarriere entschied, war er auch zufrieden, obwohl er meine Beweggründe gar nicht kannte. Er dachte an Ordnung, ich wollte Gerechtigkeit.

»Und wenn ich jetzt zurückdenke, an das Scheitern der Weimarer Republik und die Monarchie davor, ist unser Fall ja eine logische Verkettung von Geschehnissen, die schon sehr alt sind. Hätte es damals Hitler nicht an die Macht geschafft, wäre es vielleicht nie zum Zweiten Weltkrieg gekommen. Somit hätte es auch das Nachkriegsdeutschland und die RAF nicht gegeben.

»Du, Jenny könnte ich dich um einen Gefallen bitten?«, fragte ich sie.

»Bitten immer«, war ihre schnelle Antwort.

»Also«, ich zögerte etwas, »es ist so, die Eva vom Vorzimmer vom Weber hat mich in diesem Fall etwas, sagen wir unterstützt und indiskret informiert. Es ist einfach gut, in dieser Position eine Person sitzen zu haben, welche einem vertraut. Auf jeden Fall hat sie sich nachdrücklich gewünscht, dass ich mit ihr etwas essen gehe, wenn der Fall abgeschlossen ist.«

Verwundert fragte mich Jenny: »Und was soll ich dazu tun. Dir ein falsches Alibi geben?«

»Was«, sagte ich irritiert zu ihr, »nein, mir wäre es nur lieber, wenn du einfach mitgehen würdest. Sagen wir mal so, ich schulde dir einfach auch ein Essen und erledige so meine Schulden unter Kollegen in einem Aufwasch. Ich zahle auch.«

Als Antwort bekam ich einen freundschaftlichen Kuss auf die Wange. Na also.

Danksagung

Danke sagen möchte ich meiner Familie für ihre Unterstützung und meinem Lektor, Bernd Weiler, für seine Hilfe und konstruktive Kritik.